Warwick Collins ist in England als Autor einer Thriller-Trilogie aus dem Seglermilieu hervorgetreten. Er lebt – wie sein Held Dr. Silas Grange – in Lymington.

Dieses Buch wurde auf chlor- und säurefreiem Papier gedruckt.

Deutsche Erstausgabe Dezember 1994

Titel der Originalausgabe »The Rationalist«

Originalverlag Heinemann, London
Umschlaggestaltung Manfred Waller, Reinbek
unter Verwendung des Gemäldes »Das türkische Bad« von Ingres, 1862
Foto AKG, Berlin
Satz MPM, Wasserburg
Druck und Bindung Elsnerdruck, Berlin
Printed in Germany
ISBN 3-426-63025-7

2 4 5 3 1

WARWICK COLLINS

# Gefährliche Leidenschaften

Aus dem Englischen
von Holger Wolandt

Knaur®

*Alles Wissen ist ein Versuch.*

KARL POPPER

# 1

Der Anfang eines Rituals: Dr. Silas Grange beobachtete, wie sich seine Hände mit Wasser und Seife wuschen. Es kam ihm so vor, als schwebte er über sich. Seine Hände hätten genausogut Fische sein können. Geistesabwesend sah er zu, wie sie sich aneinanderschmiegten. Das Gurgeln und Zischen des klaren Regenwassers, das er erst über die eine und dann über die andere Hand goß, um die Seife abzuspülen, nahm er wie aus einiger Entfernung wahr. Er hörte das Scheppern der Metallkanne, als er sie wieder hinstellte. In stiller Konzentration betrachtete er beide Hände, die sich aus dem Wasser hoben und sich an einem Handtuch trockneten.

Grange trug keine Perücke, so wie das gerade Mode war. Sein Haar war straff zurückgekämmt und endete in einem kleinen Zopf. Sein Hemd, das Mrs. Thompson sorgfältig gebügelt hatte, leuchtete diffus weiß unterhalb seines unmittelbaren Gesichtsfeldes. Während er sich die Hände abtrocknete, schaute er nach oben. In dem kleinen Spiegel auf dem Absatz über der Waschschüssel aus Metall erschien ihm sein Gesicht kalt, distanziert und in Gedanken verloren.

Um neun begann Grange mit der Arbeit und rief den ersten Patienten herein, Obadiah Pitt. Er näherte sich dem älteren Gießereiarbeiter mit einer brennenden Kerze, hielt diese nahe an dessen Gesicht heran und schaute ihm ins Auge. Pitt war Aufseher der Abendschicht in der Gießerei in Sowley, die vielleicht drei Meilen entfernt lag. Grange hielt die Kerze noch näher und bemerkte, wie deren flackernde Flamme von der nassen Oberfläche des Auges des Gießereiarbeiters reflektiert wurde. Unter Granges Blick schien sich Obadiah Pitts Auge von seinem Körper zu lösen. (Auf diese Weise abstrahiert der Verstand das Objekt, auf das er sich konzentriert.) Granges Hand entfernte mit einer Pinzette einen winzigen Gegenstand, einen außerordentlich kleinen Wurm aus Eisen, nachdem er einen Moment durch die Reflexion der Flamme gestört innegehalten hatte.

»Ein Metallsplitter«, erklärte Grange. »Können Sie ihn sehen?«

Er legte die Pinzette auf ein Tablett aus Metall. Der Gießereiarbeiter blinzelte. Grange, der vor seinem sitzenden Patienten stand, klatschte einmal gebieterisch in die Hände. Pitt sah ihn plötzlich an, als wäre er gerade aus einem Tagtraum erwacht.

»Können Sie ihn sehen?« wollte Grange erneut wissen.

Obadiah Pitt blinzelte noch einige Male, nickte und versuchte ein Lächeln. Grange lächelte ebenfalls, ein angestrengtes Lächeln mit klaren Grenzen, ein geschäftsmäßiges Lächeln, das Sicherheit einflößte, aber wenig Wärme.

Als Pitt gegangen war, wusch er sich erneut und beobachtete die Bewegungen seiner Hände, die, um sich zu reinigen, gegeneinander anzukämpfen schienen. Er griff nach der Wasserkanne und hörte wie vom anderen Ende des Zimmers, wie das Wasser ausgegossen wurde.

Wieder hatte er das etwas unbehagliche Gefühl, als würde er sich aus der gegenüberliegenden Ecke des Raumes beobachten. Er konzentrierte sich auf seine Gedanken, löste sich von seiner Umgebung und schien körperlos zu werden. Um sich zu orientieren, schaute er erneut in den Spiegel, obwohl ihn das, was er da erblickte, nicht sonderlich interessierte. Als sähe er einer anderen Person zu, bemerkte er, daß sein Gesichtsausdruck beim Händeabtrocknen abwesend war, vielleicht sogar etwas sarkastisch und sehr selbstbewußt, jedenfalls was seinen Beruf anging.

»Hier?« fragte Grange.

Er bewegte seine Hand den Rand von Miss Chines enormem Bauch entlang. »Hier?« Seine Hand bewegte sich wieder, als umschriebe sie die Grenzen der Welt. »Sie müssen mir helfen, wenn Sie dazu in der Lage sind, Miss Chine.«

Die schwangere Mary Chine lag in aller Pracht zurückgelehnt auf einem Stuhl, und Grange tastete ihr sorgfältig den Bauch ab. Ihr Gesicht drückte mehr Furcht aus als Verlegenheit.

»Hier?«

Miss Chine wandte den Kopf ab und hustete, ein Geräusch, das wie das Maunzen einer Katze klang. Grange fragte erneut: »Ist es hier?« Er hob seine Hand hoch. »Ich denke nicht, daß es das ist, was Sie fürchten. Kein Kobold oder sonst ein Geist hat sich an Ihre Schwangerschaft herangemacht. Es handelt sich um eine Entzündung der Galle. Ich kann mir vorstellen, daß Sie zuviel arbeiten. Ich werde eine Mitteilung an Ihren Arbeitgeber schreiben und ihn bitten, Sie für fünf Tage zu beurlauben.«

Miss Chine zog ihre ausladenden Röcke herunter und stand auf. Grange ging zu seinem Schreibtisch, setzte sich hin, tauchte eine Feder in das Tintenfaß und schrieb schnell etwas auf einen einzelnen Papierbogen. Er unterzeichnete, nahm den Bogen dann zwischen Daumen und Zeigefinger und schwenkte ihn, um die Tinte trocknen zu lassen. Wenn seine Patientin reicher gewesen wäre und wenn er ihr hätte Eindruck machen wollen, hätte er feinen Sand auf das Papier gestreut, um das Trocknen zu beschleunigen. Aber Miss Chine war ihm vom Armenhaus gesandt worden, das jetzt von Mrs. Quill und ihrem Komitee finanziert wurde. Nachdem das Schreiben getrocknet war, faltete er es zusammen, gab es ihr und nickte ihr zum Abschied zu. Sie reagierte kaum und steckte das Blatt in den Ärmel ihres Kleides. Auch jetzt war sie offenbar immer noch nicht in der Lage zu sprechen. In seiner Gegenwart schien sie außerordentlich nervös zu sein. Er hatte den Verdacht, daß diese Furcht von seiner ausgesprochenen Höflichkeit hervorgerufen wurde, einer Höflichkeit, die als Barriere für Gefühle diente und seine große und trotzdem wohlmeinende Kälte verbarg.

Sie ging, und er nickte einer anderen Person zu, die in dem Alkoven saß, der als Wartezimmer diente. Ein Mann Mitte Dreißig kam herein, kräftig, vielleicht etwas nervös, der Grange nicht direkt ansah, sondern nur von der Seite.

»Mr ...?«

»Swann, Sir.«

»Mr. Swann ... Sie sind Seemann, könnte ich mir denken?«

»Zweiter Maat, Sir, auf einem Handelsschiff.«

»Was fehlt Ihnen?«

»Es ist mein Arm, Sir.«

»Wenn Sie Ihr Hemd ausziehen würden.«

Swann stand mit der Seite zum Arzt. Er zog sein Hemd mit dem Grange zugewandten Arm aus. Dann drehte er sich mit einer gewissen Feindseligkeit, die vielleicht von Scheu hervorgerufen wurde, zu Grange um, eine dramatische, sogar theatralische Geste, die von dem, was er zu zeigen hatte, noch verstärkt wurde. Sein linker Arm war ein Stumpf, durchtrennt am Ellbogen. An seiner Spitze fand sich eine schwarze Masse – Teer.

Grange betrachtete ihn ruhig und sorgfältig von oben und wählte folgende Worte: »Ich sehe, daß Sie ein Problem mit Ihrem Arm haben, Mr. Swann.«

»Anker setzen, Sir, vor vierzehn Tagen, in schwerer See, auf der *Limpet*, zweihundert Tonnen.« Grange wandte den Blick von dem Arm ab und sah Swann ins Gesicht. »Ich hab mich mit dem Arm in einem Tau verfangen. Stahl, nicht Hanf. Hanf ist nicht so brutal. Ich hab ihn in Teer gehalten, um die Blutung zu stoppen. Jetzt fängt es an, ein wenig weh zu tun.«

»Es tut also etwas weh«, wiederholte Grange. »Heben Sie den Arm.«

Venen und Arterien verfärbt, stellte er fest. Die Hautfarbe in der Nähe der Wunde fahl.

»Jetzt etwas tiefer«, sagte Grange. Er zwickte Swann in Schulterhöhe in den Arm. »Tut das weh?«

»Nein, Sir.«

»Das?«

Weiter unten schien das Fleisch fest zu sein und nicht nachzugeben.

»Das?«

Swanns Gesicht war vor Schmerz verzerrt. Grange sah ihn an.

»Gut. Es ist noch nicht sehr weit fortgeschritten.«

»Noch nicht sehr weit fortgeschritten, Sir?«
»Brand.«
Swann biß sich auf die Lippe. Grange vollzog eine Veränderung. In Ermangelung von Betäubungsmitteln mußte sich ein Arzt oder Chirurg auf seine Charakterstärke verlassen. Er mußte ein Stück aufführen, an dem der Patient willig teilnahm. Grange, der normalerweise schweigsam war, wurde gesprächig.
»Ich bestätige Ihnen nur, was Sie ohnehin schon wissen, Mr. Swann. Sie sind ein tapferer Mann, denke ich. Sie haben Ihr Leben dadurch gerettet, daß sie diese Sache nicht aufgeschoben haben. Wir müssen den Arm oben nahe an der Schulter amputieren. Sie werden mir doch helfen?«
Swann nickte.
»Sie können meinen Arm haben, Sir. Er ist ohnehin zu nichts mehr gut, wenn er nur noch in der Brise hin und her weht.«
»Dann nehme ich Ihr Angebot an«, sagte Grange. Als wäre ihm erst jetzt die Tragweite dessen klargeworden, was er vorhatte, wandte er sich um, ging zur Tür und rief laut nach unten: »Mrs. Thompson!«
Wenige Sekunden später wurde Mrs. Thompsons rötliches Gesicht an der Treppe sichtbar.
»Sir?«
»Amputation. Bereiten Sie heißes Pech vor, wenn Sie so gut sein wollen.«
»Heißes Pech, Sir?«
»Sofort.«
Grange kehrte in den Behandlungsraum zurück. Um Swann abzulenken und das Tempo beizubehalten, mußte er mit großer Selbstverständlichkeit handeln. Er ging zu

einem Instrumentenschrank, öffnete eine Schublade, ergriff ein kräftiges Seil und schloß die Schublade wieder mit einer großartigen Geste.
»Ich werde eine Aderpresse anlegen. Da Sie Seemann sind, frage ich Sie, mit welchem Knoten ich die beste Wirkung erzielen kann. Ich habe in meiner Jugend auf Schiffen gearbeitet, um Geld zu verdienen. Ein Stopperstek oder ein Webeleinstek ...«
Swann nickte mit einem nervösen Lächeln. »Ein Webeleinstek ist ganz in Ordnung. Das ist ein Knoten, der sich zusammenzieht, Sir. Kennen Sie den?«
»Lassen Sie mich einmal nachdenken. Sie stellen mich vor eine Aufgabe, Mr. Swann. Zwei halbe Schläge ... die dann noch einmal unter dem näher gelegenen Ende gesichert werden?«
»Unter dem gegenüberliegenden, Sir. Aber abgesehen davon, erinnern Sie sich richtig. Sie können ihn fester und fester anziehen, und er geht doch nicht auf.«
Grange näherte sich ihm mit dem Seil.
»Halten Sie Ihren Arm hoch.«
Er machte zwei halbe Schläge auf Swanns Schulter, führte dann das Seil unter dem gegenüberliegenden Ende durch, damit es einen sich zusammenziehenden Knoten bildete, und zog an.
»Fester, Sir. Dann wird mein Arm taub, und ich spüre nichts mehr.«
Grange lächelte kurz und zustimmend. Er wand sich die beiden Seilenden um die Handflächen und schloß die Hände zu Fäusten. Dann stieß er die Luft aus und bot seine gesamte Kraft auf, um das Seil brutal zusammenzuziehen. Swanns Kehle entwich ein schriller Ton, der in einem Husten verebbte.

»Schreien Sie nur, soviel Sie wollen, Mr. Swann«, sagte Grange, mehr mit sich selbst sprechend, so sehr war er in sein Tun vertieft. »Niemand kann Sie hören außer Mrs. Thompson.«
Triumphierend und schweißgebadet entgegnete Swann: »Dann singe ich für Sie, Sir.«
Zur Sicherheit band Grange noch ein Seil um Swanns Arm, gerade unterhalb der Schulter. Mit einem rohen Ruck zog er es an. Swann verlor vor Schmerz fast das Bewußtsein. Grange arbeitete jetzt sehr schnell, machte weitere Schlingen, zog noch mehrere Male plötzlich an und unterbrach dann immer seine Rede.
»Sie sind Seemann, und ich will mit Ihnen keine Umschweife machen. Ich könnte in die Schulter hacken, wo das Gelenk ist. Dann würde Ihnen Ihre Jacke jedoch nicht mehr so gut passen, was von Nachteil bei den Damen wäre. Also werde ich Ihren Arm einige Zentimeter unterhalb abtrennen, ihrem Schneider zuliebe.«
»Die Damen, Sir. Mein Schneider, Sir. Danke, Sir.«
»Nur damit Ihnen Ihre hübsche Figur erhalten bleibt. Den Knochen zu durchtrennen, wird etwas länger dauern. Sie werden also ganz schön zu singen haben.«
»Ich werde mein Bestes tun, Sir.«
Grange trat zu dem größten Schrank, öffnete eine Tür, nahm eine Flasche heraus und eine Blechtasse und goß eine ordentliche Menge Rum ein. Er reichte Swann die Tasse. Swann nickte und trank in großen Schlucken. Er gab Grange die Tasse zurück, und dieser füllte sie erneut. Swann trank wieder, und etwas Rum floß ihm aus dem Mundwinkel. Er wischte sich mit der gesunden Hand über die Lippen und blinzelte.
Grange war jetzt voller Energie. Eine Bewegung ging ohne

Unterbrechung in die nächste über. Er lief nicht, sondern schritt weit aus, als er sich zur Anrichte bewegte. Er kniete sich hin, zog unter ihr eine hölzerne Werkzeugkiste hervor und entnahm dieser eine kurze Säge und ein schweres Messer mit einer kräftigen Klinge. In der Kiste lagen Kratzer, Klingen, lanzenähnliche Instrumente und Zwingen, eine rohe Werkzeugkiste für anatomische Korrekturen. Grange wandte sich ab und schärfte mit schnellen Bewegungen das Messer an einem Schleifstein. Das geschah wiederum sehr nachdrücklich und sollte das Schweigen überbrücken, das eingetreten war, während Mrs. Thompson das Pech erhitzte. Der Patient wartet, der Schleifstein singt. Unter dem Geräusch der Klinge waren die Schritte von Mrs. Thompson zu hören, die die Treppe heraufkam. Sie betrat mit dem kochenden Pech in einer offenen Schüssel, über der Dampf aufstieg, das Zimmer.
Grange legte das geschärfte Messer auf den Tisch, schob einen Vorhang in einer Ecke des Zimmers hastig zurück und holte etwas hervor, das wie ein ramponierter hölzerner Tischlerbock aussah, der von dunklen Flecken übersät war. Er zog ihn in die Mitte des Zimmers.
»Bereiten Sie sich auf die Schlacht vor, Mr. Swann. Wir brauchen Ihren Arm hier über diesem Bock.«
Swann nickte. Die Angst hatte die aschfahle Farbe seines Gesichts noch verstärkt, ihr Plan wurde jedoch unerbittlich ausgeführt. Aus eigenem Antrieb bewegte er sich, ohne offensichtlich zu zögern, zu dem Bock, kniete sich hin und legte seinen Arm darüber. Grange zog einen Stuhl vom Tisch weg und drehte ihn zu Swann. Dieser stützte sich mit dem Ellbogen seines rechten Armes auf den Stuhl und ergriff die Lehne mit einer Hand, um sich daran zu hindern, ohnmächtig zu werden. Grange trat hinter ihn,

um sich neben dem Bock aufzustellen, und es kam ihm so vor, als würde Swann beten.

Grange nahm die Säge fest in die Hand, warf einen Blick auf Mrs. Thompson, die mit dem Pech neben ihm stand, und bemerkte, daß sie ebenfalls bleich und trotzdem gefaßt war.

Er nickte ihr kurz und anerkennend zu. Mrs. Thompson schluckte und nickte zurück. Granges Züge waren angespannt, als er sich bereit machte.

»Gefechtsposition, Mrs. Thompson.«

Das Sägen war deutlich zu vernehmen und schrecklich. Swann stieß ein Geräusch aus, und der Bock schien ebenfalls zu stöhnen, zu brüllen und schließlich zu schreien. Das dauerte vielleicht zehn Sekunden lang, und Grange kam es wie schon früher wie eine Ewigkeit vor, bis der ruhige, unerbittliche Stoß des Stumpfs, der in dem großen Metallgefäß aufschlug, das tatsächliche Ende signalisierte. Grange ließ die blutige Säge sinken, nahm das Messer vom Tisch und schnitt schnell das überstehende Fleisch ab. Blut spritzte auf seine Hosen. Mit Nadel und Faden machte er mehrere hastige Stiche in die Haut. Er konzentrierte sich ganz auf seine Aufgabe, alle anderen Angelegenheiten ignorierte er für den Augenblick. Er schüttelte einmal oder zweimal den Kopf und arbeitete eilig weiter.

Swann stieß einen heulenden Singsang aus. Grange nahm die Schüssel mit dem Pech mit der einen Hand und gab mit der anderen Mrs. Thompson das Gefäß mit dem Stumpf. Sie war bleich, deckte ein Tuch über die Schüssel und stellte sie auf die Anrichte. Dann beugte sie sich vor, um den knienden Swann daran zu hindern, umzufallen.

Swann schluchzte und seufzte heftig, fast so wie jemand, der schlecht träumt. Jetzt wurde er plötzlich von einer mysteriösen Kraft erfaßt: Er begann für Mrs. Thompson zu singen. Grange kniete nieder und trug mit einem Spatel das kochende Pech auf den blutigen Stumpf auf. Swann schrie, verschluckte sich und fing wieder an zu singen. Unterhalb seines Gesichtsfelds färbte sich Granges Hemd, während er das Pech auftrug, nach und nach rot von dem Blut, das immer noch aus der Wunde spritzte. Schließlich hörte Grange auf und atmete tief durch. Der Stumpf war versiegelt und geschwärzt.

Grange erhob sich, kümmerte sich nicht um den plötzlichen Krampf in seinem Knie und ging um Swann herum. Er legte sich den Arm seines Patienten um die Schulter und zog ihn auf die Füße.

Der Arzt und seine Haushälterin hievten und schleiften Swann zu der niedrigen chirurgischen Liege in der Ecke des Zimmers. Sie legten ihn vorsichtig hin, aber dennoch schrie er ein weiteres Mal, ein schreckliches Geräusch, wie ein Mann, der sein Kind verloren hat. Danach war alles still.

## 2

Keine Verbände, Mrs. Thompson«, ordnete Grange an. »Das Pech kann nur an der Luft hart werden.«
Er beugte sich zu seinem Patienten herunter. »Können Sie mich hören, Mr. Swann? Die Schlacht ist vorbei.«
Swanns Antlitz war bleich und schweißbedeckt. Er bewegte die Lippen: »Vorbei ...«
Mrs. Thompson breitete eine Decke über seinen zurückgelehnten Körper. Swanns Schulter hing über dem Fußboden. Mrs. Thompson kniete sich hin und stellte eine Schale auf die nackten Bretter unter dem Stumpf, um das Blut aufzufangen. Swann schien völlig erledigt zu sein.
Grange nickte Mrs. Thompson zu, die ruhig zur Anrichte ging, den Behälter mit dem Armstumpf hochhob und sich zur Tür wandte. Er folgte ihr und wischte sich abwesend die blutbedeckten Hände an einem Lumpen ab. Auf dem Treppenabsatz schloß er die Tür hinter sich.
Mrs. Thompson sah nicht in seine Richtung und stieg gerade die ersten Stufen hinunter. Als sie jedoch Granges Stimme hörte, blieb sie stehen. Der Arzt rieb sich immer noch die Hände an dem Lumpen und sagte mit leiser Stimme: »Ich muß heute nachmittag mehrere Patienten besuchen und bin heute abend mit Dr. Hargood ver-

abredet. Können Sie Mr. Swanns Arm begraben ... ganz tief?«

»Natürlich, Sir.«

Grange sprach noch leiser und fuhr fort: »Es gibt da eine Geschichte von einem Mann aus Brightlingsea, Mrs. Thompson, der sich derselben Operation unterziehen mußte. Einige Tage später ging er eine schmale Gasse entlang und traf auf eine Promenadenmischung, die aus der Gegenrichtung kam. Der Hund hatte etwas im Maul, was ihm sehr bekannt vorkam ... Er versuchte dem Hund den verlorengegangenen Gegenstand zu entreißen.«

»Sie sind heute wirklich gut gelaunt, Sir«, stellte Mrs. Thompson fest.

»Lassen Sie Mr. Swann so lange schlafen, wie er möchte. Er ist stark und wird in ein paar Stunden oder so sicher gehen wollen. Sagen Sie ihm, daß er einige Tage das Haus hüten und sich warm einpacken soll. Er soll Kälte und Zugluft meiden.«

»Sir.«

»Wenn er aufwacht, geben Sie ihm soviel Rum, wie er mag. Rum ruft bei einigen Leuten schlechte Laune hervor. Ein Seemann ist da anders. Er hat ohne Rum schlechte Laune.«

»Ja, Sir.«

Alles war besprochen, und Mrs. Thompson ging nach unten. Grange öffnete noch mal die Tür, sah, daß sich sein Patient wohl befand, obgleich er jetzt sichtbar unter seinen Decken zitterte. Er schritt an ihm vorbei zu einem hohen Wandschrank, nahm eine Rumflasche heraus und füllte eine Blechtasse. Dann zog er einen kleinen Tisch in Swanns Richtung und stellte die Flasche und die gefüllte Tasse darauf. Abgesehen von seinem beständigen Zittern, war nicht zu erkennen, daß Swann sich bewegte. Grange lauschte noch eine Weile Swanns Atemzügen und begab sich dann in sein Arbeitszimmer.

In der Ruhe seines Arbeitszimmers überlief Grange ein Schauer. Die Aufregung und der Schrecken waren vorbei. Eine Unruhe wuchs im Innern seines Körpers, in seinem Herzen oder bei seiner Wirbelsäule und breitete sich von dort aus. Sie schien seinen Körper zittern zu machen wie ein Beben, das sich von seinem Brustkorb oder seinem Brustbein in Richtung seiner Extremitäten bewegte, so daß er die letzten Auswirkungen in seinen Unterarmen, Handgelenken und Händen wahrnahm. Wie eine Schlange aus ihrer Haut schlüpft, so warf in diesem einfachen instinktiven Beben sein Körper den versteckten Schrecken und unbewältigten Schock ab. Früher war ihm davon fast übel geworden, und er hatte anschließend immer diese gewisse Leichtigkeit gespürt. Jetzt atmete er tief ein und schloß mehrere Sekunden lang die Augen.

Er bereitete sich darauf vor, sich erneut zu waschen. Sein blutbespritztes Hemd und seine blutbespritzten Hosen lagen eingeweicht in einer Schüssel mit Wasser, die Mrs. Thompson zu diesem Zweck nach oben gebracht hatte, bevor sie sich um den Armstumpf kümmerte. Er hielt inne und schaute an seinen Armen entlang hinunter auf seine Hände, die er jetzt mit einem gewissen teilnahmslosen Interesse betrachtete. Unter seinem angestrengten Blick zitterten sie noch immer. Ein Teil von ihm war noch nicht in Harmonie mit seinem Körper, auch dann, wenn er sich selbst ansah und sich seine eigenen Unzulänglichkeiten klarmachte. Er wußte, daß er mit einem Zittern zu rechnen hatte, und lächelte halb melancholisch bei diesem Gedanken. Bevor das letzte Beben noch vergangen war,

begann er sorgfältig und methodisch seine Hände zu waschen.
Obwohl er in Edinburgh gelernt hatte, wie wichtig die Reinlichkeit war, vermutete er doch, daß viel von ihrer Attraktion für ihn mit dem Ritual zu tun hatte, mit dem fast heiligen Akt einer Waschung. Nach dem Blutbad der Operation waren das Rauschen des klaren Wassers und das Klappern der Wasserkanne, als er sie wieder hinstellte, alles, was zu vernehmen war.
Nachdem er das angenehme Ritual des Händewaschens vollzogen hatte, spritzte er Wasser in sein Gesicht und wusch seine Stirn, sein Kinn und seinen Hals und trocknete sich dann schnell mit einem sauberen Handtuch ab. Er hielt inne, um zu blinzeln und sich im Spiegel zu betrachten, und sah in der reflektierenden Oberfläche das Fenster, das auf die High Street von Lymington hinausführte. Auf der gegenüberliegenden Seite der Straße standen zwei Frauen, die ruhig miteinander sprachen und unter Sonnenschirmen die Köpfe zusammensteckten, so daß ihre Haltung sich tadellos ergänzte. Unter seinem kurzen und neugierigen Blick erwies es sich, daß es sich um Mrs. Angela Hudson und Mrs. Celia Quill handelte. Sie waren ihm wohl erst am Ende ihrer Unterhaltung aufgefallen, denn sie nickten sich zu und trennten sich. Mrs. Hudson ging in Richtung St. Thomas, Mrs. Quill in die Gegenrichtung, auf die Flußbrücke zu und nach Walhampton. Er war beeindruckt von Mrs. Quills Anmut, als sie sich umdrehte, beeindruckt von ihrem leichtfüßigen Gang und der selbstbewußten und unauffälligen Neigung ihres Sonnenschirms, als sie sich aus dem Umkreis seines Fensters entfernte. Er spürte, wie es ihn einen Moment danach verlangte, ihr weiterhin dabei zuzuschauen, wie sie sich entfernte, dann hielt er sich jedoch zurück und

ging nicht zum Fenster, von wo aus er den erforderlichen Blick gehabt hätte. Außerdem war er bis zum Gürtel nackt, und es schien unangebracht zu sein, das Risiko einzugehen, daß ihn jemand trotz der schmalen und unauffälligen Spitzengardine sah, die Mrs. Thompson vor dem Fenster angebracht hatte, damit er sich umziehen konnte, ohne befürchten zu müssen, daß ihn jemand von der Straße aus beobachtete.

Mit dem Bild von Mrs. Quill immer noch vor Augen, zog er sich ein frisches Hemd an, das er aus dem Schrank genommen hatte, der ständig von Mrs. Thompson aufgefüllt wurde, und begann es mit seinen Fingern von oben nach unten zuzuknöpfen. Anschließend setzte er sich, schlüpfte in seine Hosen und stand dann auf, um sie ganz hochzuziehen und ihren Sitz zu überprüfen. Er legte sich ein Halstuch um, zog seine Jacke an und bürstete sich das Haar.

Wenig später trat er aus seinem Arbeitszimmer, öffnete die Tür des Zimmers, in dem Swann unruhig schlief oder vielleicht auch das Bewußtsein verloren hatte, und lauschte mehrere Sekunden lang seinem Atem. Dann schloß er die Tür und ging auf Socken die Treppe hinunter. Er wollte die Lederstiefel anziehen, die er auf seinen Runden trug und die deswegen neben der Tür standen.

In der Diele hielt Grange einen Moment inne. Er konnte Mrs. Thompson hinten im Haus hören, die beschäftigt war. Mrs. Thompson rief fröhlich: »Gehen Sie, Sir?«

Er saß auf dem hohen Stuhl in der Diele, um sich seine Stiefel anzuziehen. »Wenn sich Mr. Swanns Zustand verschlechtern sollte, wissen Sie, daß ich wie immer vor fünf zurück bin.«

»Ich werde ein Auge auf ihn haben, Sir.«

Grange öffnete die Haustür und trat hinaus. Draußen brannte die Sonne. Der praktische Sonnenschirm von Mrs. Quill tauchte kurz vor seinem inneren Auge auf. Das Sonnenlicht drang durch seine gesenkten Lider wie Licht durch einen Türspalt. Er hielt inne und hob eine Hand gegen die Helligkeit. Das Licht fiel durch seine Finger. Nachdem er sich mehrere Sekunden daran gewöhnt hatte, senkte er seine Hand wieder. Dann begann er den Lymington Hill hinunterzugehen und bog nach rechts in einen Pfad ein in Richtung von Edred Wrights Haus, das etwa eine halbe Meile entfernt lag.

# 3

Am Anfang seiner Karriere hatte er darauf bestanden, seinen Beruf in Lambeth auszuüben.

Das war einer der Bezirke Londons mit schlechter Luft, dessen Straßen von den unwahrscheinlichsten Heimsuchungen geplagt wurden. Die beflügelten Köpfe auf den Grabsteinen stellten nicht etwa Engel dar, die sich in den Himmel erhoben hatten, sondern Seelen, die in jenem Abgrund zwischen Tod und Auferstehung schwebten. London schien ihm wie das lange Intervall zwischen Leben und Auferstehung zu sein. Wenn sich Grange die Hölle überhaupt vorstellte, dann sah sie vielleicht so aus. Leute, die sich treiben ließen wie Blätter, Häuser, die sich mit ihren Rückseiten aneinanderkauerten, eine Armee von Seelen, die so eng zusammengepreßt wurden, daß sie wie eine Schmutzschicht auf der Erde lagen.

Und doch ließ sich Leben nicht von Veränderung, Wachstum und Verfall trennen. Einige Ecken der Stadt schienen von unauffälliger Bewegung erfüllt. Die Straßen waren voller Schatten, die Luft schien sich in Krümel aufzulösen und ihn festzuhalten. Einmal, als er an einem dunstigen Nachmittag den Mortlake entlangging, durch eine dieser nie enden wollenden Gassen, hörte er einen Schrei der

Verzweiflung, einen einzigen Schrei, der sich erhob, als versuchte eine Seele zu flüchten. Er hatte seinen Spaziergang fortgesetzt, der Nachmittag verging, aber in ihm war etwas aus dem Lot geraten. Er fühlte, wie sein Schrecken wuchs. Er würde London schließlich doch verlassen, um auf dem Land zu praktizieren.

Die Sache ging vielleicht tiefer. Es war mehr als ein bloßer gefühlsmäßiger Widerwille. Das Bild von London, London, diesem Auffangbecken von Menschen, London, diesem Zentrum des Handels, beleidigte seine Vorstellungen vom Streben nach Wahrheit, zu der er sich, unbeabsichtigt oder nicht, verpflichtet fühlte. London war zu nah an der Menschheit selbst, zu nah an ihrem Herzschlag; man wurde von den Forderungen der Stadt förmlich erstickt, nicht körperlich (er hatte das Glück, eine vergleichsweise gesunde Konstitution zu haben), sondern geistig, oder um es deutlicher zu sagen, was den Charakter anging. Was er suchte, war Abstand, ein vernünftiges Leben, in dem er seinen Mitmenschen den einen oder anderen kleinen Dienst erweisen und noch Zeit für seine Studien finden konnte.

Sein eigenes striktes Bild der Wahrheit, wie es ihm die Akademien von Schottland vermittelt hatten, war zentral in diesen Vorstellungen. Man konnte nicht das Bild einer Kerze gebrauchen, die ihr Licht auf verschiedene Objekte wirft, denn die Wahrheit schien aus dem Innern zu kommen wie ein inneres Strahlen, geisterhaft wie die Patina auf Silber. Es hatte das Gefühl, als wäre die Wahrheit nicht wortreich oder geschwätzig, sondern als machte sie sich scheu von der Seite an einen heran, wie ein Mann, der heimlich aus einem Haus flüchtet. Die Menge mochte sich an der Haustür zusammenrotten und auf ihre kühne Erklärung und volkstümliche Darstellung warten, aber sie würde ihr ruhiges Auftreten wahrscheinlich gar nicht wahrnehmen. Objektivität bestand für ihn in der Fähigkeit, sich abseits von der Masse zu stellen und die Fakten kühl und verstohlen für sich zu betrachten. Das war die Sicht des Wissenschaftlers, zumindest so, wie er sie begriff, und sie zu üben erforderte Abstand. Das war gleichzeitig die Wurzel seiner Unabhängigkeit und ebenfalls die Wurzel (obwohl er das vielleicht nicht direkt zugeben würde) seines Junggesellendaseins.

Doch in der Verfolgung dieser vagen Idee war er sich bewußt, daß er seine Seele einem Geheimnis verschrieben hatte, welches so verwirrend war wie das jeder noch in den Anfängen steckenden Gottheit. Wahrheit war selten wirklich, wenn überhaupt jemals. Sie entzog sich dem direkten Zugriff. Sie ähnelte statt dessen mehr dem Aufflackern eines Traums. Er wußte nur das eine sicher: Alle Wahrheit war bloß ein Annäherungswert. Und darin fand er sowohl Trost als auch den Grund zu Verzweiflung.

»So sprechen Sie doch«, forderte Grange ihn auf.

Edred Wright atmete schwach und sammelte sich. Als er sich bewegte, nahm Grange einen Hauch seines Körpergeruchs wahr – Schweiß und Urin, mit denen sich der Gestank einer Wunde mischte. Auf seinem Körper waren etliche Narben, die er sich zugezogen hatte, als er sich durch die Bilgen von großen Schiffen gezwängt hatte, und die sich hauptsächlich auf seinen Händen und Handgelenken fanden, aber auch an den Ellbogen und Knien. In den Sägegruben konnte einem schon einmal von den Haifischzähnen einer Säge schnell und beiläufig eine schreckliche

Wunde beigebracht werden. Die Heuer der Schiffszimmerleute betrug nicht ohne Grund das Doppelte gewöhnlicher Arbeiter. Die meisten Männer bei Buckler's Hard waren nicht fest angestellt. Mit jedem neuen Schiffsbau stieg und fiel der Bedarf an Arbeitskräften wie die Gezeiten. In der Nähe lagen die Eisenwerke von Sowley, die Roheisen herstellten. Die Männer, die bei Buckler's Hard ihre Anstellung verloren, fanden hier gelegentlich vorübergehend eine neue Beschäftigung.

Edred Wrights Stimme war kaum wahrnehmbar, als er flüsterte: »Ich habe Schwierigkeiten beim Atmen. Mein Körper verfault.« Er sah sich in dem düsteren Zimmer um, und seine Haut glich dem gelblichen Licht einer Talgkerze. Auf einem rohen Eichentisch standen zwei Lampen, mit Löchern in der Rückseite wie in einem Pfefferstreuer für die Sauerstoffzufuhr, ein geflochtener Käfig mit einem Zaunkönig, mehrere Gefäße aus Steingut sowie ein Sack mit Kartoffeln.

»Sterbe ich?«

»Wir sterben alle«, sagte Grange. »Sie haben doch eine Tochter?«

»Ja.«

Er braucht jemanden, dachte Grange, der die Verbände wechselt. In unmittelbarer Nähe war der Geruch sehr stark.

»Ich werde jetzt jeden Tag kommen.«

»Dann sterbe ich also.« Fast war Erleichterung aus Wrights Stimme herauszuhören. Die Wunden waren schon problematisch genug, aber der Kopf war es, der nicht länger wollte. Es war seltsam, wie leicht Leute doch aus dem Leben schieden. Grange hatte im vergangenen Jahr vielleicht dreißig Menschen sterben sehen, überwiegend an

Pocken. Er erinnerte sich kurz an sie, eine Serie von Masken oder bemalten Gesichtern, und sah sie durch einen Schleier von ruhiger Geschäftigkeit, die nicht viel half, aber vielleicht dazu beitrug, mit der Ungeheuerlichkeit besser fertig zu werden, zuschauen zu müssen, wie eine andere Person diese Welt verläßt.

»Wo ist Ihre Tochter?«

»Sie ist nicht mehr da, Sir.«

»Sie vernachlässigt Sie.«

»Ich habe sie vernachlässigt.«

Er spürte eine plötzliche Anwandlung von Mitgefühl für Wright und dessen Mangel an Selbstmitleid. Das war etwas, was er bei den meisten Handwerkern beobachtet hatte, die mit dem Meer zu tun hatten, auch bei den Schiffszimmerleuten beim zweiten Hinschauen.

»Sie könnten leben«, wandte Grange ein, »wenn Sie nur wollten.«

»Wenn ich wollte«, flüsterte Wright. Seine Augen drehten sich nach oben und erinnerten Grange an einen Hecht, den er in seiner Jugend gesehen hatte, ohne jeden Gesichtsausdruck oder eher mit dem Gesichtsausdruck eines alten Jägers, dem sein Schicksal mehr oder minder gleichgültig geworden ist.

Vor der Hintertür standen ein zerbrochener Taubenschlag und mehrere leere Bienenkörbe. Alles Lebende war entweder tot oder hatte sich davongemacht, außer vielleicht den Läusen.

Am Bett von Mrs. Eldon fühlte er anders als bei Mr. Wright so etwas wie Irritation. Nachdem er sie untersucht hatte, blickte ihre Tochter Augusta ihn ungeduldig an. Sie hatte etwas von einem körperlosen Geist. Grange fühlte ihr

Verlangen zu sprechen, brachte es jedoch nicht über sich, ihr das auch zu gestatten und sie zu beruhigen. Sie begleitete Grange in die Diele, schloß die Schlafzimmertür hinter sich und sah ihm ängstlich ins Gesicht, als er sich zu ihr umdrehte.

»Und?«

Grange ließ seinen Blick durch das Zimmer schweifen. Hier befanden sich Gegenstände aus dem gesamten britischen Weltreich, das Ergebnis der Reisen von Mrs. Eldons verstorbenem Mann, einem Diplomaten. Erst entstand der Eindruck, daß der Raum mit unschätzbaren Kunstwerken angefüllt war, dann, daß es nicht einem Staubkörnchen gestattet war, sich auch nur in ihrer Nähe aufzuhalten. Sah man jedoch noch ein drittes Mal hin, so wirkte das Arrangement eher schäbig, und das lag vielleicht an dem Umstand, daß die Sammlung von keinem einzigen Gedanken oder Ziel beherrscht zu sein schien. Eldon war ganz klar von dem Drang eines Sammlers beseelt gewesen, hatte jedoch kaum über wissenschaftliche oder künstlerische Bildung verfügt. Über der Sammlung lag etwas Zufälliges. Es gab Porzellan, Mineralien, Kunstgegenstände, Ikonen, Masken und kleine heidnische Gottheiten. An einer Wand hingen ausgestopfte Trophäen, Köpfe von Hirschen und die Hand eines affenähnlichen Wesens. In den Regalen standen ein paar kürzere Reihen von in Leder gebundenen Bänden mit Goldprägung.

»Ich glaube, daß Ihre Mutter auf dem Wege der Besserung ist, Miss Eldon.«

»Sie ißt nichts, Doktor.«

»Sie meinen, denke ich, daß sie nicht fünf Mahlzeiten am Tag zu sich nimmt.«

»Sie ißt nur zwei ...«

»In ihrem Alter sollte das auch genug sein«, entgegnete Grange.
»Aber …«
»Was ist mit Ihnen? Essen Sie genug? Sie scheinen sich zu quälen.«
Eine feine Röte flog über die zarten, wenn auch etwas blutarmen Züge von Mistress Eldon. Grange war immer überrascht, wie unmittelbar das weibliche Erröten war, ein Widerspruch in sich, eine schleichende Plötzlichkeit, und von so kurzer Dauer wie der Schatten einer Wolke. Er dachte über die physiologischen Ursachen des Errötens nach. Es war, als würde ein Gefühl auf etwas prallen und zurückkehren und dabei die Röte in den Hals, das Gesicht und die Hände treiben.
»Es geht mir passabel, Sir.«
»Sind Sie sicher?«
Den Schalk im Nacken, hoffte er, ein weiteres Erröten auf ihrer bleichen weißen Haut zu sehen, Spuren der Sonne. Sie biß sich auf die Unterlippe und widerstand der Versuchung. Er sollte wirklich nicht mit ihr flirten, fand es jedoch befriedigend und befreiend.
Jetzt hatte sie sich gefaßt und sah ihn direkt an, als wollte sie ihn dazu provozieren, sie noch weiter zu verspotten. Er nickte, verbeugte sich kurz und drehte sich um. Als er die Wendeltreppe hinunterging, hörte er ihre leichten Schritte hinter sich und sah einen unsteten Schatten über seinem eigenen.
An der Schwelle wandte er sich erneut um und nickte wiederum, dann entließ ihn die Tür in die Freiheit der Außenwelt.

Der Tag hatte barmherzigerweise etwas von seiner Hitze verloren. Die langen Schatten des Nachmittags lagen auf den Feldern. Am späten Nachmittag gab es eine ruhige Zeit, in der die Bäume und Hecken alle Geräusche zu unterdrücken schienen, als ob die Vögel und Insekten sich von den Erschöpfungen eines Sommertages erholen müßten. Nur eine äußerst schwache Brise von der See bewegte die Blätter. Grange lockerte sein Halstuch und begann nach Lymington zurückzugehen.

Mehrere Ziegen waren neben einer abgelegenen Ansammlung von Landarbeiterhäusern bei Oxey Barn angebunden. Obwohl aus einem der Schornsteine Rauch stieg, waren keine Menschen zu sehen. Treibholz war unordentlich in der Ecke eines der Grundstücke aufgeschichtet. Nicht weit vom Gasthaus Chequers entfernt kreuzten drei Männer seinen Weg, die zielstrebig auf die Küste zueilten. Sie schwiegen, hielten einen Abstand von vielleicht anderthalb Metern zueinander und gingen an ihm vorbei, ohne ihn zur Kenntnis zu nehmen. Er sah verstohlen zurück, um ihr Fortkommen zu beobachten. Sie liefen den Hügel hinunter, und ihre schweren Stiefel platschten bereits durch das wassergetränkte Marschland. Seevögel flogen auf, als sie eine Weide überquerten und sich auf das Ufer von Pennington zubewegten.

Die Leute, die hier lebten, konnten auf Fremde einen mürrischen Eindruck machen. Man hatte es mit einer geschlossenen Gesellschaft zu tun, die sich, obschon friedliebend, außerhalb der Gesetze befand. Eine lange, gemächliche Fehde zwischen zwei Familien, den Rickmans und Wrights, war wie ein Torffeuer, das unter der Erde weiterschwelt und sich nicht löschen läßt. Grange bekam einige der Konsequenzen zu sehen, Stichverletzungen in der Seite eines Rickman-Jungen, über die das Opfer nicht sprechen wollte, eine junge Frau, eine Kusine der Wrights, die über den Verlust ihres Kindes verzweifelte, für ihren Verdacht, es könnte erstickt worden sein, jedoch keine Worte fand. In der Gegend kamen gelegentlich auch Todesfälle unter den erwachsenen Männern vor. Vor einigen Jahren war die Leiche von Ebenezer Briggs, einem Handelsreisenden, unterhalb einer Deichmauer gefunden worden mit durchgeschnittener Kehle und seltsam verrenkten Gliedern. Die Gesetzeshüter hatten es jedoch nicht nötig, sich weiter mit den Verwicklungen der Fehde auseinandcrzusetzen. Der Schuldige wurde ihnen widerwillig ausgeliefert, als wäre man damit gerade noch einverstanden, und die Leute rückten wieder zusammen.

Grange setzte seine Wanderung durch den Bezirk Woodside fort. Richtung Meer lag offenes Marschland, das nur einmal, am Ufer, von dem strohgedeckten Dach einer Salzsiederei unterbrochen wurde. Hier legte er eine kurze Rast ein, um auf das blitzende offene Wasser zu schauen, über die Meeresarme und die Sandbänke. Wasser beruhigte ihn. Er mußte nur seine Oberfläche betrachten und das sich verändernde Licht darüber, um eine wohltuende Wirkung auf seine Seele zu verspüren. An diesem Ort konnte er die Erregung, die sich manchmal in ihm breitmachte, für eine kurze Zeit vergessen, und auch den Verdacht, daß sein Patient Edred Wright aus irgendeinem obskuren Grund von seinem Clan verlassen worden war und wie ein alter Wal starb. Das war ein Teil des alten Irrationalismus, an dem er als moderner Mensch still verzweifelte.

Nachdem er einige Minuten das Wasser und die sich

bewegenden Seevögel ruhig betrachtet hatte, kehrte er am frühen Abend nach Hause zurück, um sich umzuziehen, und fühlte sich wegen seines kurzen Aufenthalts am Ufer etwas besser.

# 4

Hinter dem dunklen Vordergrund der Wiesen schimmerte der Solent weiß wie das Kielwasser eines Schiffs, und wiederum hinter ihm erhob sich die hohe Küstenlinie der Isle of Wight. Grange ging schnell den Fußweg neben den Walhampton Fields entlang und konnte vor dem Watt vor der Insel zwei kleine Lichtpunkte sehen, die großen Feuer auf dem Pier von Yarmouth.

Der Solent und seine Beschaffenheit interessierten ihn im Moment nicht. Er ließ seinen Blick nicht so weit in die Ferne schweifen und versuchte mit den Augen die aufkommende Dämmerung zu durchdringen. Er gab acht, nicht in einen Graben oder in eine Pfütze mit abgestandenem Wasser zu stolpern, und suchte die Büsche und niedrigen Hecken nach dem verräterischen grünlich-weißen Licht ab, das auf *Lampyris noctiluca*, das Glühwürmchen, hindeutete. Das Weibchen, die flügellose Variante des Käfers, benutzte das Licht dazu, den fliegenden Männchen ein Zeichen zu geben. Grange war von den Geheimnissen des Lichts besessen. Einmal hatte er in einer Hecke in der Nähe von Oxey einen Busch entdeckt, in dem weibliche Lampyridae, vielleicht ein Dutzend, in der Abenddämmerung blinkten. Er hatte sich mit trockenem Mund genähert und das geisterhafte Pulsieren mit einer konzentrierten Aufmerksamkeit beobachtet, die ihn alles andere vergessen ließ. Für ihn existierte in diesem Augenblick nur dieses kleine Universum der Liebenden, die ihren Gefährten ein Zeichen gaben.

An diesem Abend konnte er keine Spur der Lampyris entdecken, obwohl seine Augen schon vom angestrengten Starren in die dunklen Gräben und tiefen Schatten zu tränen begannen. Er stellte fest, daß seine Mühen nicht belohnt wurden, und wandte sich erneut der Küste zu, wo sich das letzte Licht im Wasser spiegelte. Um diese Jahreszeit fegten gelegentlich Sturmwinde über die Küste. Wenn die Windrichtung entgegengesetzt zur Flut war, bildeten sich bei Brambles und auf Needles riesige Wellen. Jetzt wirkte das Wasser gegen die Dunkelheit des Festlands jedoch ruhig und unwirklich weiß.

Dr. Hargood erwartete Grange erst um neun und hängte deswegen eine Laterne mit einer Talgkerze vor die Tür. In der Dämmerung sah Hargoods palladianisches Haus mit seinen Pfeilern aus wie ein geisterhafter Koloß. Zu seiner Rechten sah Grange die Umrisse von mehreren grasenden Pferden und hörte ihre Hufe auf der Weide scharren. Auf dem Gras hatte sich bereits Tau gesammelt. Er konnte die Nässe durch seine Lederstiefel spüren, während er sich auf die flackernde Laterne an der Vorhalle zubewegte. Obwohl es noch nicht dunkel war, flatterten mehrere große Motten in ihrem äußersten Lichtschein.

Er näherte sich der Tür, der ein Portikus vorgelagert war, und hob den Türklopfer aus Bronze. Kurz darauf hörte er, wie sich im Innern des Hauses schwere Schritte auf dem Steinfußboden der Diele näherten, bis die Haupttür plötz-

lich und mit Entschiedenheit geöffnet wurde. Hargood, Granges Kollege und gelegentlicher Vertreter, sah ihn im Zwielicht liebenswürdig durch schmale Augen an.
»Kommen Sie herein, Sie Geist.«
In der Diele legte Hargood Grange eine Hand auf die Schulter und geleitete ihn über den Steinfußboden.
»Ich nehme doch an, daß Sie einige schöne Tage in London hatten?« fragte Grange.
»Die hatte ich. Fünf Tage hin, fünf Tage zurück, und eine Woche der Wonne dazwischen.«
Sie gingen zum Eßzimmer.
»Ihre Geliebte ist wohlauf?« wollte Grange wissen.
»Sie ist wirklich gut in Form.«
Im Eßzimmer war an zwei Plätzen gedeckt. Hargood hob einen Arm und zeigte zum Stuhl an der rechten Seite der langen Tafel. Er selbst saß am Kopfende. »Wir fangen sofort an. Ich bin auch wirklich hungrig. Simmons!« rief Hargood. »Unser Gast ist da.«
»Sir!« war Simmons aus der Küche zu vernehmen, ein schwaches Echo verglichen mit Hargoods Stentorstimme. Simmons und seine Frau waren die einzigen Bediensteten in Hargoods weitläufigem Haus. Sie waren ein unauffälliges Paar, oder vielleicht zogen sie es auch einfach vor, soweit wie möglich außerhalb der Reichweite von Hargoods gewaltiger Stimme zu leben. Bei seinen zahlreichen Besuchen im Hause von Hargood hatte Grange Mrs. Simmons, eine kleine rundliche Frau, nur bei wenigen Gelegenheiten zu sehen bekommen. Aber die Ordnung des Hauses ließ ihre Mühen sehr wohl ahnen.
»Wein, Sir?«
»Danke.«
Hargood füllte aus einer Karaffe zwei Gläser und schien

einige Augenblicke vertieft in die Betrachtung der Farbe der Flüssigkeit.
»Sie sind so dünn wie immer«, sagte Hargood, ohne aufzuschauen.
Grange hatte während ihrer langen Bekanntschaft gelernt, daß es nie ratsam war, Hargoods Beobachtungen über seine Person zu widersprechen. Jedes Zeichen des Widerstands hätte nur zur Folge, daß sein älterer Kollege seine Beobachtungen noch weiter ausführte. Es war eher ratsam, zuzustimmen und das Thema zu wechseln.
»Und Sie, Hargood, Sie scheinen bei unverwüstlich bester Gesundheit zu sein.«
Hargood stellte die Karaffe hin, beugte sich über den Tisch vor und senkte die Stimme wie ein Verschwörer: »Was man in London zu sehen bekommt – ich bin fassungslos. Bei den jüngeren Frauen hat sich eine Mode breitgemacht, die, so verstehe ich das, aus Frankreich kommt, von Madame Récamier und Madame Tallien. Ihre Anhänger nennen sich *les Merveilleuses*, glaube ich. Gewänder aus Musselin und Baumwolle mit hoher Taille, die eng am Körper anliegen und die so einfach sind, daß sie den Kleidern junger Mädchen ähneln, von denen sie, denke ich, auch stark beeinflußt sind. Sie tragen darunter fleischfarbene Strumpfhosen, und der Stoff der Kleider ist so dünn, daß man hindurchschauen kann wie durch ein Fenster.«
»Hargood, Sie entwerfen wirklich ein bezauberndes Bild.«
»Vielleicht. Aber ich fange an, mein Alter zu fühlen. Vorbei ist es mit den aufwendigen Frisuren, den hohen Absätzen, dem Schmuck, der Kosmetik und den Korsetts, die ich in meiner Jugend gekannt habe. Im Interesse der Mode ist alles erbarmungslos über Bord geworfen worden zugunsten einer Einfachheit der Form. Zu meiner Zeit raschelten

die Frauen nur so vor Brokat. Man mußte eine Frau verdammt noch mal in ihren Kleidern erst finden, Sir, man verfolgte sie durch ein Feld aus flüsternder Seide wie eine Füchsin zu ihrem Bau. Und da sie das Terrain kannte, war sie ganz schön im Vorteil, das kann ich Ihnen versichern. So wurde das Spiel gespielt, und damit ist es jetzt vorbei.«
»Ist die moderne Frau deswegen weniger leicht zu durchschauen?«
Hargood schob eines der beiden gefüllten Gläser seinem Gast hin. Die schnelle Bewegung unterbrach nicht den Fluß seiner Rede.
»Die Ohren der Frauen sind auf Mode geeicht wie die Ohren der Hunde auf bestimmte Pfeifen. Sie hören alles schon vorher und passen sich an, ehe man überhaupt noch etwas mitbekommt. Meine junge Dame ist da kaum anders. Sie zerrt mich vor die Tür, um die Précieuses im Park paradieren zu sehen.«
»Macht sie das?«
»In der Tat«, bestätigte Hargood, hob sein Glas zur Nase und roch an der Oberfläche des Weins.
»Und doch höre ich«, wandte Grange ein, »daß nur die Fortschrittlichsten so gekleidet sind. Es kommt mir so vor, als hätte man Ihr Pferd verhext, Sir, und als wären Sie abgeworfen worden.«
»Wie das, Sie junger Schurke?«
»Die Füchsin zeigt sich fast nackt, und Sie sind drauf und dran, das Bewußtsein zu verlieren.«
»Sie machen sich über einen alten Lebemann lustig, Sir, und das auf Ihre Gefahr«, sagte Hargood erfreut. »Eines Tages wird man Ihnen auch noch die Zähne ziehen.«
Es war ein Charakteristikum von Hargood, daß er nicht lange bei einem Thema verweilte. Simmons, der sich mehr

seitwärts als nach vorne bewegte, hatte den Rinderbraten hereingetragen und vor Hargood hingestellt, damit dieser ihn zerteilen konnte. Er zog sich leise durch die Tür zurück, und Hargood begann das Messer spielen zu lassen und sagte: »Silas, mein guter Junge, Sie sind zu männlich. Sie gestatten sich nichts, Sie haben keine angenehmen Laster, jedenfalls nicht, soweit ich das beurteilen kann. Ihr Herz ist so kalt wie der Winter.«

»Sie sind doch eher der Romantiker«, entgegnete Grange. »Ich selbst ...«

»Ja?« Hargoods Messer bewegte sich durch das Fleisch, und seine Augen folgten gebannt der Klinge.

»Ich selbst betrachte mich als einen Mann, der nicht so freizügig mit seinen Gefühlen umgeht.«

»Ängstlich, glaube ich ...«

»Vielleicht ängstlich. Aber diese Angst ist nicht nur von Nachteil. Sie bewahrt mir die Freiheit, die es mir erlaubt, andere Dinge zu verfolgen, die mich interessieren.«

»Ihre verdammten trockenen Bücher. Sie sind ehrlich, daran zweifle ich nicht. Und doch sage ich es noch einmal, in dieser Ängstlichkeit steckt Gleichgültigkeit.«

»Aber Gleichgültigkeit, wäre sie wirklich möglich, ist ein Ideal, oder etwa nicht? Denken Sie darüber nach, Hargood, daß man sich im Leben eher von der Logik als von den Gefühlen leiten lassen kann. Wenn das nur möglich wäre, sich eher vom Intellekt als von den Sinnen antreiben zu lassen.«

»Aber ohne die Sinne gibt es keinen Intellekt. Das ist der Fehler dieser Revolutionäre auf der anderen Seite des Kanals. Der Intellekt allein ist wie eine ungesicherte Pistole. Es endet damit, daß er die zerstört, die ihn gebrauchen wollen.«

Wie um seine Worte zu untermauern, fielen Scheiben von blutigem Rindfleisch vor Hargoods Messer. Grange, dem die Ereignisse vom Morgen noch zu nah waren, wandte seinen Blick von der schneidenden und sich vortastenden Klinge ab. Trotzdem hatte er, auch wegen des abendlichen Spaziergangs zu Hargoods Haus, Appetit, und der Geruch des Rindfleischs stach ihm in die Nase.
»Gefühle leben mit uns, Silas.« Hargood reichte Grange einen vollen Teller. »Sie sind unsere ständigen Begleiter, ob sie uns gefallen oder nicht. Sie wohnen in uns, wie wir in ihnen wohnen. Haben wir sie einmal erkannt, haben wir endlich die Chance, glücklich zu werden.«
»Gefühle?« fragte Grange. »Wir haben einen armen verrückten König, der von Dr. Willis und seiner Gruppe von Schurken und Unterdrückern durch seine Gemächer verfolgt wurde, weil er an einem Übermaß an Gefühlen litt.«
»Dabei handelt es sich nur um kurzzeitige Ausfälle. Wenn er sich von diesen erholt, ist er ein guter Herrscher.«
»Das ist wahr«, gab Grange zu. Es gefiel ihm nicht, mit Hargood zu oft einer Meinung zu sein, da er zum Liberalismus tendierte. Deswegen hätte er auch lieber nicht zugegeben, daß der Monarch beliebt war.
Hargood begann auf seinen eigenen Teller Fleisch zu legen.
»Sie sind bei guter Gesundheit, denke ich, und doch scheint Sie etwas zu beschäftigen.«
»Heute blieb mir unglücklicherweise nichts anderes übrig, als einem Mann den Arm zu amputieren.«
»Dann trinken Sie mehr Wein. Vielleicht ist Ihnen das in die Knochen gefahren.«
»Wohl nicht. Es ist eher eine seelische Angelegenheit.«
»Seelisch?«

»Ein Arm ist ein großer Teil des Körpers, etwa wie der Ast eines Baumes. Der Mann hat tapfer gesungen, während ich die Operation vornahm. Ich dachte darüber nach, wie seine Seele in Stücke gegangen ist, als sein Arm in die Schale fiel. Es machte ein schreckliches und gar nicht einmal lautes Geräusch.«
Hargood unterbrach das Zerlegen des Bratens.
»Verflucht, Silas, Sie sind morbid. Ein Arzt sollte keine Schuld verspüren. Das ist wichtig für sein Wohlbefinden. Wir riskieren manches im Interesse der Gesundheit der Patienten, und bei einigen dieser Versuche versagen wir. Das ist, wie es ist. Anschließend sollten wir jedoch gut schlafen.«

Grange zerteilte und kaute sein Fleisch sorgfältig. Hargood zerrte, riß und schlang und grunzte immer mehr vor Zufriedenheit.
»Machen Sie sich manchmal Sorgen über die Niederlagen?« fragte Grange zwischen zwei Bissen.
»Man sollte nicht zuviel darüber grübeln. Ich habe gelegentlich über meine Bilanz nachgedacht. Nach ihr, und Gott ist mein Zeuge, habe ich in den letzten dreißig Jahren vielleicht zwei oder drei Leben pro Jahr gerettet. Lassen Sie uns sagen, sechzig Seelen. Dagegen stehen, glaube ich, Anstrengungen, die ich nach besten Fähigkeiten meinerseits unternommen habe, jedoch ohne vielleicht die wahren Gründe oder Umstände ganz zu verstehen, mit denen ich möglicherweise das Ende von fünf Seelen beschleunigt habe. Lassen Sie uns großzügig sein. Lassen Sie uns sagen, daß ich im Rahmen meiner wohlmeinenden Bemühungen und ohne es zu wissen die doppelte Zahl an Todesfällen hervorgerufen habe – sollen wir sagen, ein rundes Dutzend?«

»Sie sind wirklich sehr offen.«
»Darum geht es mir ja gerade. Wir müssen einiges aushalten. Also ein rundes Dutzend. Ich denke da an eine Waage, und wäre ich nicht eingeschritten, wären mindestens sechzig gestorben, und vielleicht weil ich da war, sind maximal zwölf verblichen. Ich glaube, und Sie mögen mir das verzeihen, daß das ein vernünftiges Ergebnis und Verhältnis ist.«
»Ich bewundere die Ehrlichkeit Ihrer Einschätzung. Aber kann man eine Rechnung mit Menschenleben aufmachen?«
»Ja.« Hargood schüttete den Wein herunter. »Tatsächlich. Und genau aus diesem Grund. Ein Leben ist ebensoviel wert wie ein anderes. Nicht mehr und nicht weniger. Das lehrt uns unser Beruf. Das ist unser Ideal. Also sind die Konsequenzen, sage ich, exakt. Und das heißt, wenn, ich wiederhole, wenn es sechzig Gerettete gibt und zwölf Verblichene, dann habe ich genau achtundvierzig gut.«
»Sie kommen in den Himmel, da bin ich mir sicher«, bemerkte Grange und fügte gehässig hinzu: »Möglicherweise jedoch nur auf einen Platz zweiter Klasse.«
»Solange es sich nicht um die Hölle auf einem Platz erster Klasse handelt, werde ich mich nicht beklagen.« Gutgelaunt füllte Hargood seinen Mund mit Braten und kaute mit einem liebenswürdigen Gesichtsausdruck. »Aber warum haben Sie Ihren Patienten nicht zu einem Chirurgen geschickt, wenn Sie sich um sein Durchkommen solche Sorgen machen?«
»Ich denke, daß er zu John Colley hätte gehen können. Aber Colley gehört zu der alten Schule, er ist sowohl Barbier als auch Chirurg. Von seinen letzten zwölf Amputationspatienten sind vier anschließend gestorben. Wenn

ich ihn andererseits nach Salisbury geschickt hätte, hätte er einige Tage auf Henry Leman warten müssen, vielleicht auch mehrere Wochen. Oder in Winchester auf James Durrant unter Umständen noch länger.«
»Colleys Patienten sind an Infektionen gestorben?«
»Ich glaube, er wäscht sich nicht alle Reste toten Gewebes von den Händen. In dieser Beziehung ist er natürlich nicht besser und nicht schlechter als viele der alten Barbier-Chirurgen. Er macht es nur so, wie es die herkömmliche Praxis nahelegt. In Edinburgh hat man uns beigebracht, daß die Auslöser einer Infektion so klein sein können, daß sie nicht mit dem menschlichen Auge wahrzunehmen sind ...«
»Ja, ja.« Die Tatsache, daß Grange ein Absolvent des Royal College of Physicians in Edinburgh war, trug nicht dazu bei, Hargoods Mißtrauen schottischen Universitäten gegenüber zu zerstreuen. »Vielleicht sollte ich Sie fragen: Was wird, wenn Ihr Patient unter Ihren Händen stirbt?«
»Dann war ich auch nicht schlechter als Colley.«
»Bravo«, sagte Hargood. »Das ist die richtige Einstellung. Ich werde es mir zur Aufgabe machen, daß Sie sie konsequent anwenden.«
Während ihrer Unterhaltung war Hargood damit beschäftigt, kontinuierlich einen Haufen Braten zu verschlingen. Es lag eine Ruhe über ihm, wenn er aß, über dem Schwung seines Messers, dem Niederbeugen seines Kopfes, wenn er ein blutiges Stück Fleisch zum Mund führte. Hatte er einmal angefangen, ließ er nicht ab. Grange war ein wenig langsamer und zögerte gelegentlich.
Hargood machte eine kleine Pause, dann sagte er: »Was mich am meisten beunruhigt, ist die Pockenimpfung.«
»Warum das?«
»Ihre Unberechenbarkeit«, Hargoods Gabel schwebte vor

seinem Mund, »wenn man sie für eine Menge von Menschen anwendet. Feuer mit Feuer zu bekämpfen ist ein gefährliches Geschäft. Wir sind noch in der Frühphase. Bei einer ganzen Bevölkerung ...«

»Aber Sie haben doch sicherlich ein paar überzählige Seelen in der Waagschale, um einige Experimente riskieren zu können?«

»Silas, Sie sind grausam genug, um mich an meine Vernunft zu erinnern. Ich kann die Impfungen, die hier vielleicht vor acht Jahren durchgeführt wurden, nicht leichtfertig abtun. Damals, wie Sie sich sicher entsinnen werden, entschlossen sich die Gemeindeältesten- und oberhäupter, alle impfen zu lassen, weil sie das Auftreten der Pocken bei den Armen beunruhigte. Erinnern Sie sich auch an das Resultat, Sir? Beckley impfte vielleicht dreihundert, von denen zwei starben, Dolland ungefähr fünfhundert, die alle überlebten, und Nike circa dreihundert, von denen achtzehn den Tod fanden. Nike muß etwas benutzt haben, was ansteckender war, aber wie sollte der Arme das wissen?«

»Das war Pech«, gab Grange zu. »Wie Sie sagen, ist es sicher schwierig, ständig den Angehörigen der Verstorbenen zu begegnen, die die Umstände kaum kennen.«

»Gott sei Dank sind die Leute hier wie die Wilden und finden sich mit solchen Sachen ab, weil sie sie als Teil der Weltordnung ansehen. Aber gerade deswegen und auch aus anderen Gründen ziehe ich es im Augenblick noch vor, wenn die Natur von sich aus Infektionen auslöst.«

»Entdecke ich unter dieser robusten Oberfläche«, bemerkte Grange, »einen menschlichen Zweifel?«

Hargood lehnte sich zurück und lockerte seinen Gürtel, um so ungehinderter die zweite Portion essen zu können. »Einen menschlichen Zweifel? Nein. Bloß eine praktische

Auffassung. Ich möchte nicht mit dem Feuer spielen, wenn man soviel unabsichtlich in Brand stecken kann.«

Grange nickte. »Jenner hat eine *Untersuchung über Ursachen und Wirkungen der Variolae Vaccinae* veröffentlicht.«

»Was steht da drin?«

»Er meint, daß es zwei Arten der Kuhpocken-Seuche gibt, von der nur die eine gegen die Pocken schützt, und daß sich das Versagen bei der Anwendung der Kuhpocken-Impfung häufig so erklären läßt.«

»Hat er seine Hypothese überprüft?«

»Ein achtjähriger Junge wurde mit Kuhpocken-Bläschen geimpft, die von den Händen einer Melkerin stammten. Ein Jahr später wurde der Junge gegen Pocken geimpft, die Krankheit brach jedoch nicht aus.«

»Das ist ein Anfang«, gab Hargood zu. »Wir werden aber noch weitere Tests brauchen.«

»Natürlich«, entgegnete Grange. »Obwohl ich persönlich glaube, daß Dr. Jenner auf dem richtigen Weg ist.«

Hargood machte Granges warme Anteilnahme plötzlich mißtrauisch. »Dieser Jenner, hat der sein Diplom aus Edinburgh?«

»St. Andrews«, erwiderte Grange und fuhr dann mit einer gewissen Befriedigung fort: »Das ist ungefähr dasselbe.«

# 5

Noch eine Scheibe?« fragte Hargood.
»Ich bin satt«, entgegnete Grange.
Hargood zuckte mit den Schultern und nahm sich selbst einige weitere dicke Scheiben Rindfleisch. Bevor er sich jedoch daran machte, sie mit Hingabe zu verspeisen, lehnte er sich zurück.
»Silas, Sie sehen mich als einen lebenslustigen Burschen. Bedenken Sie jedoch das eine. Wenn in dieser Welt ein Mann Befriedigung und Zufriedenheit findet, warum sollte er dann ihre Quelle verlassen? Darin unterscheide ich mich von Ihrem Lebemann. Ist es nicht normal, von Zärtlichkeit derjenigen gegenüber erfüllt zu sein, die einem Freude bringt?«
Dieser überraschende Richtungswechsel veranlaßte Grange, mit dem Essen innezuhalten und seinen Gastgeber kurz anzusehen. Er entschloß sich, mit der Antwort noch zu warten.
Hargood fuhr fort: »Was ist das, was unserem Lebemann fehlt, zumindest was sein Auftreten angeht? Zärtlichkeit, würde ich sagen. Ich frage mich: Warum verfügt er nicht darüber? Wenn es im Innern seines Wesens irgendeine Sanftheit gibt, warum sollte er dieses Gefühl dann zurückhalten?«

»Hargood, ich vermag nicht zu erkennen, worauf Sie hinauswollen.«
Hargood sah ihn direkt und leidenschaftslos an. »Ich will auf Sie hinaus, Sir.«
»Auf mich?«
»In Ihnen steckt ein schreckliches Unbeteiligtsein. Sie sind ein Idealist, soviel ist sicher. Aber, frage ich mich, ist das nicht ein Ergebnis dieses Unbeteiligtseins?«
»Geben Sie eine Erklärung, oder formulieren Sie eine Frage?«
»Ich bin länger auf dieser Welt als Sie und befinde mich bereits in einem Alter, in dem man zurückschaut und seine Fehler zählt. Wenn ich nach den Quellen der Zufriedenheit suche, finde ich sie nicht in Beherrschung oder im Triumph oder in der Behauptung meines Willens anderen gegenüber, sondern genau in jener Zärtlichkeit, die bei Männern nicht als wichtig angesehen wird. Das Gold des Himmels ist die Freundlichkeit des Herzens.«
»Hargood, Sie sind einer der freundlichsten Menschen, die ich kenne. Aber vielleicht wollen Sie mir Zeit geben, meinen eigenen Weg zu finden.«
»Was ist der Mann?« fragte Hargood und begann sich für sein Thema zu erwärmen. »Ein bloßer Komplize weiblicher Tugenden. Die Frau ist die erste Größe, ist im Zentrum der Existenz.«
»Tatsächlich?«
»Das ist das, was ich sage. Was ist der Mann sonst, verglichen mit der Frau, wenn nicht ein Kind, ein mächtiges Kind.«
»Hargood ...«
»Denken Sie darüber nach. Gibt es nicht mehr ehrbare Frauen als ehrbare Männer?«

»Ja, das würde ich annehmen.«
»Warum lassen Sie sich dann nicht mit einer von ihnen ein? Einer, die einfach ist und ein freundliches Herz hat?«
»Vielleicht werde ich das schließlich.«
Hargood hob sein Weinglas, schwenkte dessen Inhalt und sprach zu dem Zimmer vor sich: »Und doch ist diejenige, auf die Sie Ihre Aufmerksamkeit richten, die, die am wenigsten sanft ist. Sie lauern unserer großen Dame auf wie ein Tiger, der die Nacht durchstreift.«
»Hargood, ich weiß nicht, von wem Sie sprechen ...«
»Genau die Dinge, die in mir die ernstesten Zweifel auslösen, erregen Ihre Neugierde.«
»Über wen ...?«
»Ich spreche von Mrs. Quill, und das ist Ihnen vollkommen klar.«
»Mrs. Quill?«
»Mrs. Quill.«
»Sie ist bloß eine Bekannte von mir«, entgegnete Grange, »wenn ich überhaupt die Kühnheit besitze, sie so zu charakterisieren – eine bewunderte Bekannte.«
»Ich habe sie beide auf Festen in ernster Diskussion gesehen, die Köpfe zusammengesteckt.«
»Ihre Intelligenz ist überragend. Sie löst in mir sowohl Bewunderung als auch Neugierde aus.«
»Mrs. Quill hat alle Qualitäten, die Sie ihr zuschreiben. Das steht außer Frage. Die Frage ist Ihr Motiv. Ich glaube, Ihre Neugierde wird Sie in die Hölle führen, Sir«, erklärte Hargood ohne offensichtliche Feindseligkeit, sogar mit einem gewissen Maß an ungehobeltem guten Willen, als ob die Hölle bloß ein Bezirk wäre, den ein Gentleman mied wie Cheapside.

»Wie sollte ich sonst mit meiner Neugierde umgehen«, fragte Grange, »außer sie zu befriedigen?«
»Wenn Sie sie befriedigen, Sir«, sagte Hargood mit beachtlicher Genugtuung, »dann bin ich bin König Nebukadnezar.«

Später jedoch nahm Hargood mit einem Augenzwinkern den fünfarmigen Leuchter, legte einen Finger auf die Lippen und führte Grange durch die Diele und einen schmalen Korridor in den hinteren Teil des Hauses. Sie gelangten in die Bibliothek, und Hargood schloß eine schwere Eichentür auf. Sie traten in einen dunklen stickigen Raum. Als sie weiter hineinkamen, erleuchteten die Flammen die Oberfläche der Wände, so daß ihr Schmuck deutlicher wurde. Es handelte sich um eine private Galerie, die Galerie eines reichen Junggesellen. Dort hingen Dutzende von Ölgemälden, deren gefirnißte Oberflächen gelegentlich im Licht der fünf Flammen aufglänzten. Die Gemälde selbst hatten mehrere Gemeinsamkeiten. Alle zeigten sie menschliche Gestalten, fast alle waren diese weiblich (außer einigen Satyren und Cupidos) und alle fast ohne Ausnahme im Zustand der vollständigen oder beinahe vollständigen Nacktheit.
Im Halbdunkel begann Hargood zu kichern. »Ich halte sie vor Mrs. Simmons verschlossen.« Er ging auf ein Gemälde mit zwei Schäferinnen und einem dunkelhäutigen Pan zu. »Was halten Sie zum Beispiel von diesem?«
Grange verweilte, um es seinen Augen zu gestatten, sich den Lichtverhältnissen anzupassen. »Äußerst interessant in der Ausführung. Ich finde, daß so viel in der Kunst vom Hintergrund abhängt. Papier, das auf einen festeren Untergrund geklebt wird, ist beispielsweise ausgezeichnet. Auf

gewissen Gemälden, Gemälden, die nach der Stimmung ausgeführt sind, gibt kein anderes Material dem Braun so viel Transparenz und dem Schwarz so viel Tiefe. Ich denke, dieses hier muß mit einem solchen Hintergrund ausgeführt worden sein.«

»Sie stellen meine Geduld auf eine Probe, Silas. Gefällt Ihnen die Szene nicht?«

»Großartig«, murmelte Grange. »Perfekte Technik. In Italien benutzte man als Untergrund weiße Pappel, während man in Flandern Eiche gebrauchte. Einige behaupten, daß Mahagoni Eiche vorzuziehen sei, weil es nicht so leicht Risse bekommt.«

Sie gingen weiter. »Und dieses?« fragte Hargood.

»Wer hat es gemalt?«

»Es sind *Die drei Grazien* von François Boucher. Eine Kopie«, fügte Hargood eilig hinzu, »von einem begabten jungen Studenten der Akademie.«

»Außergewöhnlich gut in der Ausführung«, sagte Grange, »obwohl ich mit der Dicke der Farbe nicht ganz einverstanden bin. An einigen Stellen ist sie so aufgetragen, daß die Italiener das schon als Impasto bezeichnen würden.«

»Und hier«, Hargood trat zu einem anderen Gemälde, »habe ich einen echten Montmorency.«

»Tatsächlich.«

Hargood ging weiter, und seine Bewegung veranlaßte die Flammen zu flackern und kleiner zu werden. Als sie stehenblieben, schienen sie zu zögern, sich zu sammeln, um dann wieder zu wachsen. Jedesmal wenn sie anhielten, wartete Grange mehrere Sekunden, bis das hellere Leuchten ein Bild in der Dunkelheit sichtbar machte.

Sie standen jetzt vor einem einzelnen hohen Gemälde. Auf ihm war eine Kaskade von Nymphen, Satyren und Cherubim zu sehen, eine Symphonie aus Fleisch. Und doch schien das Gemälde seltsam körperlos zu sein, als hätte es keine Mitte, keinen Fokus. Die weiblichen Körper waren vertraut und luden die Augen ein, die Rundungen und versteckten Schatten zu erkunden, aber die bloße Zahl der Figuren schien in diesem Fall das Auge zu verwirren. Es kam Grange so vor, als wäre hier Quantität über Qualität gegangen. Er sagte davon jedoch nichts zu Hargood, der die Großartigkeit und die Abmessungen des Werkes bewunderte.

Wenn die Bilder vor ihm ein gemeinsames Thema hatten, dann war es dies: die geheimen Gedanken eines Junggesellen. Alles war saftig, fleischlich und ausdrucksstark. Auf einem Bild nach dem anderen wurde die Üppigkeit des weiblichen Fleisches geboten. Grange kam es so vor, als hätte Hargood seinen privaten Harem, eine Herde menschlicher Milchkühe.

»Wie finden Sie das?« wollte Hargood wissen.

»Ich beobachte, daß die mit einem dunkleren Hintergrund weniger gut gemalt sind, während die mit einem hellen Hintergrund sich eine wunderbare Frische bewahren.«

»Und dieses?« Hargood ging weiter.

Drei Frauen in einem Innenraum, eine zurückgelehnt, eine zweite stehend, der eine dritte, ohne Zweifel eine Magd oder Kammerzofe, eine der wenigen vollkommen bekleideten Frauen in der Galerie, das Korsett anlegte.

»Wenn ich alt bin«, meinte Hargood im flackernden Licht, »und der körperlichen Befriedigung nicht mehr fähig, werde ich hierherschwanken und mich an das erinnern, was ich einst genossen habe.«

»Ich würde sagen, das ist eine gute Investition«, entgegnete

Grange, »obwohl ich den Verdacht habe, daß Ihre Pensionierung noch lange auf sich warten lassen wird.«
»Eine sehr schickliche Bemerkung.« Hargood drang in Gedanken versunken weiter in die Dunkelheit vor. »Vielleicht entdecke ich in Ihnen zu guter Letzt doch etwas gesunden Menschenverstand.«

Schließlich gingen sie zur Haustür.
»Sie sind mit dem Pferd gekommen?« fragte Hargood.
»Ich bin gelaufen. Ich genieße die Nachtluft.«
»Ich hoffe, daß Sie nicht auf einen Geist oder auf ein Gespenst treffen.«
»Glauben Sie an Gespenster?« wollte Grange wissen.
Hargood öffnete die Tür. Grange fühlte die Nachtluft kalt in seinem Rücken. Trotz der Nebel um Mittsommer war der Himmel klar zu sehen. Er hatte vor, im kühlen Sternenlicht das Watt entlangzugehen.
»Nur insoweit«, antwortete Hargood, »daß bestimmte unserer Freunde starke Persönlichkeiten sind. Ich denke, Sie werden zustimmen. Wenn sie aus dieser Welt scheiden, lassen sie eine Leere zurück, die nicht weniger mächtig ist.«
»Und weiter?«
»Was ist ein Gespenst«, sagte Hargood großartig, »anderes als eine intensive Leere.«
»Aber gibt es diese Leere außerhalb von uns, Hargood? Ist sie irgendwie konkret. Oder ist sie nur ein Gefühl in unserem Innern wie die Erinnerung an einen verlorenen Arm?«
»Ob sie in unserem Innern ist oder außerhalb, ist mir egal. Sie ist erfahrbar, fühlbar. Das ist ausreichend. Wessen Arm haben Sie übrigens abgenommen? Es hört sich für mich fast schon so an, als wäre es Ihr eigener gewesen.«

»Mein Patient ist ein Mr. Swann. Vielleicht habe ich ein gewisses Mitleid mit ihm.«
»Mitleid«, knurrte Hargood. »Ein Arzt kann sich Mitleid nicht leisten. Es hindert ihn an seinen Pflichten. Verdammt, Mitleid ist etwas, um zwei Leute unglücklich zu machen, wo es vorher nur einen Unglücklichen gab.«
Die Kerzenflammen flackerten in der Nachtluft, gingen beinahe aus und erholten sich wieder. Grange war in die Mechanik des Lichts versunken und sich bewußt, daß man in Redruth in Cornwall bereits ausgedehnten Gebrauch von Leuchtgas machte. Sein Erfinder, William Murdock, hatte damit vor gar nicht langer Zeit sein Haus erhellt. Es würde noch dauern, bis es sich durchsetzte, obwohl Hargood bereits darüber gesprochen hatte, es zur Beleuchtung seines eigenen Hauses zu benutzen, wenn er nur eine Gasversorgung fände.
Jetzt sagte Hargood: »Ich werde Sie ein paar Schritte begleiten. Ich genieße Ihre Besuche immer so. Sagen Sie mir, gibt es etwas, worüber wir geneigt sind, einer Meinung zu sein?«
In Hargoods Stimme war eine Spur von Angst, und Grange war bemüht, seine Zweifel zu zerstreuen.
»Ich glaube, es gibt nichts«, entgegnete Grange.
»Ich fürchte, daß wir etwas finden werden, und dann ist unsere Freundschaft vorbei.«
»Wir müssen alles unternehmen, um sicherzustellen, daß das nicht passiert.«
»Wir sprechen von Gegensätzen, Sir. Und doch kommt aus der reinsten Flamme der schwärzeste Ruß.« Hargood hielt außerhalb des Lichtscheins der Lampe in der Diele inne. »Ich sage Ihnen ein letztes Mal adieu.«
»Gute Nacht.« Grange setzte seinen Hut auf, winkte und

ging davon. Er folgte den Pflastersteinen. Der Pfad führte ihn über ein Feld zum Tor und zur Straße. Der Wein machte ihn beschwingt. Wenn auch für nichts anderes, war er Hargood dafür dankbar, daß er seinen Schrecken zerstreut hatte.

## 6

Ungeachtet der guten Laune, die er bei Hargood gehabt hatte, schlief er in dieser Nacht unruhig. Einige wirre Gedanken weckten ihn vor der Dämmerung, und er lag im Bett, seine geöffneten Augen gegen die solide Dunkelheit gepreßt, und versuchte sich an die obskure und verwirrende Gestalt eines Traums zu erinnern. In anderen Nächten, wenn er an Schlaflosigkeit litt, entzündete er eine Kerze und las einen Abschnitt Aristoteles oder den Philosophen David Hume, der seine ganze Aufmerksamkeit forderte. Die Konzentration beruhigte seinen Geist. Mrs. Thompson klopfte dann bei ihm an, um ihn zu wecken, und fand ihn, die Tür geöffnet, damit ein Zug das heiße Sommerwetter etwas erträglicher machte, wie er über seinem Schreibtisch lag und zu guter Letzt doch eingeschlafen war.

An diesem Morgen fühlte er sich stärker erregt, als daß er sich durch bloße Lektüre hätte beruhigen können. Ihn verlangte, etwas von dem Nebel, den Hargoods Wein ausgelöst hatte, durch einen Spaziergang zu vertreiben. Die ersten Spuren der Dämmerung waren durch den Fensterrahmen zu sehen, und er erhob sich, zog Hosen, ein Hemd, Gamaschen und Schuhe an, und schlich nach

unten und durch das Haus, um Mrs. Thompson nicht zu wecken.
Draußen auf der Straße schloß er leise die Tür und ließ die Klinke herunter. Kaum etwas bewegte sich. Er blickte nach Osten und sah das Frühlicht über den Kamm von Walhampton Hill scheinen. Nur ein kurzes Wiehern und flüchtiges Scharren der Hufe war von den Pferden zu hören, die im Stall für die erste Expreßkutsche nach Southampton bereitgemacht wurden. Er ging den Hügel hinunter in Richtung Fluß, überquerte die Brücke und nickte dem Zöllner zu, der vor sich hin dämmerte. Am Ufer hielt er inne und spähte in das langsam zunehmende Licht, über den Rand der Marschwiesen und Flußarme, die sich bis zur Isle of Wight erstreckten.

Mehr als alle anderen Vögel liebte Grange die großen Reiher, die in der Marsch lebten, wegen ihrer Selbstgenügsamkeit, ihrer Ruhe und ihrer unaufdringlichen Anmut, mit der sie in den Himmel stiegen. Er liebte sie auch wegen ihres ruhigen, dunklen Flügelschlags, der dem Schlagen eines Herzens glich, wenn sie erregt waren. Er betrachtete sie, und ihre Ruhe brachte ihn dazu, über seine eigene Einsamkeit nachzudenken. Darin lag vielleicht ein gemeinsames Interesse oder zumindest eine gemeinsame Form. Wenn sie gestört wurden, schienen sie sich nach oben in dünnere Luft zu bewegen, so ruhig wie die Gedanken, und die Luft mit ihren großen Flügeln wie mit Händen zu greifen. Über alles liebte er die Formen, in die sie sich im Grau über ihm verwandelten. Manchmal zogen sie ihre Schwingen eng an ihren dünnen Körper heran, der dann so schwer zu sein schien wie ein Stück einer niederfallenden Fassade. Oder auch, daß sie ihre

Flügel ausbreiteten und so einem großen kalten Erzengel glichen.
Er gewöhnte es sich an, sie zu beobachten, wann immer er konnte, entweder frühmorgens oder in der Abenddämmerung, wenn er seine Hausbesuche hinter sich hatte, und kehrte vage enttäuscht heim, hatte er nicht zumindest einen gesehen. Er hatte ohne Erfolg versucht, einige Bestandteile ihrer Anmut zu begreifen, und einige Zeilen in sein Tagebuch geschrieben:

> Keusches Treibholz, das sich auflöst,
> das wie ein Köder im Mund der Luft ist, der verrottet,
> und mit zwei Flügelschlägen einen See ausbreitet.

Weiter als bis zu diesen sinnlichen Eindrücken, die in diesen kurzen Sätzen enthalten waren, konnte er jedoch nicht kommen. Sie führten ihrerseits ins Nichts. Er vermochte kein Gedicht zu gestalten, und dieses Fragment, die Summe seiner Beobachtungen, mußte ihm genügen.

Als er zurückkehrte, war bereits Leben auf den Fußwegen, die die Stadt umgaben. Arbeiter gingen allein oder schweigend zu zweit oder zu dritt durch die Felder. Eine Gruppe Männer ließ sich von zwei schweren Pferden in einem Karren in Richtung der Pylewell-Salzsiederei transportieren, über deren niedrigem Gebäude auf dem Watt sich bereits dunkler Rauch erhob.
Am Morgen, als er das Haus verlassen hatte, hatte er den Riegel zurückgezogen und die Tür nur eingeklinkt, so daß er leise eintreten konnte, ohne die Aufmerksamkeit seiner Haushälterin auf sich zu ziehen. Mrs. Thompson war in der Küche zu hören und außerdem das schwache Pfeifen

eines kochenden Wasserkessels. Eine Serie von leichten Schlägen und das Kreischen eines schweren Metallscharniers deuteten darauf hin, daß sie zusätzliche Scheite in den Ofen schichtete. Er hörte, wie sie ihre Beschäftigung unterbrach, als er die Treppe hinaufging, und wußte, daß sie sein Kommen und Gehen mit gespitzten Ohren verfolgte.

In seinem Schlafzimmer hatte Mrs. Thompson ein Gefäß mit heißem Wasser auf den Tisch neben die Metallschüssel zum Rasieren gestellt. Sie wußte ganz sicher, daß er an diesem Morgen früh aufgestanden war, um frische Luft zu schnappen. Ihr Verhältnis war so geartet, daß er ihr Interesse voraussetzte. Es war ein Teil ihres Charakters. Seit ihr Mann vor vielleicht sechs Jahren an der Schwindsucht gestorben war, hatte sie ihre ganze Kraft in ihre Arbeit gesteckt, eine Art von natürlicher Verlagerung. Da er und sein Wohlbefinden ihre Arbeit ausmachten, hatte er, wenn auch anfänglich etwas widerstrebend, ihr legitimes Interesse an seinen Angelegenheiten anerkannt. Er hatte den Verdacht, daß sie sich wie viele Frauen, die ihres Mannes beraubt worden waren, mit einem Teil ihres Wesens für diesen Verlust verantwortlich fühlte und darum um so mehr darauf bedacht war, daß ihrem Brotgeber nichts zustieß, der jetzt im Mittelpunkt ihres Interesses stand.

Hinter der Tür zu seinem Schlafzimmer entledigte er sich seines Hemdes, um sich zu rasieren, und füllte warmes Wasser in eine Schüssel. Als er fertig war, spritzte er sich ein paar Handvoll kaltes Wasser aus einer zweiten Kanne ins Gesicht. Erfrischt und angekleidet, bürstete er sein Haar und ging zur Diele hinunter, in der Mrs. Thompson auf einen Tisch einen Teller mit mehreren Scheiben kalten Schweinebratens gestellt hatte. Er glaubte daran, daß die allgemeine Kost zuviel Fleisch enthielt. Die reicheren Klassen lebten überwiegend von Rindfleisch, die weniger wohlhabenden von Hammel und die Handwerker und Arbeiter von Schweinefleisch, zu dem Tauben, Enten und anderes Geflügel kamen. Gemüse und Obst, die nach landläufiger Meinung keinen Nährwert hatten, waren das endgültige Vorrecht der Unglücklichen und derjenigen, die so heruntergekommen waren, daß sie sich kein Fleisch leisten konnten. Was ihre Eßgewohnheiten anging, zeigten sich die verschiedenen Klassen als eine Hierarchie von Fleischfressern.

Mrs. Thompson folgte der traditionellen Linie. Sie war davon überzeugt, daß es, je mehr Fleisch gegessen wurde, desto besser war. Und so war sie auch nie glücklicher als bei den Gelegenheiten, bei denen Grange viel aß. Das war eines von verschiedenen Gebieten, auf denen sie sich nicht einig waren, in diesem Niemandsland zwischen seinem Verlangen nach einem Maß an Unabhängigkeit und ihrer direkten Einmischung. Sie hatten sich darauf geeinigt, daß sie nicht einer Meinung waren, obwohl sie ihre unterschiedlichen Auffassungen genau definiert hatten und fleißig überwachten.

An diesem Morgen war sein Appetit, der normalerweise etwas unzuverlässig war, von dem Spaziergang angeregt worden, und er setzte sich nachdenklich nieder, um das aufzuessen, was man ihm auf den Teller gelegt hatte. Obwohl er bei dieser seltenen Gelegenheit alles hätte verspeisen können, ließ er trotzdem eine Scheibe zurück, um seinen Glauben an die Mäßigkeit zu demonstrieren und um Mrs. Thompson ein Zeichen zu geben, daß er noch eine gewisse Kontrolle über seine private Entschlossenheit hatte.

Ihrerseits patrouillierte Mrs. Thompson durchs Haus und verweilte eine Sekunde länger als unbedingt nötig bei der verbliebenen Scheibe, bevor sie ohne etwas zu sagen den Teller wegnahm.

# 7

Es war nicht ganz sicher, wann Mrs. Celia Quill eingetroffen war, da sie wenig Aufhebens von sich machte und das Haus, das sie gewählt hatte, etwas abseits und in einiger Entfernung von der Hauptstraße lag, an einer der ruhigen Straßen oben auf dem Hügel in Walhampton. Mrs. Quill war jedoch mit all dem selbstverständlichen Pomp derjenigen eingezogen, die zu der besseren Gesellschaft in London gehörten. Ein paar Wochen nach ihrer Übersiedlung, nachdem sie sich etwas eingelebt hatte, war sie von einigen der Frauen aus dem Ort aufgesucht worden. Diese waren beeindruckt, wenn nicht gar sprachlos gewesen von so viel gutem Geschmack, Demut und guter Erziehung, die sowohl Mrs. Quill als auch ihre Wohnung ausstrahlten. Sie war Witwe, eine gutaussehende Frau um die Vierzig, die eher jünger ausschaute und sich unauffällig kleidete, was ihre feinen Züge und ihre aufrechte Haltung nur unterstrich. Sie hatte zwei Töchter, die ihrerseits verheiratet waren und von denen eine in der Nähe in Winchester lebte.
Eine Witwe kann beim Diner für die Gesellschaft eher beschwerlich sein, aber Mrs. Quill erschloß sich durch ihren Takt und ihre Aufmerksamkeit bald die Herzen ihrer Nachbarn, und diejenigen, die einmal begonnen hatten,

sie zu besuchen, luden sie auch ihrerseits in ihre Häuser ein. Nach der zweiten Saison war sie ein akzeptierter Teil der besseren Gesellschaft. Sir Harry Burrard Neale, der Parlamentsabgeordnete der Stadt, hatte auf Aufforderung seiner Frau damit begonnen, sie zum Abendessen einzuladen. Obwohl einige sie für kalt hielten, konnte sie mit Ruhe einflößender Besorgtheit denen zuhören, die in einer Notlage waren oder die ihren Rat suchten (wie das viele zunehmend taten). Diejenigen, die sich an sie wandten, stellten fest, daß ihre Vorschläge unvoreingenommen und praktikabel waren, und bemerkten nach und nach, daß sich unter ihren guten Manieren nichts als eine außerordentliche Güte zu verbergen schien.

Grange hatte zwölf Jahre lang in Lymington gelebt, fast dreizehn, hatte gerade mal Fuß gefaßt und begann sich allmählich für einen zu halten, der dazugehört. Sie jedoch war erst vor drei Jahren zugezogen und so gesehen noch relativ neu. Aber schon jetzt überschattete ihr Ruf den von Leuten, die bereits länger dort ansässig waren und sich auch länger in der Gesellschaft bewegten. Man sagte, daß sie fleißig Bücher lese, und manchmal waren die Ehefrauen oder deren Angehörige, die sich mit ihr trafen, um das Geschehen im Ort zu besprechen, überrascht, daß sie sich mit so vielen Dingen auskannte und dieses Wissen nicht belehrend, sondern auf eine selbstverständliche Art vermittelte.

Es war das Unspektakuläre ihrer Ankunft, was ihn überraschte. Mit Unruhe erweckender Geschwindigkeit schien sie für die Gesellschaft unentbehrlich geworden zu sein. Sie hatte sich großzügig an der Wohltätigkeit der Kirchengemeinde beteiligt. Keine Angelegenheit, so gering sie auch sein mochte, war ihr zu unbedeutend. Sie stellte eigenhändig wollene Kleidungsstücke für das Armenhaus her und unterstützte dieses jährlich mit fünfzehn Pfund. In diesen Bestrebungen folgten nicht nur einige ihrer Freunde ihrem Beispiel, sie bildeten darüber hinaus eine Gesellschaft für die Armen und Gestrauchelten.

Im Rahmen seines eher eingeschränkten Gesellschaftslebens war ihr Grange mehrere Male begegnet, erstmals im Haus der Sopers in der Nähe von Lepe bei der Hochzeitsfeier der Tochter von Reverend Soper. In der Halle hatten sie sich gegenübergestanden, und er hatte sich eigentlich nur vorstellen wollen. Aber sie hatte ihm statt dessen eine halbe Stunde ihrer Unterhaltung geschenkt, während der ständig ihre ruhigen grauen Augen auf ihm geruht hatten und während der er unter den Einfluß eines Verstandes geraten war, den zwar Ruhe, aber auch ein ungewöhnliches Spektrum auszeichnete. Sie fragte ihn, warum er nach Schottland gegangen sei, um sein medizinisches Examen zu machen. Er erzählte ihr, daß er die schottischen Aufklärer David Hume und Adam Smith bewundere, deren Ideen er zugab nicht ganz zu verstehen, obwohl er das Gefühl habe, ausreichend vertraut mit ihren Gedanken zu sein. Er glaube weiterhin, daß Edinburgh der Ort der größten wissenschaftlichen Errungenschaften in Europa sei. Sie lächelte, lachte aber nicht, als er erklärte, daß er davon überzeugt sei, daß das Royal College of Physicians in Edinburgh die radikalste und fortschrittlichste wissenschaftliche Einrichtung sei. Er wurde mitteilsamer, berichtete ihr von seiner Dankbarkeit Dr. Hargood gegenüber, der ihn unter seine Fittiche genommen und ihm geholfen habe, sich zu etablieren. Und er erzählte, daß Hargood, obwohl dieser ihn mit seiner »nördlichen Verbindung« aufziehe – Hargood sei selbst Mitglied des Royal College of Physicians in London –, doch glaube, daß noch viel getan werden könne, was Reinlichkeit, den Gebrauch von Desinfektionsmitteln und die extreme Sorgfalt angehe, die darauf verwendet werden sollte, daß nicht totes Gewebe an die Hände des Arztes gerate. Sie gestattete es ihm, mit seinen Ausführungen fortzufahren, und ermutigte ihn mit geschickt eingestreuten Fragen, wenn er zu zögern schien, obwohl er lieber ihre Ansichten gehört hätte als seine eigenen.

Bei den verschiedenen anderen Gelegenheiten, bei denen sie sich begegnet waren, war sie ebenso großzügig mit ihrer Zeit gewesen. Vielleicht hatten sie beide das Gefühl, wie durch eine gemeinsame Intuition, daß es nun passend wäre, ihr gesellschaftliches Verhältnis fest zu etablieren. Grange sah dem sowohl mit Optimismus als auch mit einer gewissen Verzagtheit entgegen, als er jetzt die High Street hinunter und über die Mautbrücke nach Walhampton ging. Es war nur einer der guten Dienste, die ihm Hargood erwiesen hatte, daß Grange von der Stadt einen Ausweis ausgestellt bekommen hatte, der es ihm erlaubte, die Brücke zu Fuß zu überqueren, ohne zu bezahlen. Zu Pferde war er gezwungen, jedesmal eine Maut von anderthalb Pence zu entrichten. Bei der Brücke handelte es sich um eine Hauptverbindung über einen breiten Abschnitt des Flusses, ihre Spannweite war auf der Seite von Walhampton beträchtlich, um die Strömung ungehindert durchzulassen. Stromabwärts, an den Ufern des Seitenarms von Walhampton, lagen die Salzkähne mit ihren flachen Böden wie eine Meute Seehunde, und die Kalfaterer waren herausgezogen, damit das Regenwasser, das sich sonst im Kiel gesammelt hätte, herauslaufen konnte. Auf der Lymington-Seite des Flusses war das höchste Gebäude am vorderen

Ufer eine Gezeitenmühle mit einem Wasserbecken, das dazu gebraucht wurde, das große Mühlrad anzutreiben. Nachdem er die Mautbrücke überschritten hatte, war es, um zu Mrs. Quills Haus zu gelangen, nötig, etwa hundert Meter weit die Straße entlangzugehen, die sich am Ufer von Walhampton hinzog. Dann führte ein Fußpfad durch ein Birken-, Ulmen- und Fichtengestrüpp hinauf und bis auf die Spitze eines Hügels. Dort mußte man rechts in die Barrows Lane einbiegen und kam fast wie durch einen Zufall zu dem versteckten Zugang ihres Hauses.

## 8

Ein Garten mit Hecken und geharkten Wegen verbarg das Haus von der Straße aus. Hatte man das Tor einmal durchschritten, wurde die Sicht durch eine hohe Eibenhecke erneut behindert, so daß von dem mit Ziegeln gepflasterten Weg aus kaum etwas zu sehen war. Nur seine hohen Schornsteine ließen die Existenz eines Gebäudes hinter einer zusätzlichen Reihe von Ulmen vermuten. Grange sah auf ein Viereck von sorgfältig verlegten Steinen, das von Blumenbeeten umgeben war – Phlox, Ringelblumen und Hahnenfuß. Ein zweiter Pfad folgte einer gekrümmten Eibenhecke. Diesen ging er nun entlang.

Er umrundete die letzte Hecke und hatte jetzt das Haus vor sich. Es war ein von Rasenflächen umgebenes schönes Backsteingebäude mit klassischen Proportionen, was die Türen und Fenster betraf, ging direkt nach Süden und hatte einen Blick auf die Isle of Wight. Die Kombination von ansteigendem Terrain zu seiner Rechten und seine eigene Lage auf einer Anhöhe ließen es weit über die unmittelbare Umgebung von Walhampton hinaus das Land beherrschen, bis jenseits der unteren Uferabschnitte des Solent und der goldenen Linie der Klippen gegenüber von Hurst Castle. Es hatte einmal einem Kapitän gehört, der durch den Handel mit Salz reich geworden war und es mit der Absicht gebaut hatte, von hier aus den Schiffsverkehr zu beobachten, der sich durch die Enge von Hurst bewegte. Jetzt hatte man den Beobachtungsposten, den er im ersten Stock eingerichtet hatte, abgebaut, und Mrs. Quill genoß nur noch die großartige Aussicht auf das Meer.

Grange schritt auf das Haus zu und sah sich im Garten um. In unmittelbarer Nähe des Gebäudes standen mehrere größere und kleinere Büsche und ein Pfirsichbaum, der sorgfältig an der Südwand festgebunden war. Der Tag war sonnig und später leicht bewölkt gewesen. Seine Schuhe knirschten auf den Kieseln, als er auf die Eingangstür zuging.

Er hob den Türklopfer und ließ ihn fallen; dann trat er einen Schritt zurück. Vögel und Insekten sangen unablässig, als wollten sie das mangelnde Licht dadurch aufwiegen. Schritte näherten sich; in dem Spalt unter der Tür war ein Schatten zu sehen, ein Riegel wurde zurückgezogen und die Tür geöffnet. Draußen war es zu hell, als daß man sofort etwas hätte sehen können. Aber aus dem ruhigen Innern des Hauses war Mrs. Quills unverkennbare Stimme warm zu vernehmen. »Dr. Grange. Wie schön, Sie zu sehen.«

Da er nichts erkennen konnte, erlaubte sich Grange ein vorsichtiges Lächeln in Richtung der dunklen Türöffnung, deutete eine Verbeugung an und trat einen Schritt nach vorn, heraus aus dem Sonnenlicht. Einen kurzen Augenblick machte ihn die Dunkelheit blind. Es dauerte einige Sekunden, bis er den Übergang von der Sonne draußen zum Schatten innerhalb des Hauses bewältigt hatte. Während er sich noch daran gewöhnte, tauchten die Züge von Mrs. Quill lächelnd in der Tür auf. Sie betrachtete ihn eingehend.

»Sie scheinen sich wohl zu befinden«, sagte seine Gastgeberin. Bevor Grange etwas entgegnen konnte, hatte sie sich jedoch abgewendet und ging ihm voraus einen Flur entlang, so daß er ihrem anmutigen Rücken durch das Dunkel vorbei an einer Wanduhr und mehreren hohen Wandschränken folgte und sich plötzlich in einem heiteren und lichten Salon wiederfand. Sie blieb stehen und drehte sich zu ihm um. »Setzen Sie sich bitte, Sir.«

Der Raum war vielleicht zwanzig Fuß breit und bekam sein Licht von Süden durch drei hohe Fenster. Grange faßte, wie es seine Gewohnheit war, mit einem Arm nach hinten, um die Rockschöße beiseite zu ziehen, damit sie unter seinem Gewicht nicht knitterten, und setzte sich auf den hochlehnigen Stuhl, auf den sie gezeigt hatte. Mrs. Quill stand noch immer, und einige Momente lang fragte er sich, was das zu bedeuten hatte. Ein Gefühl für die Feierlichkeit des Augenblicks hinderte Grange daran zu sprechen. Gleichzeitig schien es Mrs. Quill zu gefallen, das Schweigen auszudehnen. Das Lächeln auf dem Gesicht von Grange verlor sich langsam, als die Sekunden vergingen. Während seine Züge ruhiger wurden, wurde er nachdenklicher.

Mrs. Quill bewegte sich noch einige Male, ehe sie sprach. Erst drehte sie den Kopf leicht nach rechts, anschließend veränderte sie anmutig die Stellung ihres Körpers. Jetzt bewegte sie sich wieder, so daß er sie im Profil hatte, und schaute durch das Fenster auf den Solent. Nachdem sie diese Position eingenommen hatte, drehte sie ihm erneut das Gesicht zu und sah ihn an, und er dachte, daß sie endlich sprechen würde; da wandte sie sich wieder ab, um sich der Aussicht zu widmen. Er hatte den Eindruck, daß er sich still verhalten sollte, da sie damit beschäftigt war, sich zu sammeln.

Mrs. Quill sagte mit ruhiger Stimme: »Ich danke Ihnen, daß Sie meiner Bitte gefolgt sind.«
Das war sehr förmlich, aber seine gespannten Sinne gaben ihm das Gefühl, daß das, was sie ihm enthüllen würde, diese Förmlichkeit voraussetzte.
Sie begann: »Ich bitte Sie darum, daß Sie mit mir Geduld haben. Obwohl Sie von vielen gelobt worden sind, Sir, kenne ich Sie noch kaum. Bei unseren bisherigen Begegnungen erlaubten die Umstände nur einen oberflächlichen Austausch.«
Grange nickte kurz.
Mrs. Quill schien das nicht bemerkt zu haben, denn sie fuhr fort: »Einmal abgesehen von den Gelegenheiten, bei denen wir uns unterhalten haben, weiß ich nicht, was Sie über diese oder jene Sache denken. Das liegt, vermute ich, an unseren Verhältnissen. Was Sie denken, ist Ihre eigene Angelegenheit. Ich habe heute die Absicht, meine Gedanken preiszugeben, in der Hoffnung, daß ich Ihnen dadurch, wenn auch sonst nichts, eine Einstellung demonstriere, der Sie, und das ist mein Wunsch, zustimmen können. Und wenn Sie zustimmen, Sir, dann können wir aufgrund des Prinzips, auf das wir uns dann geeinigt haben, vielleicht handeln.«
Grange erwiderte: »Es ist mir eine Ehre, daß Sie zu mir sprechen.«
Mrs. Quill lächelte. »Ich bin nachlässig, Sir. Ich hätte Ihnen etwas zu trinken anbieten sollen. Möchten Sie einen Kräuterlikör?«
Grange winkte ab. »Nein danke, Madam.«
Mrs. Quill wandte sich ab und richtete ihren Blick wiederum durch das Fenster hinaus. »Sie sitzen so ruhig da, daß ich die Kühnheit habe, Sie für geduldig zu halten. Was

meine Ausführungen angeht, Sir, möchte ich nur das sagen: Wir wissen, wie es um den Mann bestellt ist. Seine Wünsche werden bekanntgegeben, seine Vorhaben finden Beachtung, und von seinen Triumphen kann man überall hören. Statt dessen möchte ich heute von der Frau sprechen.« Sie machte eine Pause von mehreren Sekunden und sammelte sich sichtbar, aber inzwischen hatte er sich fast an diese Art von Sätzen und an diese Sprechweise gewöhnt und war fest entschlossen, sie fortfahren zu lassen, ohne Ermutigung, aber auch ohne Unterbrechung.

»Als ich jung war, war ich wegen meiner Umstände so nervös, daß ich nichts tat. Aber in meinem Innern wartete ich, wartete ich auf mein Schicksal. Was das für ein Schicksal sein würde, wußte ich nicht. Wenn man auf etwas wartet, das man nicht kennt, muß man lange warten. Ich wartete, wie gesagt. Und was dann geschah, war nicht ein Ergebnis des Wartens. Ich war, vermute ich, einfach abgelenkt. Ein Gentleman fragte mich, ob ich seine Frau werden wolle. Ich hatte mich lange auf irgend etwas vorbereitet, und obwohl das nicht das Ergebnis war, nach dem ich gesucht hatte, nahm ich an, da die Alternative nur weiteres Warten gewesen wäre.«

Sie war gefaßt, ihr Unterarm, ihre Hand ruhten auf der Fensterbank, und obwohl ihre Rede ruhig war, bemerkte er mit einiger Überraschung, daß sie tief Atem holte, als ob es sie einiges kostete, ihre Gedanken zu formulieren.

»Wir heirateten, wir lebten zusammen. Wir waren nicht unglücklich. Wir vereinigten uns, Sir, und wir hatten zwei Kinder. Beide sind erwachsen und neuerdings auch verheiratet. Mein Mann starb vor fünf Jahren an Altersschwäche und anderen Komplikationen, und ich begrub ihn. Es verging einige Zeit. Nachdem ich getrauert hatte, dachte ich erneut über mein Schicksal nach. Ich hoffe, ich langweile Sie nicht?«

Aufgeschreckt sagte Grange: »Oh, bestimmt nicht, Madam. Ich sitze hier ganz gebannt.«

»Dann will ich Ihre Geduld weiterhin auf die Probe stellen. Ich muß jetzt ganz frei sprechen. Aber erst würde ich Sie um eines bitten. Falls Sie an dem, was ich Ihnen mitteile, Anstoß nehmen, müssen Sie mir das sagen. Und falls wir danach nicht mehr miteinander reden, müssen Sie mir versichern, daß Sie dieses Gespräch keiner Seele gegenüber erwähnen werden. Kann ich mir dessen gewiß sein?«

»Selbstverständlich«, antwortete Grange, »keiner Menschenseele gegenüber.«

Seine Bestätigung schien sie zufriedenzustellen. Sie machte jedoch erneut eine Pause, als ob sie sich wiederum sammeln müßte.

»Ich werde von der Vorstellung verfolgt, daß das, was ich erzählen werde, schamlos erscheinen könnte. Für mich ist es nicht schamlos. Vielleicht bin ich in dieser Beziehung nicht ganz in Ordnung. Da die Einstellungen der Menschen unterschiedlich sind, sage ich Ihnen nochmals, Sir, daß ich es Ihnen nicht übelnehmen würde, wenn Sie mich unterbrechen, falls Sie das, was Sie hören werden, elend macht, verärgert oder falls es unserem fortgesetzten Einvernehmen im Wege steht. Sie werden dann, nachdem ich Ihnen einen Kräuterlikör eingeschenkt habe, aufbrechen, und unsere Freundschaft wird unverändert weiterbestehen.«

»Ihre Rede macht mich neugierig, Madam. Bitte fahren Sie fort.«

Mrs. Quill ließ sich zu einem halben Lächeln hinreißen.

»Dafür, daß Sie so gebannt sind, Sir, reagieren Sie immer noch ganz flink.«
Er nickte freundlich. Eine Fliege bewegte sich jenseits des Fensters, schlug gegen die Scheibe und entfernte sich aus seinem Gesichtsfeld. Mrs. Quills Atem schien sich beruhigt zu haben.
»Ich habe zu Ihnen über das Warten gesprochen. Das Warten auf ein Ereignis. Das war mein Los. Das ist das Los der Frauen. Wir warten, Sir, die meisten von uns, auf etwas, was wir nicht kennen. Wir werden so durch dieses Warten beeinflußt, daß es zu unserem eigentlichen Wesen wird. Unsere Seelen befinden sich wie in einem Vakuum. Wir fahren mit unserem Leben fort. Wir machen Bewegungen, aber in uns ist alles still.«
»Alle Seelen sind einsam, Madam«, gab Grange vorsichtig zu bedenken, »obwohl Frauen das vielleicht am meisten fühlen.«
Sie machte eine kurze Pause und fuhr dann fort: »Jetzt komme ich zu dem, wozu ich meinen gesamten Mut brauche, will ich überhaupt davon sprechen. Ich rede, Sir, von mir, und ich sage, daß ich eines Tages aufgeweckt wurde, aber ich werde versuchen, die Bedeutung dieses Wortes zu erklären. Es passierte relativ spät in meinem Leben, nachdem ich so lange gewartet hatte, daß ich schon vergessen hatte, daß ich wartete. Bereits Witwe und mehrere Jahre nach dem Tod meines Mannes, hatte ich alles getan, was ich konnte, um über den Verlust hinwegzukommen und mich wieder in meinem Leben zurechtzufinden. Meine beiden Kinder, zwei Mädchen, waren damals bereits verheiratet. Ich kehrte eines Tages nach Hause zurück und hörte oben ein kleines Geräusch, es war fast noch weniger, vielleicht eine bloße Irritation meines Ohrs. Es war später

Nachmittag. Ich hatte einen Spaziergang gemacht. Bei meiner Rückkehr hatte ich das Haus leise betreten. Mein Hausmädchen war an diesem Tag zu Besuch bei ihrer Familie, und mein guter Koch war ebenfalls unterwegs und machte Besorgungen. Es war, soweit ich wußte, niemand zu Hause, und ich beabsichtigte, mich etwas auszuruhen. Ich wartete noch einen Augenblick, aber alles war still. Ich dachte, das kleine Geräusch, welches ich oben gehört hatte, sei ein Tier, vielleicht eine Maus in der Wandtäfelung, und sonst nichts. Mit dem sicheren Gefühl, daß das Haus leer war, zog ich den Mantel aus und hängte ihn im Flur auf. Ich betrat dieses Zimmer, in dem Sie jetzt hier sitzen, und wollte mich gerade auf diesem Stuhl niederlassen, als ich wiederum ein kleines Geräusch vernahm.
Mehr aus Neugierde als aus einer Vorahnung heraus begann ich die Treppe hinaufzusteigen, eine Stufe nach der anderen auf meinen leisen Sohlen, bis ich im Obergeschoß angekommen war. Ich wartete und hörte nichts weiter. Vielleicht hätte ich wieder nach unten gehen sollen. Es war nur ein ungewohntes Gefühl, irgendeine seltsame Einbildung, die mich festhielt. Ich wartete als wüßte ich, worauf. Das Geräusch war erneut zu vernehmen, es war weniger ein Geräusch, mehr ein Kratzen, dann war es still.
Ich habe gesagt, daß ich keine Angst hatte. Nein, ich war wie eine Katze, die auf einem Dach entlangbalanciert. Ich ging so leise ich nur konnte den Flur hinunter und mied jedes knarrende Dielenbrett, bis ich am Ende des Ganges zu einem Zimmer kam, das ich in Verdacht hatte. Die Tür war bloß angelehnt. Es war das Zimmer, in dem ich alte Kleider und einige wertlose Gegenstände aufzubewahren pflegte, mehr aus Sentimentalität als aus anderen Gründen. Ich spähte durch den Spalt.

Im Innern des Zimmers war ein großes Durcheinander, Kleider, die aus den Schubladen und Truhen gezerrt worden waren. Ich bemerkte, daß das Fenster offenstand. Erst dachte ich, daß der Eindringling schon wieder fort sei und das offene Fenster auf seine Flucht schließen ließ. Ich wollte gerade in das Zimmer gehen, als ich wiederum das Geräusch hörte. Ich wandte mich nach rechts und machte ihn im letzten Winkel des Raums aus. Der Verursacher dieser Schändlichkeit war immer noch dabei, schnell und leise eine weitere Schublade zu öffnen, um sie zu durchsuchen.

Sie werden wieder denken, daß ich eigentlich hätte beunruhigt sein sollen. Ich war aber eher neugierig als furchtsam, denn in diesem Augenblick bemerkte ich einiges. Erstens schien der Eindringling kein wirklicher Krimineller oder Übeltäter zu sein. Er war klein und in Lumpen gehüllt, ein Mann, der jedoch vor Unterernährung nur die Figur eines Jungen hatte. Sein Haar war nicht geschnitten, die Ärmel seiner Jacke waren abgetrennt, und seine Arme waren braun von Sonne und Dreck. Eine nackte Wade ragte aus zerrissenen Hosen. Er hatte nichts an den Füßen. Eine Figur, die eher Mitleid erregte als Zorn. An diesem Punkt meiner Verfolgung wollte ich ihn bloß erschrecken, wollte ihn bloß durch das Fenster verschwinden sehen wie einen Affen, mit leeren Taschen und Furcht in seinem Herzen. Er blickte nicht in meine Richtung und begann, da er meiner nicht gewahr war, unbekümmert die Kleider auf den Boden zu werfen. Ein seltsamer Gedanke ergriff jetzt von mir Besitz. Ich schaute seinen Bemühungen zu und wurde von einer Neugierde ergriffen, sein Gesicht zu sehen, einem wie ihm in die Augen zu blicken.

Das war vielleicht eine gefährliche Idee, doch ich war von

ihr ergriffen, ja ganz von ihr beherrscht. Ich sage, daß ich keine Furcht verspürte. Während er noch weitere Schubladen herauszog und ihren Inhalt neben seine schmutzigen Füße warf, trat ich hinter ihm in das Zimmer und bewegte mich so leise wie ich konnte in Richtung Fenster, um ihm seinen Rückweg abzuschneiden. Ich war erst auf der anderen Seite, da hatte mein Schatten das Licht bereits ausreichend verändert, um ihn ein anderes Wesen spüren zu lassen, denn er warf sich herum und sah mich still dastehen und ihn anschauen.

Er war nicht gerade ansprechend, einer dieser Streuner, die weder Mann noch Knabe und irgendwo zwischen vierzehn und vierzig sind. Sein Gesicht war schmutzverkrustet. Ich sah, wie seine Augen mich fixierten wie die eines aufgeschreckten Tieres. Dann bewegte sich sein Blick schnell zum Fenster, zu dem ich ihm den mühelosen Rückzug abgeschnitten hatte, und anschließend wieder zu der geöffneten Tür. Ich bemerkte, daß er sich überlegte, ob er sich an mir vorbeidrängen oder durch die Tür fliehen sollte, um irgendwo anders einen Ausgang zu suchen. Etwas regte sich in mir. Ich sagte: ›Ich werde Sie gehen lassen.‹

Er schaute mich an, als hätte eine Statue zu ihm gesprochen, und begann zu beben und zu zittern, als wäre das, was ich vorgeschlagen hatte, so schrecklich und unheilverkündend, daß er in diesem Augenblick noch durch die Tür rennen müßte. Ich wußte, daß ich drauf und dran war, ihn zu verlieren, dieses Wesen, das meine Neugierde erweckt hatte. Und dann, Sir, handelte ich so gewissenlos wie selten zuvor. Ich sagte: ›Ich brauche Sie noch, bevor Sie gehen.‹

Er sah mich noch immer an und war nicht minder erregt. Im Gegenteil, mehr denn je schien er mit einem Sprung die Flucht wagen zu wollen ... Das war, als ich in einem

Versuch, ihn nicht noch mehr zu erschrecken, sondern ihn im Gegenteil von einer plötzlichen Flucht abzuhalten, mit meinen Händen nach unten faßte und vor seinen Augen ... mein Kleid hochhob ...«

Mrs. Quill sah jetzt durch das Fenster auf das Licht auf dem Wasser. Granges Antlitz war beim Zuhören erstarrt. Sogar das Licht und die Luft schienen still zu sein.

»Wenn ich Ihnen sage, daß das, wonach mir verlangte, nicht Lust war, Sir, würden Sie mir nicht glauben. Ich wollte ihn nur dazu bewegen, länger zu bleiben, und meine Neugierde war so groß, daß ich mich nur auf eines besinnen konnte, welches ihn vielleicht zu halten vermochte. Sir, ich rechne in Ihren Augen nicht mit Gnade für das, was ich Ihnen gerade über meine Gefühle enthüllt habe, denn es lief, wie ich Ihnen berichten werde, auf dasselbe hinaus.

Ich hob mein Kleid und sah, wie sich sein Blick schließlich von seinen beiden Fluchtwegen, Fenster und Tür, die bis dahin seine gesamte Welt dargestellt hatten, wegbewegte. Ich hob mein Kleid, Sir, wie den Vorhang einer Bühne. Und wie ich noch so dastehe, bemerke ich einen veränderten Ausdruck in seinem Gesicht, der mit seinem Schrecken wetteifert. Ich will diese Betrachtungen unterbrechen, meine Zurückhaltung ist sowieso schon dahin. Ich unterbreche aus keinem anderen Grund als dem der Ökonomie. Sie werden vermuten, was passiert ist. Er war abgelenkt. Ich weiß nicht für wie lange, ob es sich um ein paar Minuten oder um annähernd eine Stunde handelte. Als die Zeit, kurz oder auch lang, vorüber war, spürte ich zum erstenmal, was für eine Freude ich mir mein gesamtes Leben lang versagt hatte. Ich hätte singen mögen.«

Grange hatte das Gefühl, als würde er sich nie mehr

bewegen können, als würde die ganze Welt um diesen einzigen, perfekten Punkt seines Erstaunens kreisen. Ein Teil von ihm war jedoch noch aktiv, ein minutiöses Rädchen seines Bewußtseins, das sagte: Sei ruhig, und du wirst es erfahren. Er hörte das Geräusch eines Atems, tief und regelmäßig, seines eigenen. Aber es war die Stimme von Mrs. Quill, die ihn wieder in die Gegenwart zurückholte.

»Jetzt, Sir, sind Sie wirklich voll des Schweigens. Reden Sie. Sagen Sie mir, daß ich schamlos bin. Teilen Sie mir Ihren Standpunkt mit.«

## 9

Mehrere Sekunden lang konnte Grange nicht sprechen. Licht schien das Zimmer zu durchfluten. Als könnte er für einen Moment seinen Platz verändern, richtete er seinen Blick durch das Fenster hinter ihr in die Ferne, und es drängte sich ihm die Frage auf, wie Himmel und Erde jemals zusammenkommen können, die sich beide aus dem Wasser wie ein leuchtendes Feld erheben. Sein Erstaunen, wenn es nicht verblich, war statisch, und er konnte es beiseite legen. Jetzt atmete er ein, als wäre ihm das Leben zurückgegeben worden, faßte sich, erhob sich und wandte sich seiner Gastgeberin direkt zu. Wie er so dastand, kam es ihm in den Sinn, daß nur wenig im Leben sicher ist. Er wußte nicht genau, was es war, das ihn veranlaßte, so zu sprechen, wie er es jetzt tat, als hätte eine gewisse Unbekümmertheit von ihm Besitz ergriffen, ein Mut, dem ihren nicht unähnlich.

»Madam, Sie tun sehr gut daran, das Wort in dieser Weise an mich zu richten.« Er unterbrach sich kurz, als hätte er seiner eigenen Ausführung gelauscht, und erklärte dann: »Was ich sehe, ist nicht Schamlosigkeit, sondern Mut. Das, wovon Sie sprechen, sollte sich nicht von Gewissensqualen anfechten lassen. Sie haben gewartet, und das Warten hat

Ihnen Ihr Schicksal gebracht, wenn auch in einer unvorhergesehenen Form. Da ist kein Unrecht dabei.«
Sie starrte durch das Fenster und bewegte sich nicht, und er fuhr fort: »Sie hatten Angst zu sprechen, also lassen Sie mich jetzt für Sie sprechen. Sie fanden hier, was Sie suchten, und das, was Sie freimütig taten, befreite Sie. Sie sind glücklich, Madam, denn eine solche Freude berührt nur außerordentlich wenige Menschen. Und nachdem Sie diese Freude erfahren hatten, rechneten Sie mit Gewissensqualen. Wenn Ihr Verhalten Sie deswegen schockierte, weil Sie gewisse Vorstellungen haben, dann schockierte es Sie um so mehr, daß Sie nach dem Nachlassen der Freude nicht die Angst ergriff. Überhaupt nicht. Eine Freude kam über Sie, die gleichzeitig wild und zart war. Ich würde sagen, daß es dieses Gefühl war, welches Sie mehr schokkierte als das, was Sie getan hatten, obwohl nach meinem Empfinden dieses Gefühl unschuldig und rein genug ist.«
Der Sturm in seinem Innern schien sich etwas gelegt zu haben, und er holte tief Luft. »Es war nicht die Tat an sich, sondern das Ausbleiben von fürchterlichen Folgen, was Sie so erschreckt hat. Sie hätten von Bedenken heimgesucht werden sollen. Sie hätten sich selbst strafen sollen. Aber im Gegenteil, was Sie fühlten, war eine Freude, die Ihrer Sünde in die Quere kam. Sagen Sie mir, Madam, habe ich recht? Sie hatten keine Gewissensbisse?«
»Nicht die Spur, Sir.«
Grange nickte, wie um sich selbst recht zu geben. Er hatte ihr seine Rede im Zustand höchster Erregung vorgetragen. Jetzt schien es ihn zu beruhigen, einfach nur davon zu sprechen. Sie schaute ihn noch immer nicht an. Er ging wieder zu seinem Stuhl und setzte sich.
»Ich muß mich dafür entschuldigen, daß ich in Ihrem

Namen gesprochen habe, daß ich mich in Ihr Vertrauen geschlichen habe.«

»Entschuldigen Sie sich nicht.«

Einige Sekunden lang war er still und betrachtete ihren Rücken und ihren Hals, ihre konzentrierte Ruhe. »Wenn Sie mich hergebeten haben, um mir das zu erzählen, genieße ich wirklich Ihre Gunst, Madam. Ich verspreche Ihnen, daß niemand ein Wort von dem erfahren soll, was Sie mir anvertraut haben. Mehr als alles andere bewundere ich Ihren Mut. Das habe ich gelernt. Mut und Klarheit sind die größten Tugenden. Wenn man weiß, was einem Freude bereitet, kann man sich glücklich schätzen. Die sind wirklich gesegnet, die ihr Glück mit Händen greifen können.«

Mrs. Quill drehte sich um, um ihn anzusehen. Ihr Lächeln war großartig, das Strahlen verschwand jedoch sehr bald. Dann wandte sie sich wieder der Aussicht zu, als würde sie ihre Gedanken sammeln. Sie schien den Versuch zu machen, ihre Fassung wiederzugewinnen, und sagte: »Ich danke Ihnen für Ihre Worte. Sie sind wirklich zu freundlich und zu höflich. Und wenn das schon alles wäre, würde ich Ihnen erneut für Ihre Geduld danken. Aber da sind weitere Dinge, die mich in Unruhe bringen. Ich sehe mich jetzt durch Sie ermutigt und will fortfahren. Ja, Sir, ich verspürte nicht nur keine Gewissensbisse, ich wünschte in der Tat, das Ganze fortzusetzen. Das Aussehen meines Besuchers hatte mich beunruhigt. Er war zerbrechlich und kränklich bleich. Eines Tages würde ihn jemand, der nicht so menschenfreundlich ist wie ich, bei einem Diebstahl erwischen, und er würde eine Hand verlieren oder in eine Strafkolonie geschickt werden. Ich gebe zu, daß ich mich anschließend an ihm festhielt wie ein Ertrinkender an einem Stück Treibholz. Ich hörte meinen Koch in die Küche im Erdgeschoß gehen. Mein unangekündigter Besucher erschrak, erschrak so, wie wilde Tiere erschrecken. Ich versuchte ihn zu beruhigen. Ich sagte, ich sei die Eigentümerin des Hauses, und der Koch traue sich nicht die Treppe hinauf, wenn ich nicht ausdrücklich nach ihm verlange. Ich nahm einige Münzen aus einem Beutel an meinem Kleid – eine Kleinigkeit für mich, aber genug für eine Maus hinter der Wandtäfelung, um davon eine Woche lang zu leben – und gab sie ihm. Und dadurch wurde meine Sünde noch größer, Sir, denn ich begriff, daß keine Schande größer war als das Bedauern, ihn nicht wiedersehen zu können. Deshalb sagte ich unbekümmert zu ihm, er solle mich wieder besuchen, wenn er das wünsche. Ich war sowohl schüchtern als auch zugleich frech. Ich erklärte ihm, wenn er um dieselbe Stunde in der folgenden Woche käme, würde niemand anders auf ihn warten als ich. In der Zwischenzeit, darum bat ich ihn, solle er nicht stehlen. Denn wenn er zurückkehre, könne ich ihm genug geben, daß er ohne Diebstahl bis zu unserem nächsten Treffen gut zu leben vermöge ... Jetzt habe ich Ihnen alles erzählt. Geben Sie zu, Sir, daß Sie schockiert sind.«

»Madam, ich habe mich dafür entschuldigt, daß ich Ihre Gedanken in Worte gekleidet habe. Seien Sie jetzt nicht so vorschnell mit den meinen. Was ich höre, ist Musik. Eine süße Geschichte. Wo vorher keiner glücklich war, sind jetzt zwei glücklich, wenn auch nur für eine kurze Zeit. Ich bin Rationalist. Wenn Gott gegen so etwas ist, dann bin ich gegen Gott.«

Eine Spur von Belustigung, gemischt mit Erleichterung, war auf ihren Zügen auszumachen. Sie schien jedoch entschlossen zu sein, den einmal eingeschlagenen Weg fortzusetzen.

»Es gibt keinen Grund, meinetwegen Blasphemie zu betreiben, Sir. Ihre Zustimmung ist mir genug. Wenn Sie mit mir Geduld haben wollen, würde ich gerne weiter davon sprechen. Was ich erfuhr, war nicht Liebe, sondern ein körperliches Erwachen. Ich hatte meinen Ehemann pflichterfüllend geliebt, aber ich hatte nicht diese Freude erfahren, bei der die Seele singt. Das, worum ich Sie jetzt bitten muß, wird Ihre Geduld auf eine letzte Probe stellen.«

»Ich höre, Madam, und fühle mich bisher nicht auf die Probe gestellt.«

»Also werde ich fortfahren. Mein eigenes Glück entdeckte ich durch Zufall. Ich habe jedoch zwei Töchter in der Welt, denen dasselbe grausame Schicksal widerfährt wie mir vor meinem Erwachen. Ich weiß, daß sie ebenfalls warten. Sie sind verheiratet, wie ich es einmal war, und doch könnten sie in diesem Zustand sterben, den ich als Schlafen bezeichne. Es könnte sein, daß sie niemals erwachen. Ich denke auch an andere, an all diese feinen und ehrbaren Frauen, die ich gekannt habe und die immer weiter schlafen werden ...«

»Madam ...«

»Die Wachen sind die, die ihr Schicksal mit den Händen ergriffen haben, die die übrige Welt beiseite gefegt haben wie wilde Tiere, die nur ihrem Instinkt gehorchen ...«

»So ist es immer ...«

»Es sind die selbstsüchtigsten Frauen, die, die am wenigsten gut sind. Neben diesen, welche auf das Abenteuer aus sind, und den Sünderinnen gibt es die Frauen, die sich für Pflicht, Mann, Kinder und Heim aufgeopfert haben. Nachdem sie so viel von sich gegeben haben, Sir, sind es sie, mehr noch als die Mätressen und losen Weiber, die rechtmäßigerweise aufgeweckt werden sollten.«

Grange lachte leise, als würde er dieses traurige Faktum anerkennen.
»Madam, Ihnen ist unser System besser bekannt als mir. Es ist entsetzlich unfair. Aber was ist nicht unfair im Leben?«
»Sir, das ist es, worin wir uns unterscheiden. Ich finde mich nicht damit ab, daß es, weil es so ist, so sein sollte.«
»Das tue ich auch nicht. Aber trotzdem ist es so.«
»Dann«, sagte Mrs. Quill fest, »werden wir vielleicht eines Tages diskutieren, wie das geändert werden könnte.«
»Madam«, Grange sprach mit einer gewissen Ironie, »ich habe in Ihrem Mut bisher keine Auflehnung gegen die natürliche Ordnung der Welt bemerkt.«
»Ich agitiere nicht, Sir, halte auch keine öffentlichen Reden. Ich bin ein eher privater Mensch. Mir geht bloß durch den Kopf, das, was ich denke, in die Praxis umzusetzen. Und dazu brauche ich Hilfe und Menschen, die mir nahe sind.«
»Wie das?«
»Wenn ein Mann bestimmten Frauen eine kurze Freude bringen könnte, könnte er dadurch die Schlafenden aufwecken.«
Grange lachte wieder, halb erschrocken, wurde von der Vernunft ihrer Worte fortgetragen, versuchte jedoch aus einem Pflichtgefühl heraus zu widerstehen wie der Bremser einer Kutsche. »Madam, es gibt Männer, die das tun. Man nennt sie auch Lebemänner.«
»Ich rede nicht von Lebemännern, Sir, die geneigt sind, Frauen als Trophäen zu betrachten, welche man sammeln kann, die den Ruf der Frauen dadurch ruinieren, daß sie über sie mit anderen Männern reden. Eine Frau wäre schön dumm, wenn sie sich mit ihnen einließe.«
»Worüber reden Sie dann? Oder über wen?«

»Ich spreche über einen, dessen Diskretion seine Handlungen bestimmt, der rein ist in seinen Absichten, bloß erfreuen will, der nicht siegen will, nur um zu verderben.«
»Wenn sich ein solcher Mann finden ließe, und wir nehmen einmal an, das wäre möglich, wie würde er an diejenigen herankommen, die seine Dienste nötig haben? Die verschanzen sich doch hinter ihrer Tugend. Sie würden ihn zurückweisen und in ihm ohne Zweifel nichts anderes als einen Lebemann sehen. Es ist eine Tatsache, Madam, daß die Frauen, die es am meisten verdienten, die am wenigsten zugänglichen sind.«
Mrs. Quill schaute weg und schien sich nicht zu bewegen. Er fühlte jedoch, daß sich etwas verändert hatte, daß sie jetzt ebenfalls lächelte.
»Endlich denken Sie konstruktiv. Was einen Mann, der auf sich allein gestellt ist, angeht, ja, da haben Sie recht. Wenn sich eine Frau seiner annähme, dann weniger.«
Grange verweilte einen Augenblick. Ein Teil seines Verstands sagte ihm, daß das absurd, nur eine Hypothese sei. Aber er war nie abgeneigt, ein logisches Argument zu verfolgen.
»Sagen wir einmal, Sie finden einen solchen Mann. Würden Sie ihm ... helfen?«
»Oh, ich würde ihm mit ganzem Herzen helfen, Sir.«
»Und wer ist dieser Ritter, der so galant und so wie ein Heiliger ist? Ich denke nicht, daß ich ihn oder einen von seiner Sorte bisher getroffen habe.«
»Oh, jetzt scherzen Sie, Sir. Sie wissen, wen ich meine.«
Grange spürte erneut Erregung in sich aufsteigen. Aber etwas, vielleicht ihr Ernst, hinderte ihn daran, laut herauszulachen. Er würde dieses Gespräch zu einem Ende bringen, nicht abrupt, aber durch das sorgfältige Anlegen der

Bremse. Und doch war etwas von der Erregung noch in ihm.
»Ich bin sehr geschmeichelt, daß Sie in diesem Zusammenhang an mich denken. Aber ...« er machte eine Pause, wählte seine Worte sorgfältig und fuhr Schritt für Schritt fort, »... ich habe auch meine Grenzen, meinen unbedeutenden Ruf, den ich nicht außer acht lassen sollte, da er mir das Vertrauen der anderen einbringt. Mein Leben gründet sich auf meine Diskretion. Ich lebe wie Sie in dieser Gesellschaft, Madam. Mein Ruf ist nicht so glänzend wie der Ihre, aber es ist für mich zweckmäßig, ihn zu bewahren.«
»Seien Sie nicht so ängstlich, Sir. Das würde auch weiterhin so bleiben. Wenn Sie zustimmten, würden Sie keine Regeln brechen, von denen ich Kenntnis hätte. Sie würden das schönere Geschlecht nicht ausnutzen, sondern zu seiner Aufklärung beitragen. Wo ist da die Notwendigkeit für ein schlechtes Gewissen?«
»Die Notwendigkeit für ein schlechtes Gewissen? Ich brauche ein reines Gewissen, Madam, damit ich meine unbedeutende Rolle auf dieser Welt spielen kann.«
»Und gerade deswegen sind Sie am besten geeignet. Das würden Sie auch beibehalten.«
»Wir haben über vieles gesprochen. Es ist wunderbar, auf jemanden zu treffen, der so klar denkt wie Sie. Aber wenn ich Ihnen zuhöre, glaube ich, daß die Höhe der Klarheit ebenso gefährlich sein kann wie jede andere Höhe.«
»Nichts ist ohne jede Gefahr, Sir, einschließlich der Ehe und der Niederkunft. Vielleicht haben wir Frauen aus purer Notwendigkeit weniger Angst zu fallen.«
»Das gestehe ich Ihnen zu.«
»Ich sehe, daß ich zu weit gegangen bin. Ich danke Ihnen

aufrichtig für Ihre Aufmerksamkeit, für Ihre Geduld und Ihre freundlichen Bemerkungen. Ich bin mir nicht im Zweifel, daß Sie der Mann sind, den ich suche, ob Sie nun zustimmen oder nicht. Meine Bitte ist vorgebracht, ich kann jetzt nichts weiter tun. Lassen Sie uns unsere Diskussion in dieser Angelegenheit beenden. Darf ich Ihnen einen Kräuterlikör anbieten?«

»Das dürfen Sie in der Tat«, antwortete Grange. Der Alptraum und der Traum schwanden langsam. »Es mir ist ein Vergnügen, Ihre Gastfreundschaft zu genießen.«

## 10

Er erwachte am folgenden Morgen in der Dämmerung. Es war nicht Swanns Schrei, der sein Zittern hervorgerufen hatte, sondern das Geräusch eines abgesägten Arms, der in eine Metallschüssel fällt. Das schreckliche echolose Geräusch des Todes, das kein Ende kennt, kein Leben mehr hat. Er dachte immer und immer wieder daran: abgesägter Arm, tote Materie, flache Schüssel. Das fette und schwere Geräusch des Endes, der Trennung des Lebendigen von dem Toten. Sein Angstzustand war mehr körperlich als geistig. Er war sich bewußt, daß auf einer gewissen Ebene seine Situation nur relativ war. Er hätte Schiffschirurg werden können. Da war der Fußboden rot gestrichen, damit man das Blut nicht sah. Da wäre er im Verlauf eines Angriffs vielleicht gezwungen gewesen, eine Amputation nach der anderen durchzuführen, während sich das Stöhnen der Elenden zu einem einzigen Chor vereinigt hätte. Er war zumindest nicht gezwungen, Sand auf den Fußboden zu streuen, um nicht auf dem Blut und den anderen Sekreten abgetrennter Gliedmaßen auszurutschen. Und doch durchdrang ein einzelner Schrei die Ruhe eindrücklicher; wie ein harter Meißel grub er sich in

das Nervensystem, blieb dort und erfüllte die Träume und Erinnerungen mit seinem Echo.
Er lag da und dachte nach. Die Baumwollaken, auf denen er schlief, waren sauber und etwas rauh. In der Dämmerung schien von ihnen ein Leuchten und eine Helligkeit auszugehen, wie Licht, das vom Wasser refektiert wird. Er schlief wieder ein, und der Schrei folgte ihm in einer gewissen Entfernung, und als er wiederum erwachte, war es hellichter Tag.

Ein Baumwollhemd, Weste und Kniebundhosen. Sein Haar war durcheinander, und er kämmte es mit einer Bürste aus der Stirn, deren Rückseite aus Walbein bestand. Kurzgeschnitten ließ es sich leichter kämmen. Lange Haare waren in der Gesellschaft nicht mehr modern, obwohl man sie noch oft bei älteren Viehtreibern und Schweinehirten sehen konnte, die aus dem New Forest in die Stadt kamen. In dem kleinen Spiegel stand sein Haar stolz über die Ohren ab.
Grange stellte zufrieden fest, daß er den Erfordernissen genügte, zog seine langen Stiefel aus Kalbsleder an und ging zur Treppe, wo er die erfreulichen Gerüche des Frühstücks wahrnahm, das Mrs. Thompson gerade in der Küche zubereitete.
So begann der Tag wie alle anderen Tage und glich ihnen doch nicht, weil sich eine bestimmte Überlegung in seinem Hinterkopf breitgemacht hatte. Obwohl er seinen Pflichten mit einer vertretbaren Geläufigkeit und ausreichendem Interesse nachkam, war er mit einem Teil seines Selbst abwesend. Dieses Gefühl hielt den ganzen Morgen an, als würde jener Teil noch schlafen, und auch während des Nachmittags, als er seine Runde machte und seine Patien-

ten besuchte. Es war so, als würde er nur darauf warten, daß der Tag ein Ende nähme.

Am Abend saß Grange am Eßtisch in Schweigen versunken und wartete immer noch. Die Haustür war geöffnet, damit Luft hereinkam. Eine leise Dämmerungsbrise bewegte die Tischdecke, und die überhängenden Enden erinnerten an Segel, wenn der Wind nachläßt. Obwohl es noch so hell war, daß man etwas sehen konnte, hatte Mrs. Thompson die Kerzen auf dem Tisch entzündet und Glaszylinder über sie gestülpt, um die Flammen vor der Brise zu schützen. Und dennoch, obwohl sie von Glas umgeben waren, bewegten sie sich nervös.

Um ihn herum hallte es in dem großen leeren Raum. Er aß nachdenklich seine Suppe und machte dabei möglicherweise mehr Geräusche als in galanter Gesellschaft. Gelegentlich verweilte er, als ließe ihm ein Gedanke keine Ruhe. Mrs. Thompson trug Pfannen und Teller hin und her und legte gewaschene Küchenhandtücher in die Schubladen. Er beendete die Suppe und kippte den Teller in seine Richtung, um auch noch den letzten Rest aufnehmen zu können. Er mußte leicht aufstoßen, brach mit den Händen das schwere braune Brot, das Mrs. Thompson auf einen kleinen Teller gelegt hatte, und tunkte mit dicken Brocken die letzten Tropfen Suppe auf.

Als er fertig war und seinen Teller beiseite geschoben hatte, kam Mrs. Thompson herein, um den nächsten Gang aufzutragen. Ihre Leinenröcke raschelten leise.

»Danke.« Er lehnte sich auf seinem Stuhl zurück, während sie die anderen Teller abräumte.

»Würden Sie sagen, daß die meisten Frauen glücklich sind, Mrs. Thompson?«

Mit einem Teller in jeder Hand wie mit zwei Waagschalen, war Mrs. Thompson nicht wenig erschrocken. »Glücklich, Sir?«

»Würden Sie sagen«, fuhr Grange fort, »daß ihre Seelen singen?«

Mrs. Thompson schluckte kurz. »Wenn ich wüßte, was Sie meinen, Sir, glaube ich schon, daß ich Ihnen antworten könnte.«

Grange faltete die Hände auf seinem Bauch und entgegnete ruhig: »Wenn ich wüßte, was ich meine, Mrs. Thompson, wäre ich mir gar nicht sicher, ob ich überhaupt fragen würde.«

Mrs. Thompson sah ihn an, als würde er sich seltsam benehmen – und das tat er ja wirklich –, und kehrte in die Küche zurück. Kurze Zeit später kam sie mit einer Schüssel mit Lammfleisch. Grange begann mit dem zweiten Gang, schnitt sich mehrere Scheiben mit einem Tranchiermesser ab und legte sie mit einer Gabel auf einen kleinen Teller. Das war etwas, was er genoß, ein Beweis seiner Geschicklichkeit. Hatte er jedoch seiner Begabung Ausdruck gegeben, nahm er ohne große Begeisterung Messer und Gabel und aß eine Zeitlang ohne sonderliches Interesse weiter. Nach ein paar Bissen schob er den Teller beiseite und bemerkte so laut, daß es Mrs. Thompson hören konnte: »Ich habe keinen Hunger.«

Mrs. Thompson kam wieder aus der Küche herein wie eine Sturmwolke. »Ihnen ist doch nicht etwas auf den Magen geschlagen, Sir?«

Grange vermied es, ihr zu antworten, und fuhr sich mit einer Ecke des Tischtuchs über den Mund. Er hielt ihr seinen halbvollen und nicht mehr erwünschten Teller hin und nickte ihr kurz und höflich zu. Sie nahm ihn ohne

eine weitere Bemerkung, blieb jedoch vor ihm stehen und sah ihn mit ihren fragenden Augen an.
Immer noch nachdenklich, schob er seinen Stuhl zurück, erhob sich und nickte ihr noch mal zu, um ihr zu bedeuten, daß er gehen würde. Sie machte einen Schritt zur Seite, um ihn vorbeizulassen, und beobachtete ihn, als er in die Diele trat, stehenblieb, um eine Kerze von der Anrichte zu nehmen, und mit ihr die Treppe hinauf in sein Arbeitszimmer ging.

In seinem Heiligtum angekommen, setzte sich Grange hin und stellte die Kerze auf seinen Schreibtisch. Er verweilte einige Augenblicke, um sich zu sammeln, und griff dann nach einem weißen Blatt Papier. Er nahm eine Feder, tauchte sie in Tinte und begann zu schreiben. Er sprach die Worte deutlich aus, während er die Feder bewegte.

> Liebe Mrs. Quill,
> ich danke Ihnen für Ihre Einladung zu einem Besuch und für Ihre unvergleichliche Gastfreundschaft.
> Ich habe keinen Zweifel, daß das, was Sie mit solcher Beredsamkeit über die Rolle des schönen Geschlechts vorgetragen haben, wahr ist. Da ich auf meine bescheidene Art der Wahrheit, zumindest in ihrem ersten und außerordentlich unvollständigen Verständnis, zu folgen versuche, würde ich gerne auch weiterhin Ihren Worten lauschen.
> Vielleicht meinen Sie, daß ich nicht würdig bin, fortan Ihr Publikum zu sein. In diesem Fall habe ich Verständnis und verbleibe unverzagt Ihr demütiger Diener und Bewunderer.
>
> Hochachtungsvoll,
> Silas Grange

Er steckte den Brief in einen Umschlag, schmolz Siegelwachs und versiegelte ihn. Nachdem er das getan hatte, lehnte er sich auf seinem Stuhl zurück und starrte an die Decke. Weiter oben im Zimmer war mehr Licht, ein goldener Schimmer, der noch weich in den Ecken lag. Durch das Fenster konnte er das zufriedene Glühen des Lichts auf dem Wasser des Solent sehen.

Vielleicht eine Viertelstunde später, in der Ruhe der Abendstunde, ging Grange zum Haus von Mrs. Quill. Alles war dunkel, und die Vorhänge waren nicht zugezogen. Er hob den Türklopfer. Niemand kam. Grange verweilte mehrere Sekunden und warf dann den Brief ein.
Als er gerade gehen wollte, hörte er ohne jeden Zweifel das Gelächter einer Frau. Er trat um die Hausecke und lauschte, war jedoch nicht in der Lage, die Quelle des Geräuschs auszumachen. Er sagte sich, daß es sich um eine bloße Einbildung gehandelt haben mußte, vielleicht um eine Stimme, die, vom Wasser zurückgeworfen, vom Ufer unterhalb des Hauses heraufgeklungen war. Er zuckte mit den Schultern und machte sich auf den Heimweg.

# 11

Am folgenden Abend veranlaßte ihn seine Rastlosigkeit wiederum zu einem Spaziergang. Er redete sich ein, daß ihn danach verlangte, das Ufer bei so schönem Wetter zu betrachten, aber es waren seine erregten Gedanken, die ihn nach draußen trieben.

Salz war seit Menschengedenken die Haupterwerbsquelle Lymingtons gewesen. Ein mildes Klima und eine lange ebene Küstenlinie hatten den Bau von zahlreichen flachen Pfannen zugelassen, die als seichte Reservoirs für Salzwasser dienten.

Grange ging in Richtung Oxey und sah über das Marschland, auf dem diese Industrie vorherrschte. Bei Woodside schien die Küste von Windmühlen bedeckt zu sein, die sich in der südwestlichen Brise schnell drehten und Salzwasser in die Pfannen pumpten. Verzweigte Meerarme füllten sich bei Ebbe mit Salzwasser. Der gesamte Landstrich westlich von Lymington, vom Hafen bis nach Oxey und Pennington und jenseits davon fast bis nach Keyhaven schien für das schweifende Auge fast nur aus Salzpfannen zu bestehen. Das Wasser in jedem Tümpel verdampfte, und mehr Salzwasser wurde zugesetzt, bis sich eine konzentrierte Salzlö-

sung bildete. Das stark salzhaltige Wasser wurde in Zisternen geschöpft, von denen aus es direkt in die Siedepfannen lief.
Die Salzherstellung war so alt, daß sich eigene Lebewesen entwickelt hatten. In dem konzentrierten Salzwasser in den Tümpeln gab es nur einen Organismus, der überleben konnte, eine seltsame kleine Kreatur, der sogenannte Lymington Shrimp, der nirgendwo sonst vorkam.
Abgesehen von den gelegentlichen Windmühlen war das einzige, was in der flachen Landschaft des Marschlandes die Aufmerksamkeit auf sich zog, das Auftauchen der Siedehäuser. Sie sahen aus wie Backsteinscheunen mit Ziegeldächern. Zuerst kamen sie einem mit ihren Dächern, die fast bis zum Boden reichten, vor wie Häuser, die in die weiche Erde gesunken sind, und das ließ sie etwas bizarr wirken. Bei genauerem Hinblicken waren die großen Scheunentore unter den spitzen Dächern meist offen, und selbst spät am Abend waren Arbeiter in ihrem Innern zu sehen, die das Feuer anfachten oder Holz nachlegten. Rauch und Wasserdampf quoll durch gewaltige viereckige Kamine nach oben. Die Straßen und Pfade im Windschatten der Siedehäuser waren fast schwarz von Asche. Mindestens zwanzig von ihnen konnte man jederzeit an der Küste in Betrieb sehen. Dampf und Rauch ihrer Kamine vereinigten sich zu einer grauen Wolke, so daß man zu gewissen Zeiten den Eindruck hatte, daß die Küste Lymingtons von Pylewell nach Hurst eine Industrie hervorgebracht hatte, die auch in der Hölle nicht fehl am Platz gewesen wäre.

In Oxey verweilte Grange kurz, um über das Marschland hinauszuschauen, dann ging er in Richtung Pennington weiter.

Das Licht über dem Wasser änderte sich ständig. Das Meer war grünlich, und das Licht schien seine schwache blaue und türkise Färbung vom Wasser zu beziehen. Auf der Oberfläche bewegten sich die Schatten der Wolken. In Pennington blieb Grange wieder stehen und sah aufs Meer. Ein starker südwestlicher Wind blies durch den Solent und brachte Wolkenfetzen mit sich. In der Enge bei Hurst Castle war das Meer fleckig von Gischt. Die Segel mehrerer Schiffe, die aus Southampton kamen, waren zu sehen.

Er atmete die feuchte Luft tief ein und betrachtete einige einsame Segel, die den Solent durchpflügten. Vor der Mündung des Lymington River lag ein Handelsschiff mit zwei Masten vor Anker, den Bug im Wind, und seine Besatzungsmitglieder, die auf dem Deck wie Ameisen wirkten, luden aus dem Hauptladeraum Fässer in ein großes Ruderboot, das diese an die Küste transportieren sollte. An der Rahe des Handelsschiffs hatte man Flaschenzüge und Tauführungen befestigt, um diese als Ladebaum verwenden zu können.

Ein großes gefülltes Segel tauchte hinter Hurst Castle auf, ein hoher einzelner Mast mit zwei Vorsegeln, obwohl das Schiff selbst relativ klein zu sein schien. Als es Richtung Westen kreuzte, fiel Grange auf, daß es unter vollen Segeln auf einem Meeresarm fuhr und den Mastbaum flach über die Seite gelegt hatte. Der gerade Steven und die klaren Linien des Schiffs legten nahe, daß es sich um die *Antelope*, ein Zollschiff, handelte, siebenundneunzig Tonnen und zehn Kanonen. Sein großes Vor- und Achtersegel waren so beschaffen, daß es im Wind halsen und auf diese Weise jedes flüchtende Handelsschiff, jeden flüchtenden Schmuggler verfolgen konnte. Eigentlich war es zwischen Needles und

Swanage stationiert, aber in der Erfüllung seiner Pflichten legte sein Kommandant John Case seine Anweisungen sehr weit aus.
Grange beobachtete, wie das Schiff seinen Kurs nochmals korrigierte, sah das kurze Flattern eines Vorsegels, als die Segel getrimmt wurden, um dem neuen Kurs zu folgen. Wie ein Windhund schien es direkt auf Yarmouth zuzuhalten, vielleicht um Post oder Proviant an Bord zu nehmen. Die Flut trug nur dazu bei, seine Geschwindigkeit zu erhöhen. Es flog fast. Er sah, wie sein Bug eine Welle traf und das Wasser über seine Seiten spritzte. Aber obwohl es jetzt einen bestimmten Kurs eingeschlagen zu haben schien und ruhig dahinsegelte, kreuzte es ohne Warnung in den Wind und drehte sich mit außerordentlicher Schnelligkeit. Nun bewegte es sich in Richtung der Hauptküste. Der Wind, der in der Drehung aus den Segeln geraten war, füllte diese jetzt plötzlich wieder. Mit frischer Kraft legte es sich nach Dollbord, und seine große Takelage katapultierte es vorwärts.
Plötzlich schauerte es Grange, denn er ahnte den Zweck des Manövers. Es schien so, als würde es sich für das Handelsschiff interessieren. Eine Böe traf das Schiff, und es legte sich noch mehr auf die Seite. Die Besatzung holte das Hauptsegel etwas ein, um es wieder ein wenig aufzurichten und damit es nicht an Geschwindigkeit verlor. In ein paar Minuten war es bei dem vor Anker liegenden Handelsschiff angekommen. Grange sah zu und hielt den Atem an. Der Bug der *Antelope* war direkt auf die Seite des anderen Schiffs gerichtet. Jetzt schienen seine Geschwindigkeit und die Flut es auf einen sicheren Zusammenstoß zuzutreiben. In seinem verkürzten Blickfeld sah es so aus, als wären die beiden Schiffe bereits zusammengestoßen,

und er erwartete, den Bug des Zollschiffs splittern und seinen Mast fallen zu sehen. Aber im letzten Augenblick kreuzte die *Antelope* mit dem Wind und drehte sich dann unter dem Heck des Handelsschiffs gegen den Wind. Sämtliche Segel flatterten mit einem ungeheuren Lärm. Am Bug stand ein Seemann mit einem Enterhaken. Der Steuermann wich dem Heck des Handelsschiffs mit dem Bug aus und brachte das vordere Dollbord der *Antelope* bis auf wenige Fuß an den Achtersteven des anderen Schiffs heran. Der Enterhaken flog durch die Luft, und mit einem zweimaligen kräftigen Ziehen wurde geprüft, ob er hielt. Dann sprangen zwei Männer über den Abgrund und zogen sich an dem mit Knoten versehenen Seil an Bord. Grange sah, wie unter dem Stiefel des einen Mannes das Wasser spritzte, so daß er wie der geflügelte Schuh des Merkur ausschaute. Er hörte in der Brise undeutlich, wie ihre Schuhe auf dem Deck des Handelsschiffs aufschlugen.
Im selben Augenblick, als sie an Deck waren, nutzte der Kommandant der *Antelope* deren Schwung, um das Fahrzeug wegzudrehen, damit sich seine Masten nicht in den überhängenden Rahen des Handelsschiffs verfingen, die jetzt eine extreme Gefahr darstellten. Der Schwung des Schiffs gab ihm Bewegungsspielraum. Das donnernde Aneinanderschlagen der Segel hörte auf, als sie sich wieder füllten. Es gewann an Geschwindigkeit, und die Entfernung zu dem anderen Schiff nahm zu. Es hielt sich mit seinen zehn kleinen Kanonen in Bereitschaft, während die beiden Zöllner untersuchten, ob das Geschäft des Handelsschiffs legal war.
Es war ein herrlich ausgeführtes Manöver, und Grange traten, ohne daß er das gewollt hätte, vor Bewunderung und Begeisterung die Tränen in die Augen, denn er glaub-

te nicht ganz ohne Grund wie fast jeder seiner Landsleute, daß niemand die See so beherrschte wie die Engländer. Man mag die Stirn darüber runzeln, daß jemand in Gefahr und Not weint, bei Freude ist das jedoch etwas anderes. Ein Mann im England des 18. Jahrhunderts konnte so unbekümmert weinen wie ein Mann im Elisabethanischen England und sogar noch einen Italiener darin übertreffen.

Bald nachdem er geklopft hatte, öffnete Mrs. Thompson ihm die Tür, als hätte sie auf seine Rückkehr gewartet.
»Meine Stiefel sind schmutzig, Mrs. Thompson. Es ist wirklich verdammt viel Wasser auf den Straßen seit den letzten Regenfällen.«
»Lassen Sie sie mich in die Küche stellen, Sir. Ich putze sie, wenn sie trocken sind.«
»Danke.« Grange setzte sich auf den Stuhl in der Diele, um seine Stiefel auszuziehen, und gab sie ihr. Wie zwei Leute, die in einer formellen Zeremonie Geschenke austauschen, reichte ihm Mrs. Thompson seine Hausschuhe, und er zog sie an.
Er ging die Treppe hinauf, und Mrs. Thompson rief hinter ihm her: »Da ist ein Brief für Sie, Sir.«
Grange hielt inne, kam die paar Stufen wieder herunter und nahm den Brief aus ihrer Hand.
Mrs. Thompson stand am Fuß der Treppe und betrachtete ihn. Grange hob seine Augen und sah sie direkt an, woraufhin sie kurz nickte und ging. Er öffnete den Umschlag mit einem Finger, nahm ein einzelnes Blatt Papier heraus und stieg die Stufen hinauf. Oben auf dem Treppenabsatz las er den Brief.

Lieber Dr. Grange,
danke für Ihren freundlichen Brief.
Ich bin jetzt zwei Tage verreist, überlege mir aber, ob Sie erwägen könnten, mich am Samstag zu besuchen, um vier Uhr nachmittags, wenn Ihnen das paßt. Sollte das der Fall sein, Sir, möchte ich Sie dringend darum bitten, mir nicht zu antworten. Ich werde einfach Ihre Gesellschaft zum vorgesehenen Zeitpunkt erwarten.

Hochachtungsvoll,
Celia Quill

Er steckte den Brief zurück in den Umschlag, ging nachdenklich weiter die Treppe hinauf und dann leise in seinen Hausschuhen durch sein Arbeitszimmer.

## 12

Grange hatte den Wunsch, mit größerer Muße die Küste von Walhampton zu betrachten, und beschloß, an der Abzweigung des Fußweges nach Barrows Lane vorbeizugehen und statt dessen dem Flußufer zu folgen. Als er nach Lymington gekommen war und noch nicht viele Patienten gehabt hatte, war er so oft an dieser Küste entlanggegangen, daß er sich fast Meter für Meter an sie erinnern konnte. Sie hatte ihn wegen ihrer Einsamkeit angezogen. Jedes Jahr wurde sie mehrere Male im Frühling von Sturmfluten unter Wasser gesetzt und konnte deshalb nicht besiedelt werden. Doch gerade wegen dieser Abgeschiedenheit, wegen dieses Gefühls der Verwandtschaft, fast der Zugehörigkeit, wegen ihrer einsamen Pfade erwachten während des Spaziergangs Erinnerungen an vergangene Tage. Der Geruch nach Seetang und nach dem Schlamm des Marschlandes war derselbe, und seine salzige Schärfe erweckte ein Gefühl einer seltsamen und flüchtigen Frische. Es war schon eigenartig, daß Gerüche erneut Leidenschaften erzeugen konnten, deren ursprüngliche Ursache lange vergessen war. Ein Echo der Furcht, des Triumphs, der Dankbarkeit und jene seltenen Gefühlsmischungen, die etwas von frischen Farben haben.

Er bemerkte mehrere Veränderungen, die ihn seltsam berührten. Auf einem Abschnitt einsamen Marschlandes hatte man etwa ein halbes Dutzend Blockhütten errichtet, um in ihnen die Segel und Netze der kleinen Fischerboote unterzubringen. Sie standen auf Pfählen und waren so vielleicht den schwächeren Sturmfluten im Frühling nicht ausgesetzt gewesen, aber dunkle Spuren unten an ihren Wänden verrieten, daß sie nicht ungeschoren davongekommen waren. Mehrere dieser traurigen Behausungen waren von Zigeunern oder Leuten, die durch die Wälder zogen, in Besitz genommen worden. Um sie herum lagen alte Fässer, deren Reifen bereits verrotteten. Ein älterer Spürhund mit kläglich durchscheinenden Rippen kam langsam unter einer dieser Hütten hervor und stand da und betrachtete ihn. Er schien nicht die Kraft zu haben, zu bellen oder auf andere Art für Lärm zu sorgen. Aus einer Laune heraus änderte die sanfte Brise ihre Richtung, und der Geruch von Fäulnis und menschlichen Ausscheidungen drang Grange in die Nase. Eine Szene des Verfalls, wo einmal Ordnung gewesen war. Und doch fühlte auch er sich schuldig, nicht so sehr, weil man diesem armen fahrenden Volk zuwenig Barmherzigkeit erwiesen hätte, sondern weil seine Lebenslage vorsätzlich herbeigeführt war. Diese Menschen hätten sich der Gnade der Gemeinde ausliefern können, und so wären ihnen zumindest eine Unterkunft und die Grundnahrungsmittel sicher gewesen, und doch hatten sie es vorgezogen, außerhalb der Armengesetze zu leben. Sie bereiteten ihm nicht zuletzt deswegen Kummer, weil sie seine Vorstellung von Barmherzigkeit beleidigten.

Von den Bewohnern war nichts zu sehen. Sie hatten sich entweder im Innern der Häuser versteckt oder waren

unterwegs, um am Ufer nach allen möglichen brauchbaren Dingen zu suchen.
Grange näherte sich Barrows Lane und war sehr nachdenklich. Er ging den Fußweg zu Mrs. Quills Haus hinauf. Als er das Tor jedoch hinter sich hatte, übte der Garten seine magische Wirkung auf ihn aus und ließ alle Sorgen von ihm abfallen. Er blieb auf den Pflastersteinen stehen, die zum Haus führten, und genoß die Aussicht, die er am meisten liebte, über den Solent auf die weißen und goldenen Klippen gegenüber von Hurst.

»Es ist mir ein Vergnügen, Sie wiederzusehen, Sir.«
»Danke.«
Mrs. Quill forderte ihn auf, sich hinzusetzen, und blickte ihn dann mit der Andeutung eines Lächelns an.
»Sie schauen blendend aus. Ihre Pflichten tun Ihnen gut, obgleich Sie dünner geworden zu sein scheinen.«
»Ich bin immer dünn, Madam. Die meisten von uns essen zu viel.«
»Sie denken vielleicht, wir Frauen sollten so aussehen wie Luftgeister?«
»Nein, nicht die Frauen. Frauen sehen, finde ich, besser aus, wenn sie etwas Gewicht haben. Frauen sind von Natur aus ... runder.«
Grange hustete verlegen. Mrs. Quill lächelte.
»In der Tat.« Sie drehte sich zum Fenster und blickte hinaus. »Wollen Sie, daß ich fortfahre, Sir?«
»Als wir das letztemal von einem perfekten und sanften Kavalier gesprochen haben, Madam, haben Sie mich ein wenig mit Ihrem Vorschlag erschreckt, daß ich diese Rolle spielen könnte.«
»Und warum das?«

»Weil es mir so vorkommt, als müßte man für diese Rolle bestimmte Qualifikationen haben.«
»Das ist richtig.«
»Ich meine nicht irgend etwas Geistiges, sondern körperlich. Ich eigne mich nicht für die Rolle. Ich bin dünn, etwas zerbrechlich, und was meine äußere Erscheinung angeht, Madam, bin ich so weit davon entfernt, gutaussehend zu sein, wie ich es mir nur vorstellen kann.«
»Sir, Sie leiden an einer Verwirrung der Sinne. Ich finde Ihre Unwissenheit rührend. Männer sind so von ihrem Aussehen besessen, daß sie glauben, daß es für das andere Geschlecht auch eine Rolle spielen müßte. Das ist nicht der Fall. Frauen werden gelegentlich bei einem Mann von einem hübschen Gesicht angezogen, aber das ist nicht die Regel. Es ist etwas Tieferes, was uns wichtig ist, und darüber verfügen Sie, Sir, in ausreichendem Maße. Lassen Sie mich als Frau Ihre Richterin sein.«
»Davon ist doch wirklich außerordentlich wenig zu merken. Ich bin ein ruhiger Junggeselle ...«
»Sie werden in jeder Hinsicht vom schöneren Geschlecht sehr bewundert. Würde ich Sie nicht besser kennen, würde ich sagen, daß Sie auf Komplimente aus sind.«
»Aber nein, Madam. Dafür spricht nichts. Lassen Sie uns sagen, daß wir darin nicht einer Meinung sind. Doch ich würde gerne einen letzten und neuen Gesichtspunkt vorbringen.«
»Und der wäre?«
»Was Frauen angeht, bin ich nervös, scheu. Ich bin es gewohnt, allein zu sein. Ich bin nicht so erzogen, daß ich jemanden berühren oder Gefühle austauschen könnte. In meiner Arbeit ist ein gewisses Unbeteiligtsein vielleicht notwendig. Ich sage bloß, daß ich in Herzensdingen kalt bin, daß ich da ein Hindernis fühle ...«

»Hindernisse sind dazu da, überwunden zu werden.«
»Mein Hindernis ist in meinem Innern, Madam. Und es ist selbst gewählt.«
»Vielleicht suchen Sie meine Hilfe ebensosehr, wie ich Ihre suche.«
»Madam«, Grange zögerte, »Sie sind mir in Gedanken voraus. Ich habe nie um Hilfe gebeten, nur wenn es darum ging, in Ruhe gelassen zu werden ...«
»Dann geben Sie mir einen Anlaß, Ihnen meine Absichten zu demonstrieren, Sir. Ein Opfer zieht ein anderes nach sich. Wenn ich Ihnen einen Gefallen tun kann, dann sind Sie vielleicht eher geneigt, mir und meiner vorgeschlagenen Abmachung zuzustimmen.«
»Ich verstehe nicht ganz.«
Mrs. Quill legte nach außen hin keine Zeichen der Ungeduld an den Tag, nur daß es ihr vielleicht gewisse Zweifel hätten ratsam erscheinen lassen oder sie zumindest hätten dazu bewegen können, mit kleineren Schritten vorzugehen. Vielleicht paßte sie sich, wie er das möglicherweise auch tat, der schnellen Bewegung ihrer eigenen Überlegungen an. Es vergingen mehrere Augenblicke, und als sie wieder sprach, tat sie das ruhig und bedachtsam.
»Sollte das Ihr Wunsch sein, könnte ich Ihnen damit helfen ... mit dem Hindernis, das zwischen Ihnen und demjenigen liegt, der Sie einmal werden könnten, Sir.«
»Jetzt sehe ich, was Sie meinen, Madam. Ihre Überlegungen sind jedoch sehr allgemein ...«
»Und Sie verstehen mich, denke ich.«
»Ich würde eher sagen, daß ich Sie bewundere.«
»Und ...?«
»Falls Sie mir meine Langsamkeit verzeihen wollen, würde ich weiterhin sagen, daß Sie mir mit Ihrem Opfer eine

solche Ehre erweisen ... daß ich nicht anders kann, als anzunehmen.«
So stand also Grange an einem Samstag um vier Uhr nachmittags oder kurz danach auf und sah Mrs. Quill an. Sie nahm seine Hand und blickte ihm ins Gesicht.
»Ich glaube, daß ich in Ihnen den besten Verschworenen habe. Lassen Sie mich Sie führen.«
Grange nickte nur und war nach außen hin ruhig, obwohl im Innern vor Stolz und Schrecken sprachlos.
»Dann zum Praktischen. Meine Zofe ist heute nicht da. Sie besucht Verwandte. Da ich vorhatte, eine Verabredung zum Abendessen einzuhalten, brauchte ich keine Köchin, und diese hat ebenfalls frei. Vorhin hörte ich jedoch, daß sich meine Gastgeberin unglückseligerweise erkältet hat, und so scheint es, als gehörte der Abend mir. Wir sind ungestört, Sir, falls Sie sich das zunutze machen wollen. Oder müssen Sie weg?«
»Nein, Madam, ich habe keine Verpflichtungen außer einigen Papieren, und die haben Zeit.«
»Sollten Sie dann nicht Ihre Haushälterin davon in Kenntnis setzen, daß Sie nicht zum Abendessen erscheinen werden? Wenn Sie in einer Stunde zurückkommen, Sir, bin ich bereit, Sie zu empfangen.«
Grange lächelte. »Ich werde zurückkommen, wie vorgeschlagen.«

# 13

Grange ging so ruhig von Mrs. Quills Haus weg und den Weg durch den Garten entlang, daß er aussah wie einer der von einem Pferd gezogenen Kähne, die so lange still vorwärts treiben, bis sich das Tier erneut ins Geschirr legt. Er wurde von einem inneren Schwung vorwärts getrieben, der so sanft war, daß er ihn nicht aus seiner Träumerei aufweckte. Nachdenklich durchschritt er das Tor, drehte sich dann spontan um und glaubte zu sehen, wie sich Mrs. Quill ohne Hast vom Fenster in das Innere des Hauses zurückzog. Er atmete tief durch und ging dann weiter.

»Danke, Mrs. Thompson. Ich bin nur kurz da, und werde heute abend außer Haus sein. Es ist kein Abendessen nötig.«

Er stieg die Stufen hinauf und bemerkte, daß Mrs. Thompson an der bekannten Stelle am Fuß der Treppe zu verweilen schien. »Wenn ein Patient kommt, Sir, ein Notfall, was soll ich ihm sagen?«

»Sagen Sie, er soll sich an Dr. Hargood wenden.«

Weil er stolz darauf war, seinen Patienten die meiste Zeit zur Verfügung zu stehen, überraschte es ihn nicht, daß Mrs.

Thompson offenbar etwas durcheinander war. Kummer war ihr ins Gesicht geschrieben, der etwas Wütendes hatte und die Muskeln zusammenzog. Ihr Mund war wie ein Strich.
»Ich verstehe, Sir«, sagte sie, obwohl es den Anschein hatte, daß sie nichts verstand.

Grange ging in sein Arbeitszimmer, goß eine Kanne Wasser in ein Becken und erfrischte sich mehrere Male das Gesicht. Er trocknete es mit einem Tuch ab und sah sich kurz in einem Spiegel an. Wie immer war er über das, was er erblickte, überrascht, über das seltsame unbeteiligte Tier, das in seiner Tiefe lebte. Er schaute nach unten und bemerkte, daß die Oberseiten seiner Handgelenke leicht verschmutzt waren und daß er unter seinen Manschetten schwitzte. Er schüttete sich Wasser über die Hände und begann sich zu waschen. Er schien zu schweben, nicht genau nachzudenken, sondern in Gedanken verloren zu sein, als würde er sich zwischen zwei Welten befinden. Die Zeremonie veranlaßte seinen Körper dazu, ruhig zu werden, und seine Gedanken, zu wandern. Er wusch sich sorgsam die Seife von den Händen. Sein Körper schien abwesend und entfernt. Als würde er einem Gespräch lauschen, hörte er das Klirren der Kanne, als er sie zurückstellte.

Mrs. Quill zeigte sich nicht überrascht, als er wiederum an ihrer Tür erschien. Sie machte einen Schritt zur Seite und ließ ihn eintreten. Er hörte, wie die Tür fest hinter ihm geschlossen wurde, und bildete sich ein, daß sie sich einen kurzen Moment dagegengelehnt und ihn voll Zuneigung angeblickt hätte. In der Diele sahen sie sich erneut an. Mrs. Quill lächelte und nahm seinen Arm.

»Kommen Sie, Sir.«
Zusammen gingen sie die Treppe hinauf und dann liebenswürdig Arm in Arm den Korridor entlang und durch eine offene Tür in einen Raum, in dessen entferntester Ecke ein großes Bett mit Baldachin stand. Mrs. Quill schloß die Tür, und erneut hatte er den Eindruck, so flüchtig er auch sein mochte, daß sie sich dagegenlehnte und ihn so anschaute, als versuchte sie durch ihn hindurchzusehen. Er drehte sich um, fing ihren Blick auf und lächelte eher zögernd zurück.
»Nun, Sir«, sagte sie.
»Nun«, meinte Grange nur.
Mrs. Quill begann die Verschlüsse ihres Kleides zu öffnen. Immer noch etwas geblendet, betrachtete er sie einige Sekunden lang und war von ihrer ruhigen Entschlossenheit überrascht. Sie sah auf und bemerkte sein Zögern.
»Lassen Sie mich die Führung übernehmen.«
Wie sie sich ihres Kleides entledigte, hatte etwas von der Ruhe eines Urteilsspruchs, dann kamen ihre Strümpfe an die Reihe und schließlich ihr Unterhemd. Er zog sich seine Jacke aus, sein Hemd und seine Schuhe. Als er noch mit den Verschlüssen seiner Kniebundhose beschäftigt war, ging sie schon nackt an ihm vorbei zum Bett. Er fuhr damit fort, sich die Hosen auszuziehen.
»Kommen Sie, Sir.«
Endlich nackt, begab er sich zu ihr. Einmal unter der Decke, lagen ihre Körper mehrere Minuten lang da, ohne sich zu rühren, während das graue Licht, das sie umgab, in Bewegung zu geraten schien. In diesem ihrem friedlichen Reich zeigte sie keine Nervosität und wartete vielleicht nur darauf, daß sich sein flatterndes Herz beruhigte.

Sie drehte sich zu ihm um, legte ihm eine Hand auf die Schulter und sah ihn an.
»Ich wiederhole noch einmal, Sir, daß Sie mir die Führung überlassen sollten.«
Er sah in ihre grauen Augen, die ihn ihrerseits gefaßt anzusehen schienen, seinen Ausdruck in sich aufnahmen und amüsiert waren. Sie küßte sein Gesicht. Er fühlte die Ruhe ihres Atems, als dieser sich langsam zu seinem Hals und zu seinen Schultern bewegte, und schloß die Augen.

Danach lagen sie nebeneinander, getrennt voneinander, aber freundschaftlich. Es war dunkler geworden, fast schon Dämmerung. Von ihren beiden Gesichtern war das von Mrs. Quill gefaßter. Sie lächelte beinahe, als sie ihre Gedanken aus der sie umgebenden Luft zu sammeln schien. Granges Gesicht war nachdenklicher.
»Sie sind ein sehr aufmerksamer Schüler.« Das Flüstern von Mrs. Quill war kaum zu vernehmen, so daß das, was sie sagte, der Luft über ihr anvertraut, fast etwas von einem Selbstgespräch hatte.
»Gute Lehrer haben aufmerksame Schüler, Madam.«
Sie spitzte die Lippen und bemerkte: »Es wird dunkel. Bleiben Sie hier. Ich werde eine Kerze anzünden.«
Grange sah zu, wie sie sich vom Bett erhob, selbstsicher in ihrer Nacktheit, ein Hemd überzog und den Raum verließ.

Mehrere Minuten lang folgte Grange gemächlich mit den Augen den Konturen des Zimmers. Es entzog sich wegen des Baldachins des Bettes teilweise seiner Sicht, doch auch so schien das Licht obskur, gelblich oder bernsteinfarben, und er hatte das Gefühl, denn direkte Beobachtung war unmöglich, der Stille eines sich verdunkelnden Himmels unmittelbar vor dem Regen. Eine kurze Zeit später kam Mrs. Quill mit einer entzündeten Kerze in einem Kerzenhalter zurück und stellte diese neben das Bett. Er betrachtete ihre bekleidete Gestalt, als sie sich neben ihn setzte, sah die Rundungen, die sich unter ihrem Hemd andeuteten, und die Ruhe ihres Profils. Sie lächelte, wie sie so dasaß, auf ihn herab, beugte sich über ihn und begann mit einer Hand langsam das Laken wegzuziehen, das ihn bedeckte.

»Kommen Sie, Sir, wir müssen mit unseren Erkundungen fortfahren. Eine Lektion folgt der anderen.«

Obwohl sie immer noch ihr Hemd anhatte, hob sie ein Knie, setzte sich rittlings auf ihn und sah ihm ins Gesicht. Dann zog sie ihr Hemd aus, so daß sich der weiße Stoff wie eine Flamme über ihr erhob und ihren Busen und ihren Bauch freilegte. Ihre Augen verließen sein Gesicht nie, nie wich ihm ihr Blick aus, aber nach einer Zeit beugte sie sich langsam nach vorn und preßte ihre Lippen auf die seinen.

Mrs. Thompson saß in ihrem kleinen Wohnzimmer, hellwach und verärgert. Eine Uhr tickte laut. Ein Gewitter, das über Pennington aufgezogen war, war in der Ferne zu hören. Sie vernahm Schritte draußen auf der Straße und hob mehrere Male den Kopf. Die übrige Zeit starrte sie in das kleine Feuer in ihrem Zimmer, das sie gegen die Kühle des Abends entzündet hatte. An ihrem gewaltigen Busen polierte sie einen Apfel, bis er so rot glänzte wie ihre erhitzten Wangen. Wenige Sekunden später ertönte das Krachen eines Donners. Nach dem Donner schien die Ruhe nur noch durchdringender zu sein. In ihr wiederholte Mrs. Thompson eine Frage, die ganz von ihr Besitz ergriffen zu haben schien:

»Singen die Seelen der Frauen?«
Sie schüttelte bei dieser Absurdität den Kopf und biß gierig in den Apfel, als wäre sie wütend oder als wollte sie sich trösten.

Wie Passagiere eines Schiffs, das sie zu einem fremden Ziel bringt, lagen Mrs. Quill und Grange befriedigt auf dem Bett, und ihre Körper schimmerten weiß im Kerzenlicht. Die Laken hatten sie beiseite getan, denn die schwere Luft war feuchtwarm. Grange schlief friedlich, Mrs. Quill war wach und blickte mit ihren schönen Augen an die Decke, ein halbes Lächeln auf ihren Lippen.
Doch als er erwachte, wollte er nicht über Nacht bleiben, denn er glaubte nicht ganz ohne Grund, daß seine Abwesenheit bis zum nächsten Morgen Mrs. Thompsons Mißtrauen erregen würde.
Um halb zwölf wurde Mrs. Thompson durch lautes Klopfen an der Haustür aus ihrem unruhigen Schlaf gerissen. In ihrem benommenen Zustand war das erste, was ihr auffiel, der Regen, der so stark war, daß er das Dach niederzudrücken schien und ein leises Zischen oder Summen hervorrief, während sie zur vorderen Diele lief. Auf der Straße hörte man das Regenwasser in Bächen. Sie blickte durchs Guckloch und öffnete dann. Es kam ihr so vor, als würde der starke Regen in ihrem Gesicht explodieren, als Dr. Grange wie ein Meerwesen durch die Tür trat. Das Wasser lag wie weiße Flecken auf seinem Mantel, die von ihm abfielen, als er die schwere Tür schloß. Seine schmutzigen Stiefel bildeten eine Pfütze auf dem Fußboden. Sie machte einen Schritt zurück, um ihn anzusehen.
»Was, Sir«, rief Mrs. Thompson aus, »Sie sind durch und durch naß!«

Grange zog sich den Mantel aus. »Ein bißchen naß, das gebe ich zu.«
Etwas an ihm machte ihr angst. Mrs. Thompson bemerkte, daß er überschwenglich war und daß sein Gesicht leuchtete. Um diese Uhrzeit kam er ihr vor wie ein Seehund oder Meermann, weiß vor Salz. Sie hielt den nassen Mantel auf Armlänge von sich, den ihm Mrs. Quill für den Nachhauseweg geliehen hatte.
»Und wem gehört der, Sir?«
»Freunden. Gab es irgendwelche Notfälle?«
»Nein, Sir.«
Er nickte und begann mit derselben merkwürdigen Beschwingtheit und Entschlußkraft die Stufen hinaufzugehen, und es kam ihr in diesem Moment in den Sinn, daß die Treppe und der obere Treppenabsatz nicht erleuchtet waren und daß er wohl vorhatte, die Dunkelheit ohne Hilfe einer Lampe zu durchdringen. Sie hielt ihre eigene Flamme so hoch, daß ein schwacher Lichtschein auf die Stufen fiel, und als er in die Dunkelheit hinaufstieg, rief sie:
»Wenn Sie Ihre Kleider vor Ihr Zimmer legen, Sir, kann ich sie waschen und trocknen.«
»Auf den Treppenabsatz«, sagte Grange und drehte sich ihretwegen um, obwohl sie ihn kaum noch sehen konnte. »Ich lege sie auf den Treppenabsatz.«
Mrs. Thompson blickte seiner sich entfernenden Gestalt nach und hörte, wie seine schweren Stiefel den Treppenabsatz überquerten, wie seine Schlafzimmertür erst quietschte und dann ins Schloß fiel. Er war von einer Lebhaftigkeit, die schon an Überdrehtheit grenzte oder an Wut. Sie stand immer noch da und dachte nach, als sich die Tür öffnete und die Kleider ihres Dienstherrn, schwer

von Wasser, über das Geländer geworfen wurden wie ein abgelegter Pelz. Danach wurde die Tür wieder geschlossen. In der darauf folgenden Stille, unter dem Eindruck ihrer Überraschung und Erregung, flüsterte sie: »Ich frage mich, ob die Seelen der Männer singen.«

## 14

Am folgenden Morgen jedoch, einem Sonntag, war Grange lustlos und in seine Gedanken versunken und aß sein Frühstück ohne Begeisterung.

Mrs. Thompson kam mit einem Teller mit Schinken herein, stellte diesen resolut wie immer vor ihn auf den Tisch und hatte den Verdacht, daß er ihre Anwesenheit überhaupt nicht wahrnahm, so sehr schien er mit seinen eigenen Gedanken beschäftigt zu sein. Sie hatte das Zimmer schon beinahe wieder verlassen, als er ihr eine Frage stellte, die sie innehalten ließ.

»Wollen Sie, daß ich Ihnen verrate, wo ich gestern abend war, Mrs. Thompson?«

Mrs. Thompson, die die Ironie bemerkte, tat gleichgültig.

»Nein, Sir.«

Grange nickte und sagte nur: »Dann tue ich das auch nicht.«

Obwohl er wenig Enthusiasmus zeigte, aß er mechanisch mehrere Scheiben Schinken und spülte sie mit Tee herunter. Einige Minuten später kam sie herein, um das Geschirr wegzuräumen, und fand Grange am Fenster stehen und über die Straße in Richtung der Flußmündung von Lymington starren. Als sie wiederum an der Tür vorbeikam, weil sie noch etwas in der Küche zu tun hatte, fiel ihr sein sonderbares Verhalten erneut auf. Er hatte sich nicht bewegt. Nach einigen Augenblicken bemerkte sie, daß er mit den Schultern zuckte, leise seufzte und ohne in ihre Richtung zu sehen nach oben in sein Arbeitszimmer ging.

Da er wegen seiner radikalen Ansichten aus Prinzip nicht in die Kirche ging, hatte er es sich am Sonntagmorgen zur Gewohnheit gemacht, sich in den Stunden in sein Arbeitszimmer zurückzuziehen, die sonst der Frömmigkeit vorbehalten sind, das heißt dem Gebet zu einem Gott, dessen Existenz er inbrünstig in Frage stellte, dem Singen von Kirchenliedern, deren Ursprung ihn beleidigte, oder dem Anhören eines liberalen Geistlichen, der sich über die Sünden der Welt ausläßt. Er hatte ersatzweise diese Stunden der Lektüre eines Buches seiner eigenen Wahl vorbehalten.

Mrs. Thompson hingegen ging in die Kirche, obwohl sie nicht St. Thomas besuchte, sondern die Kirche der Reformierten, die vor noch nicht allzulanger Zeit gebaut worden war. Er mochte die Anregungen, die neue Gedanken hervorriefen, vorziehen, sie zog vertraute Überlegungen vor. Obwohl ihre Kirche neu war, war es das Vertraute, was sie liebte, das Bewährte und Erprobte. Abwechslung stellte für sie kein Vergnügen dar. Er hörte, wie sie in der Diele verweilte und die Tür öffnete, und beobachtete sie einige Sekunden später durch das Fenster seines Arbeitszimmers, von dem aus man die High Street überblicken konnte. In einen riesigen Schal gehüllt, überquerte sie das Pflaster und verschwand aus seinem Gesichtsfeld.

Vom Schreibtisch aus konnte er gelegentlich die lauten Stimmen der Passanten hören, obwohl es um diese Zeit ruhig war, und normalerweise störten diese ihn nicht. Sein Text war Hume, das Thema, das er gewählt hatte, der Ursprung von Stolz und Demut.

> Unsere geistige und körperliche Beschaffenheit, d. h. unser *Selbst* ist die natürliche und unmittelbare Ursache des Stolzes und der Niedergedrücktheit. Die Erfahrung lehrt uns freilich, daß es außerdem viele andere Dinge gibt, die diese Affekte hervorbringen. Dabei wird indessen nur die ursprüngliche Ursache bis zu einem gewissen Grade verdunkelt und zurückgedrängt durch die Menge fremder und äußerlicher Anlässe. Wir sind stolz auf Häuser, Gärten Equipagen, so gut wie auf persönliche Verdienste und Gaben. Diese äußerlichen Vorzüge nun sind an sich etwas von einer Denkweise oder der Eigenart einer Persönlichkeit weit Entferntes. Trotzdem wirken sie stark auf die Affekte, welche die Persönlichkeit zum letzten Objekt haben. Dies geschieht aber, wenn solche äußere Dinge in einen besonderen Zusammenhang mit uns selbst treten, mit uns assoziiert oder verknüpft sind. Ein schöner Fisch im Ozean, ein Tier in der Wüste, überhaupt alles, was uns nicht gehört oder nicht mit uns zusammenhängt, wirkt in keiner Weise auf unsere Eitelkeit, mag es noch so ausgezeichnete Eigenschaften besitzen und noch so große Überraschung und Bewunderung naturgemäß hervorrufen. Es muß irgendwie mit uns assoziiert sein, um für unseren Stolz Bedeutung zu haben. Seine Vorstellung muß in gewisser Weise an der Vorstellung unserer

selbst hängen, und der Übergang von der einen zu der anderen muß leicht und natürlich sein.

Er las fast zwei Stunden lang und war vollkommen in seine Lektüre vertieft. Sie machte ihm Spaß. Er arbeitete sich immer wieder durch die Sätze, um ihrem Sinn noch weiter auf den Grund zu kommen, und trotzdem waren ihm bestimmte Abschnitte unverständlich. Er hatte sich so stark konzentriert, daß seine zwei Stunden kaum begonnen hatten, als Mrs. Thompson schon wieder ihre Hand auf die Türklinke legte und durch die Seitentür ins Haus kam. Sie fragte ihn, ob er einen Tee wolle.

Nachdem er seinen Tee getrunken hatte, wurde er wieder von der Rastlosigkeit befallen, und er fühlte einen inneren Zwang, auszugehen und frische Luft zu schnappen. Er hatte die Erfahrung gemacht, daß schnelles Herumlaufen düstere Gedanken vertreibt.

Außerdem genoß er es, am Sonntag spazierenzugehen und Vorgänge und Geschäfte zu beobachten, die gegen die Sabbatregeln verstießen. Der Sommer war die wichtigste Jahreszeit, um Wasser verdunsten zu lassen, und viele Salzsiedereien setzten deshalb in den Sommermonaten auch am siebten Tag der Woche den Betrieb fort. An diesem Tag schlug Grange absichtlich einen Weg nach Pennington ein, der an ihnen vorbeiführte.

Mehrere Male war er an vorausgegangenen Sonntagen Briggs begegnet, dem Salzinspektor des Ortes, der an den Straßen lauerte. Einmal hatte er Briggs auch dabei ertappt, wie dieser auf der Böschung eines trockenen Grabens lag und durch ein Fernglas bestimmte Vorgänge beobachtete, die im Marschland von Woodside stattfanden.

»So was«, bemerkte Grange, als er vorbeiging, und hoffte, Briggs dadurch in Verlegenheit zu bringen, daß er ihn beim Spionieren erwischt hatte. Aber Briggs weigerte sich, sich zu bewegen oder ihn auf andere Art zur Kenntnis zu nehmen. Grange hatte bis zu einem gewissen Grad Mitleid mit dem Salzinspektor. Es war eine unangenehme Arbeit und mit vierzig Pfund im Jahr unterbezahlt. Zu Briggs Pflichten gehörte es, beim Verkauf und Abtransport von Salz anwesend zu sein und das Wiegen und Registrieren der Salzmengen in den vielen Salinen der Gegend zu überwachen.

Um Korruption in Form von Absprachen mit den Salinenbesitzern zu verhindern, war es absichtsvolle Politik, die Salzinspektoren alle vier Jahre zu versetzen. Aus diesem Grund konnte ein Salzinspektor in keiner Gemeinde richtig heimisch werden. Er war immer ein Außenseiter, ein Beamter, der außerhalb stand wie ein Landstreicher oder ein Krimineller. Mit solchen Leuten fühlte sich Grange stets in einem gewissen Sinne verwandt.

Hargood war den Salzinspektoren gegenüber ebenfalls tolerant, mit Ausnahme eines gewissen Gabriel Symes, der seinen Posten in Buckler's Hard hatte und dessen Gewohnheit es war, sich am Ufer bei Pylewell zu verbergen, um die Salinen von Lymington auf der anderen Seite des Flusses zu beobachten. Grange hatte die Geschichte früher schon gehört und hoffte, sie wieder zu hören. Die Gelegenheit hatte sich ebenfalls an einem Sonntag ergeben und die Geschichte sich deswegen auch an diesem Tag ereignet, dem Tag, an dem Hargood den Vögeln und Tieren seiner ausgedehnten Ländereien normalerweise eine Verschnaufpause gönnte, was seine männlichen Heldentaten mit Waffen anging.

Es hatte den Anschein, als wollte Symes vom allgemeinen Kirchenbesuch profitieren, davon, daß die Felder und

Wege menschenleer waren, um seine Überwachung im verborgenen durchzuführen. Vor Hargoods Haus war ein offener Abschnitt des Wattenmeers und etwas zurück hinter dem Marschland auf festerem Grund eine Reihe von Büschen und Stechpalmen, die sein Grundstück ein wenig gegen diejenigen abschirmten, die auf dem Watt arbeiteten oder entlanggingen. Symes, der mit seinem Pferd von seinem Haus in Norley Wood gekommen war, nahm normalerweise einen Fußweg, der am Besitz von Hargood vorbeiführte, um zum Watt zu gelangen.

Hargood, der sich über sein Ziel klargeworden war, wartete ab, bis er Symes beobachten konnte, der einen verdeckten Posten beziehen wollte, welcher ein paar Meter die Kiesel hinauf auf Hargoods Land lag. Dort richtete sich Symes zwischen mehreren Stechpalmen ein, die die Seeseite von Hargoods Besitz einfaßten. Daß sich Symes ganz auf das Geschehen vor ihm konzentrierte und kaum darauf achtete, was auf Land vor sich ging, war für Hargood nur von Vorteil. Vielleicht rechnete er damit, daß der Arzt ebenfalls zwischen den anderen frommen Gläubigen in der Kirche von Boldre saß.

Hargood war an diesem Morgen zufällig zur Frühmesse gegangen, und da er nicht zu denen gehörte, die das Gute übertreiben, hatte er davon Abstand genommen, auch noch am Morgengebet teilzunehmen. Nachdem er also bereits seinerseits seinen Frieden mit Gott gemacht hatte, beobachtete er Symes' Manöver am Rande seines Besitzes und nutzte die Gelegenheit, eine Schrotflinte zu ergreifen, die er immer mit grobem Korn geladen in der Vorratskammer stehen hatte. Er bat seinen Schöpfer mit einigen kurzen Worten um Vergebung dafür, daß er zu einer Waffe griff, wie gut die Sache, um die es ging, auch immer sein mochte, und kroch die Böschung hinunter. Er hielt sich im Unterholz und in den Büschen, so daß er unbemerkt bis auf siebzig Meter an sein Ziel herankam. Symes lag ihm abgewandt mit ausgezogenem Fernrohr und zeigte seine breite Rückenpartie. Hargood, dem ein solches Ziel geboten wurde, legte die Waffe an, feuerte und veranlaßte Symes, um mit Hargood zu reden, »in die Luft zu springen wie ein aufgeschrecktes Rebhuhn«, sein Fernrohr zusammenzuschieben, das Watt entlang zu fliehen und dabei laute Wutschreie auszustoßen.

Es war vielleicht sogar typisch für Symes' Unverfrorenheit, daß er am darauffolgenden Montag ausgerechnet zu Hargood kam, um sich von ihm drei Schrotkörner aus dem Hinterteil entfernen zu lassen. Während Hargood ihn untersuchte, konnte man ihn düster murmeln hören, daß er, wenn seine Hosen und sein Mantel nicht so dick gewesen wären, noch ein Dutzend und mehr Verwundungen davongetragen hätte. Es war vielleicht auch typisch für die Engländer, daß keiner von den beiden den Grund für die Verletzung erwähnte oder von den Geschehnissen sprach, die ihr vorausgegangen waren. Überdies handelte es sich zwischen ihnen um eine genau ausgewogene gegenseitige Erpressung. Hätte Symes Anzeige wegen Angriffs mit einer gefährlichen Waffe erstattet, hätte sich Hargood auf Hausfriedensbruch und Spionieren am Sabbat herausgeredet, was bei keinem Rat der umliegenden Orte gut aufgenommen worden wäre, zog man einmal den Status der Salzinspektoren in Betracht, und der Rat hätte dem schnellen Eingreifen womöglich noch zugestimmt. Jetzt entfernte Hargood die Schrotkörner mit einer Pinzette, trug konzentrierten Essig auf, damit die Wunden sich zusammenzogen, und verband sie. Aus einem bestimmten

Zartgefühl heraus und um des guten Geschmacks willen und nachdem er seinem Mißfallen bereits auf diese Weise Ausdruck gegeben hatte, nahm er Symes für seine Dienste kein Geld ab.

Gutgelaunt kehrte Grange von seinem Spaziergang zurück. Mrs. Thompson ließ ihn herein. »Da ist ein Brief für Sie, Sir.«
»Oh?«
»Eine junge Dame hat ihn gebracht.«
Mrs. Thompson gestattete es ihren Augen, nach unten auf den Brief in ihrer Hand zu wandern, und hob sie dann zu seinen. Er las in ihnen eine Frage, die ihn betraf, eine Frage, die er nicht beantworten konnte. Er nahm den Brief und hätte ihr gedankt, wäre nicht ihr offener und eindeutig kontrollierender Blick gewesen, der ihn irritierte. Grange war einige Sekunden lang etwas durcheinander, nickte ihr dann zu und wollte gerade die Treppe hinaufgehen, als sie sich plötzlich mit einer schnellen Bewegung ihrer ausladenden Hüften umdrehte und verschwand.
In dem Heiligtum seines Arbeitszimmers öffnete er mit Besonnenheit den Brief.

Lieber Dr. Grange,
ich habe meine jüngste Tochter Jane, die heute zu Besuch bei mir ist, darum gebeten, Ihnen diesen Brief zu überbringen.
Ich habe Ihnen für so viel Freundlichkeit zu danken, Sir, ich weiß gar nicht, wo ich beginnen soll. Eines steht fest, ich habe mit Ihnen meinen perfekten Partner gefunden.
Meine Tochter ist nur für wenige Tage hier und reist Ende der Woche wieder ab. Ich frage mich, ob Sie

Lust hätten, uns zum Abendessen Gesellschaft zu leisten. Meine Köchin ist nicht da, weswegen wir Ihnen nur eine leichte Erfrischung anbieten können. Wenn Sie uns unsere armselige Kost nachsehen, wären wir überaus erfreut, Sie um sechs Uhr morgen abend bei uns zu begrüßen.

Es ist wahrscheinlich, daß Sie mit Ihren Papieren beschäftigt sind. Ich möchte Ihnen kein Antwortschreiben aufbürden oder es Ihnen zumuten, extra zu uns zu kommen, nur um Ihre Antwort abzugeben. Es sollte genügen, daß wir um sieben essen, Sir, und wie es immer mehr meine Gewohnheit wird, wenn wir Sie sehen dürfen, dann sehen wir Sie.

Ich verbleibe dankbar
Ihre
Celia Quill

Grange stand ruhelos auf und dachte nach. Mrs. Thompson betrat das Zimmer mit einem Tablett.

»Sie haben Ihren Tee gar nicht angerührt, Sir. Ich bringe Ihnen noch einen.«

»Danke, Mrs. Thompson.«

Sie stellte das Tablett ab, warf einen verstohlenen Blick auf den Brief, der auf dem Tisch lag, bemerkte, daß er sie beobachtete, und ging. Als sie durch die Tür verschwand, rief er: »Oh, Mrs. Thompson.«

»Sir?«

»Morgen abend gehe ich aus. Ich bin zu einem leichten Abendessen eingeladen.«

»Einem leichten Abendessen«, wiederholte Mrs. Thompson, als wollte sie dem Ausdruck erlauben, an der Luft seine geheimen Düfte zu entfalten. »Danke, Sir.«

# 15

Am folgenden Tag hatte Grange zu viele Termine, als daß er sich den Luxus eines Spaziergangs hätte erlauben können. Um zu Hargood zu kommen, mußte er sein Pferd nehmen, das in einem Stall hinter dem Gasthaus Hope and Anchor stand, und über die Brücke von Walhampton reiten und anderthalb Pence Brückenzoll für Pferd und Reiter zahlen. Anschließend ritt er auf dem Watt in Richtung des Hinterlands fast zwei Meilen weit, bis er die Auffahrt zu Hargoods schönem Palladianischem Haus erreicht hatte. Grange band die Zügel seines Pferdes an ein Geländer, ging durch das Tor und klopfte an die Haustür. Hargood öffnete selbst. Er war in dunkle Kniehosen gekleidet und trug schwere Reitstiefel.

»Silas, mein lieber Freund. Kommen Sie herein.«

»Danke.«

»Gehen Sie schon mal ins Wohnzimmer. Ich will noch diese Stiefel ausziehen.«

Da er ein guter Gastgeber war, benahm sich Hargood so, als wäre dieser unerwartete Besuch geplant gewesen. Nachdem sie sich herzlich die Hände geschüttelt hatten, trat er zur Seite und setzte sich auf eine Bank in der Diele, um sich seiner Stiefel zu entledigen. Dann folgte er Grange.

Die Zimmer im Innern des Hauses, die man von der Diele aus sehen konnte, waren mit Gemälden, Jagdtrophäen und großen Möbelstücken angefüllt. Hargood holte Grange im hinteren Teil der Diele ein. Zusammen gingen sie in das Wohnzimmer. Hargoods Hand lag auf Granges Schulter.
»Sie waren reiten?« fragte Grange.
»Ich versäume es nie, wenn es nur irgendwie geht, morgens ein Stück zu galoppieren. Darf ich Ihnen etwas zu trinken anbieten, lieber Freund?«
»Nein danke.«
Hargood nahm die Hand von Granges Schulter und stellte sich mit hochgezogener rechter Augenbraue vor ihn hin.
»Ich kam, um Sie um einen Gefallen zu bitten«, begann Grange seine Rede.
»Heraus mit der Sprache, Sir. Ich stehe wirklich genug in Ihrer Schuld.«
»Ich habe eine Anzahl Verpflichtungen, die mich von meiner Arbeit abhalten. Falls es Notfälle gibt, frage ich mich, ob ich mich meiner üblichen Praxis bedienen und alle Patienten, die sofortige Hilfe benötigen, zu Ihnen schicken kann.«
»Natürlich, natürlich. Das ist nur fair.« Hargood blinzelte. »Außer, wenn ich in London bin.«
»Danke.«
»Für jemanden wie mich, Silas, sind Sie ein Rätsel. Hier stehen Sie, ein erfolgreicher Arzt, ein junger Mann im heiratsfähigen Alter, und doch sind Sie so verdammt zurückgezogen. Sie scheinen keinen Spaß zu haben. Ich hoffe nur aufrichtig, daß es bei diesen Ihren Verpflichtungen um eine befreundete Dame geht.«
»Um eine Freundin, die eine Dame ist.«
»Gut, das ist ja mal ein Anfang. Soll ich Ihnen einen Rat

geben? Lassen Sie sich nicht mit den Frauen im Ort ein. Dann wird nur geredet. Verdammt, Sie sollten es machen, wie ich es mache. Sich eine Geliebte in London nehmen, Sie mindestens einmal in zwei Monaten besuchen, eine Woche bleiben und dann erschöpft und erfrischt und deswegen in um so besserer Verfassung zurückkommen. Wie?«

»Was Sie vorschlagen, ist vernünftig ...«

»Natürlich ist es das. Es ist auch gut, hier einmal wegzukommen. Immer hier sein, würde mich trübsinnig machen. Was das Reiten hier und das Gerittenwerden in London angeht, ich habe wirklich von beiden Welten das Beste. Und übrigens danke ich Ihnen noch einmal dafür, daß Sie sich um meine Patienten kümmern, wenn ich weg bin.« Hargood sah Grange wohlwollend an. »Geht es Ihnen gut?«

Grange nickte. »Bei bester Gesundheit.«

»Körperlich, da bin ich mir sicher. Wie bleiben Sie nur so dünn? Diese lernbegierige Natur vielleicht. Essen Sie überhaupt etwas? Oder saugen Sie nur die feinen Dünste von Büchern auf? Das will ich verdammt noch mal wissen.« Hargood hielt inne und blickte vor sich hin. »Sie haben sich doch nicht etwa verliebt? Die Liebe ist eine gefährliche Angelegenheit. Sie ist der ärgste Feind des Junggesellen. Nur Liebe oder Impotenz kann einen Mann, der weiß, was er will, vom Vergnügen abhalten. Und Liebe ist mit Abstand am schlimmsten. Also, antworten Sie mir.«

»Doch, ich esse, Hargood.« Grange verstärkte seine Entgegnung mit der bloßen Andeutung eines Lächelns.

Hargood sah ihn an und lachte dann laut heraus. »Sie waren wirklich immer verschlagen, Silas. Wenn Sie mir schon nichts über die mit Ihnen befreundete Dame erzählen wollen – ihre Freundin, die eine Dame ist –, gibt es dann etwas anderes, wobei ich Ihnen mit meinen reichen Erfahrungen beistehen kann?«

»Sie haben mir schon genug geholfen, und ich bin Ihnen dankbar.«

»Und, Silas, Sie sind guter Dinge? Ich hoffe, Sie arbeiten nicht zuviel?«

»Ich bin guter Dinge, und ich arbeite ganz normal. Ich fürchte, ich kann Ihre Gastfreundschaft nicht weiter auf die Probe stellen. Ich habe in einer halben Stunde eine Verabredung.«

Grange lächelte Hargood zu, machte aber keine Anstalten, sich zu setzen.

»Sie wollen schon wieder weiter? Ich begleite Sie nach draußen. Geht es Mrs. Thompson gut?«

»Sehr gut.«

»Sie paßt auf Sie auf, hoffe ich. Natürlich ist sie zu gut für Sie. Sie läßt Sie faul werden. Da war noch etwas, was ich sagen wollte.« Hargood blieb in der Diele stehen, so daß Grange sich umdrehte, als würde ihn das Gewicht der Anteilnahme seines Gastgebers herumreißen. »Meine Patientin, Mrs. Celia Quill«, Hargood machte eine kleine Pause, »haben Sie sie in letzter Zeit gesehen?«

»Eine Visite, Sir.«

»Silas, Silas, mein Junge, ich kenne Sie gut genug, um zu wissen, daß Sie mir nicht meine Patienten stehlen. Nein, mein lieber junger Freund, das ist es nicht, was mich interessiert. Ich will nur sagen, seien Sie vorsichtig. Das ist eine willensstarke Frau. Und attraktiv.«

»Vorsichtig?«

»Vorsichtig«, wiederholte Hargood. »*Cave*, lateinisch, hüten Sie sich.«

»Sich hüten wovor?« wollte Grange wissen und war sich bewußt, daß ein unsicheres Schweigen seine Fragen begleitete.
»Hüten Sie sich, sage ich, vor willensstarken und gutaussehenden Frauen.«
»Die noch dazu im selben Ort wohnen?« Grange zwang sich zu einem kurzen Lächeln. »Diese Warnungen haben eine gewisse Regelmäßigkeit.«
»Da haben Sie es, Sir«, bemerkte Hargood liebenswürdig. »Ich weiß, daß Sie zumindest teilweise vernünftig sind.«
Grange bewegte sich zur Tür, und Hargood begleitete ihn. Bei der Tür drehte sich Grange um, um sich zu verabschieden. Hargood machte wieder ein ernstes Gesicht.
»Silas, Sie sind ein sehr gelehrter Mann, und vielleicht könnte ich Ihnen einen bestimmten Gedanken mit auf den Weg geben. Manchmal im Leben sehen wir, daß große Geister aus den seltsamsten Verhältnissen stammen.«
»In der Tat.«
»Der Sohn eines Metzgers wird Kardinal. Der zehnte Sohn eines armen Pfarrers wird ein berühmter Admiral. Ich weiß, daß sich das seltsam anhört, aber stellen Sie sich vor, mein lieber Freund, daß einer dieser großartigen und schrecklichen Menschen in Röcken erscheint mit dem Körper und dem Instinkt einer Frau. Sie hätte kein Ventil. Sie müßte mit all den Beschränkungen ihres Geschlechts leben. Was für eine Frau könnte das sein?«
»Sie sind plötzlich wirklich sehr philosophisch.«
»Das bin ich nicht, das versichere ich Ihnen, schon von Natur aus nicht. Ich habe Ihnen bloß eine Frage gestellt. Ich hoffe, daß Sie sie in einem Winkel Ihres gelehrten Verstandes unterbringen.«
»Wie Sie wünschen.«

Hargood klopfte Grange liebenswürdig auf die Schulter und öffnete die Tür.
Grange schüttelte seine Hand. »Guten Tag, Hargood.«
»Guten Tag, Silas.« Hargood machte eine Pause und setzte dann zu einem letzten Schuß an, gewissermaßen zum Abschied. »Silas, Sie sind ein ruhiger und rationaler Mensch. Und dann Mrs. Quill! Ich sage Ihnen nur meine Meinung, das ist wie ein Lamm in den Fängen eines Wolfs.«
»Ein Lamm in den Fängen eines Wolfs«, wiederholte Grange und nickte, als handelte es sich dabei um eine schwer vorstellbare Notlage, die man sich nur bei genauerem Nachdenken vor Augen führen konnte. Er nickte wieder und entgegnete nur: »Ich nehme zur Kenntnis, was Sie sagen.«
»Und nachdem Sie es zur Kenntnis genommen haben, werden Sie es ignorieren. Zur Hölle mit Ihnen, Sir.« Hargood schloß die Tür ruhig hinter seinem jüngeren Kollegen. Es war jedoch zu bemerken, daß Hargoods Gesicht, nachdem er den Querbalken vorgelegt hatte und gegen die Tür gelehnt dastand, einen äußerst ernsten Ausdruck annahm. Er blieb so über eine Minute in Gedanken versunken.

# 16

Grange saß an seinem Schreibtisch und beugte sich auf seinem Stuhl, die Ellbogen auf der Tischplatte, vor, um so ein Buch mit größerer Aufmerksamkeit studieren zu können. Er las laut einen Abschnitt aus David Humes *Traktat über die menschliche Natur.*

> Es wird aber jetzt Zeit, daß wir von der allgemeinen Betrachtung des Mitgefühls zu dem Einfluß übergehen, den dasselbe auf Stolz und Niedergedrücktheit übt, wenn diese Affekte aus Lob und Tadel, Achtung und Verachtung anderer entstehen. Zunächst sei hier bemerkt, daß jede Eigenschaft, um derentwillen ein Individuum von anderen gerühmt wird, falls sie in ihm wirklich vorhanden ist, für sich selbst genügt, in dem Individuum, das sie besitzt, Stolz zu erzeugen. Das Lob gilt entweder seiner Macht oder seinem Reichtum, oder seiner Familie, oder seiner Tugend; dies alles aber sind schon an sich Objekte der Eitelkeit, und als solche schon von uns besprochen und erläutert. Es steht also fest, daß ein Mensch, der sich in demselben Licht betrachtet, in dem er seinen Bewunderern erscheint, unserer obigen Hypothese

zufolge erst ein primäres Lustgefühl und dann Stolz oder Selbstzufriedenheit empfinden muß. Nun ist uns aber nichts natürlicher, als daß wir hinsichtlich dieser Eigenschaften die Meinung anderer uns innerlich aneignen. Dies geschieht sowohl aus *Mitgefühl,* durch das uns alle fremden Gefühle nahegebracht werden, als auch durch *Überlegung,* die uns ein fremdes Urteil als eine Art Beweis für das, was behauptet wird, ansehen läßt. Fast alle unsere Ansichten werden durch diese beiden Prinzipien, das der Autorität und des Mitgefühls, beeinflußt. Und handelt es sich um unseren eigenen Wert und Charakter, so werden dieselben noch eine besonders starke Wirkung üben. Solche Urteile sind immer von einem Affekt begleitet, und nichts trägt mehr dazu bei, unsern Verstand zu verwirren und uns in alle noch so unvernünftigen Ansichten hineinzutreiben, als der Zusammenhang derselben mit Affekten. Diese ergreifen die Einbildungskraft und geben jeder damit zusammenhängenden Vorstellung verstärkte Kraft. Es kann noch hinzugefügt werden, daß wir uns einer großen Parteilichkeit zu unseren Gunsten bewußt sind und uns daher über alles, was unsere gute Meinung von uns selbst bestätigt, besonders freuen, während wir uns leicht verletzt fühlen durch das, was ihr entgegentritt.

Er las weiter bis zu der Stelle, die er immer bei Hume erreichte. Dann schwirrten ihm Gedanken und passende Formulierungen nur so im Kopf herum, und er legte das Buch zur Seite, um sich aus einer Wolke von Ideen einige Punkte auswählen zu können, die ihm seltsam vorkamen und die ihm früher nicht aufgefallen waren, um eingehender über sie nachzudenken. Als er den Band zuschlagen wollte, fiel sein Blick auf einer Seite auf einen bestimmten Abschnitt, und er las folgende Sätze:

> ... auf die Sinne allein kann man sich nicht implizit verlassen, wir müssen ihre Äußerungen mit der Vernunft korrigieren und mit Überlegungen, die aus ihrer Natur herrühren ...

Im Erdgeschoß unterbrach Mrs. Thompson das Flicken von einem von Granges Hemden und richtete ihre Aufmerksamkeit auf das Knarren der Dielenbretter, als er in seinem Arbeitszimmer auf und ab ging. Es gab da etwas, so kam es ihr jedenfalls vor, womit unterschiedliche geistige Befindlichkeiten diesem Geräusch eine unterschiedliche Intensität und einen unterschiedlichen Charakter verliehen. An Tagen beispielsweise, an denen er arbeitete, wenn er sich auf das Behandlungszimmer vorbereitete, ging er schnell hin und her, und das Geräusch war emphatisch wie sein vermuteter Geisteszustand. Dachte er jedoch konzentriert nach, hatten seine Schritte etwas Vages, und die Geräusche schienen von keinem Ort zu kommen, der sich genauer ausmachen ließ. Sie tauchten nur kurz in der einen Ecke des Zimmers auf, dann in einer anderen. Es kam ihr so vor, als würden seine Gedanken selbst auf eine seltsame Art solche Geräusche mit Hilfe seines denkenden Körpers machen. Jetzt hielt sie in ihrer Nadelarbeit inne und hörte, wie ein Stuhl im Arbeitszimmer verschoben wurde. Dann war es still. Sie verweilte mehrere Sekunden mit erhobener Nadel und begann dann wieder zu nähen, vielleicht beruhigt, daß er zur Ruhe gekommen war.

Grange, der nachdenklich am Fenster gestanden hatte, ging wieder zu seinem Schreibtisch und las weiter.

> ... die Vernunft, da sie kalt und unbeteiligt ist, kann nicht Ursache einer Handlung sein und leitet nur den Impuls, der aus Lust oder Neigung gewonnen wird. Sie zeigt uns, wie wir Glück gewinnen oder Elend vermeiden können ...

Nach einiger Zeit, die er mit Lesen verbrachte und in der er nichts um sich herum wahrnahm, als wäre er in die Buchseiten selbst versunken, hielt er inne, um sich das Gelesene vor Augen zu führen. Unter dem Einfluß der Gedanken schien das Ticken der Uhr lauter zu werden, dann aus unerklärlichen Gründen weicher. Er legte das Buch leise zur Seite, seufzte, stand auf und reckte sich.

Mrs. Thompson hielt wieder mit dem Nähen inne, um zu lauschen, wie Grange in seinem Zimmer auf und ab ging. Kurz darauf hörte sie, wie er die Treppe herunterkam. Sie legte ihre Näharbeit beiseite und legte den Fingerhut auf das kleine Nähtablett, das sie neben sich stehen hatte, kam mühsam auf die Füße, nahm das schwere schwarze Kleidungsstück, das am Feuer trocknete, und begab sich in die Diele, um ihn dort zu treffen.

»Ihr Mantel, Sir.«

»Danke, Mrs. Thompson.«

Mrs. Thompson öffnete die Tür und schloß sie hinter Grange. Sie war versucht, zum Fenster im vorderen Wohnzimmer zu gehen, um zu sehen, wie sein Rücken verschwand, aber sie wußte auch ohne zu direkter Beobachtung zu schreiten, welche Richtung er einschlagen würde.

Er lief die High Street hinunter und auf die Brücke zu, und danach würde er das Watt entlang nach Walhampton gehen.

Mrs. Quill trat von der Tür zurück. »Sie haben sich doch nicht erkältet, hoffe ich?«
Sie nahm seinen Mantel. Um das Kleidungsstück erleichtert, drehte Grange sich zu ihr um und atmete tief ein. Und während sie ihn noch mit ihren ruhigen grauen Augen ansah, fühlte er sich genötigt, sie so früh wie möglich von seinen Gedanken zu unterrichten.
»Madam, ich habe lange und genau über unser Gespräch nachgedacht, und obwohl ich mich von Ihrer überaus freundlichen Aufmerksamkeit und Ihren schönen Erwartungen an mich geschmeichelt fühle, muß ich doch ...«
Bevor er noch seinen Satz zu Ende bringen konnte, legte Mrs. Quill einen Finger auf ihre Lippen, und er betrachtete abgelenkt ihren weichen Ausdruck, ihre implizite Verneinung. Ihr Schweigen war eine Erklärung, ein Zeichen, das er erst verstand, als um die Ecke herum eine schlanke Gestalt in seinem Gesichtsfeld auftauchte. Plötzlich zog es ihn von dem Ausdruck auf Mrs. Quills Lippen zu dieser neuen Erscheinung hin. Das zarte Geschöpf war aus dem Wohnzimmer gekommen und blieb stehen, ebenso von ihm überrascht wie er von ihr. In der natürlichen Lebhaftigkeit ihrer Züge bemerkte er eine Ähnlichkeit mit seiner Gastgeberin, obwohl ihre Schweigsamkeit etwas zu verbergen schien. Normalerweise achtete er nicht auf Kleider und erinnerte sich trotzdem später an die große Schlichtheit ihres Gewandes – eines einfachen Kleides aus roter Seide, an den Armen aufgebauscht und im übrigen frei hängend, schwebend, so daß sie, als sie einander bemerkt

hatten, nicht so sehr auf ihn zuging als von einem Windhauch auf ihn zugetrieben wurde.

»Meine Tochter Jane«, sagte Mrs. Quill. »Jane, das ist Dr. Grange.«

Als sie sich ihm näherte, bestürmte Grange eine Vielzahl von Eindrücken. Die Anmut ihrer Bewegung, ihr schlanker Hals, die schlichte Schönheit ihres Kleides war nur ein Teil dessen, was ihm auffiel.

Sie blieb vor ihm stehen. »Es ist mir eine Ehre, Sie kennenzulernen, Sir.«

Grange küßte die Hand, die sie ihm hinhielt. »Ich freue mich, Sie kennenzulernen.«

»Sollten wir nicht ins Eßzimmer gehen?« fragte Mrs. Quill, drehte sich um und schritt voraus.

Es war für drei gedeckt. Mrs. Quill sprach Grange direkt an. »Erweisen Sie uns die Ehre, Sir, am Kopfende des Tisches zu sitzen.«

Die beiden Frauen nahmen neben ihm Platz.

Mrs. Quill sagte: »Es gibt kalten Braten, aber ich fürchte, nur Reste. Ich gehe die Suppe holen.«

Sie verließ das Zimmer.

»Meine Mutter spricht sehr gut von Ihnen, Sir.«

»Bitte nennen Sie mich Silas. Ihre Mutter besteht darauf, mich ganz förmlich mit Sir anzureden, obwohl wir ausreichend bekannt sind ...« er machte eine kurze Pause, hatte den Faden verloren und versuchte seine Verlegenheit zu verbergen »... um uns mit Vornamen anzureden.«

»Ja, Mutter ist förmlich.«

Grange fand sein Gleichgewicht wieder und fragte: »Von woher sind Sie heute angereist?«

»Aus Winchester.«

»Wohnen Sie dort?«

»Mein Mann. Ich fahre in einigen Tagen wieder zurück.«
Mrs. Quill brachte die Suppenschüssel. Sie stellte sie auf den Tisch, setzte sich und beugte sich vor, um Grange den Teller zu füllen. Dann bediente sie ihre Tochter und sich.
»Ich hoffe, Jane«, sagte Mrs. Quill, »du bist Dr. Grange gegenüber nicht zu vorlaut gewesen.«
»Ihre Tochter ist zu freundlich, Madam. Ich möchte Sie darum bitten, daß Sie die Förmlichkeit aufgeben und mich Silas nennen.«
»Da Sie mich darum bitten, tue ich das ohne zu zögern.«
Sie begannen zu essen. Mrs. Quill hob ihren Suppenlöffel, bemerkte den kurzen Blick, den Grange auf ihre Tochter warf, und lächelte ihn an, als wollte sie ihn ermuntern, was ihn erneut dazu veranlaßte, über ihre Einstellung nachzudenken. Leichtes Donnern war von draußen zu hören. Dann fing es an zu regnen.
»Was für ein Wetter, Silas. Ich habe ein so schlechtes Gewissen, daß Sie neulich mitten in einem Gewitter gegangen sind. Ich möchte sie dringend darum bitten, über Nacht bei uns zu bleiben und erst morgen früh aufzubrechen.«
»Ich danke Ihnen, Madam, aber ich habe Patienten, die ich morgen sehen muß.«
»Das können Sie auch, nachdem Sie in unserem Gästezimmer wohl geruht haben.« Sie lächelte ihn an. Grange sah sich einem Angriff bester Absichten ausgesetzt und zögerte, und sie sagte, sich abwendend: »Dann ist das also beschlossene Sache.«
»Sie sind zu freundlich.«
»Gut. Wenn wir mit dem Abendessen fertig sind, wird Jane das Bett für Sie machen.«
»Danke.«

Jane lächelte. In eine Pause des Donnergrollens hinein fragte Grange: »Und wie gefällt Ihnen unsere kleine Stadt?«
»Sie gefällt mir gut«, antwortete Jane. »Die Luft ist frisch.«
»Es gibt Leute«, entgegnete Grange, »die Ihnen sagen werden, daß die Luft in unserem New Forest wie ein Schlaftrunk für die Sinne ist, daß sie uns zu einem Schlaf ermuntert, aus dem wir nicht wieder erwachen.«
»Sie kommen mir ziemlich wach vor.«
»In unseren Träumen«, erwiderte Grange, »scheinen alle wach zu sein.«
Mrs. Quill löffelte ruhig ihre Suppe und begnügte sich damit, der Unterhaltung der beiden zuzuhören.

Nach einem kurzen Kopfnicken von ihrer Mutter stand Jane auf und räumte die Teller ab. Grange beobachtete sie verstohlen. Sie kam ihm sehr nahe, als sie seinen Teller nahm. In diesem Augenblick hob er seinen Blick und sah voll in die grauen Augen von Mrs. Quill, die ihn wiederum ausdruckslos anschaute und offensichtlich ohne jede Feindseligkeit oder Mißbilligung, was sein Interesse an ihrer Tochter anging. Draußen hatte es aufgehört zu regnen.
Grange sagte: »Das Unwetter hat nachgelassen.«
Mrs. Quill lächelte. »Nur um erneut anzufangen, da bin ich mir sicher.«
Grange nickte. »Ich glaube, Sie haben recht.«
Die Ruhe nach dem Regen war wie die Ruhe nach einem Musikstück. Die letzten Töne hingen noch in der Luft, und die Stille war von der Erinnerung an sie durchdrungen und gewissermaßen von einem nicht mehr vorhandenen Klang umrahmt. Jane brachte saubere Teller. Dann verließ sie das Zimmer erneut und kam mit einer gewaltigen Platte

zurück, auf der eine kalte Lammkeule lag, stellte diese vor Grange hin, und setzte sich wieder.

Mrs. Quill fragte: »Wollen Sie das Tranchieren übernehmen, Silas?«

»Warum nicht? Ja.«

In der gespannten Ruhe begann Grange das Fleisch in Scheiben zu schneiden. Die beiden Frauen sahen ihm zu, ohne zu sprechen. Er legte einige Scheiben auf jeden der Teller und gab diese weiter.

»Sie können das gut, Sir«, sagte Mrs. Quill.

»Wenn man davon ausgeht, daß ich keine Übung habe.«

»Dann sollten Sie es häufiger üben«, Mrs. Quill sah ihn ruhig an, »und mit mehr Lämmern.«

Als er das Zerteilen der Lammkeule beendet hatte, hob Mrs. Quill ihr Glas.

»Auf die Übung«, sagte Grange.

Sie prosteten sich zu und tranken.

In der Waschküche produzierte Mrs. Thompson kleine Dampfwolken. Sie ließ mit schnellen Bewegungen ein Bügeleisen auf ein Hemd sinken. Seit einiger Zeit schon prasselte der Regen auf das Oberlicht über ihr wie auf eine Trommel und floß in silbernen Bächen ab. Sie schwang das Bügeleisen, und die Flamme der Kerze warf den gewaltigen Schatten ihres Busens gegen die Wand. Die stetige Bewegung ihres Arms ließ den steifen Stoff ihres Unterrocks gegen ihre Haut scheuern. Ihr Gesicht war von der Anstrengung gerötet. Sie hielt inne, um das Hemd zu wenden, und bemerkte, wie der Regen nachließ und daß es ruhiger wurde. Mrs. Thompson sah nach oben, drehte das Kleidungsstück um und setzte mit einem kurzen Seufzer ihre Arbeit fort.

Das Mahl war vorüber, Mrs. Quill und ihre Tochter erhoben sich und räumten die Teller ab. Sie ließen Grange mehrere Minuten lang allein, als würden sie respektieren, daß seine Gedanken nicht öffentlich waren.
Als sie zurückkamen, sagte Mrs. Quill: »Jane, es ist Zeit, daß du das Bett für Silas machst.«
Jane lächelte und verließ das Zimmer.
»Sie sollten früh zu Bett gehen, Silas, wenn Sie morgen so viel zu tun haben.«
Sie legte eine ruhige Hand auf die seine.
»Madam«, sagte Grange, »ich danke Ihnen für Ihre Gastfreundschaft.«

## 17

Mrs. Thompson setzte sich ans Feuer und begann allmählich einzunicken. Im Hintergrund donnerte es, und sie stand leise auf, um das Fenster zu schließen. Dann ließ sie sich wieder in den Sessel sinken und rückte das Kissen zurecht, so daß es ihr Kreuz stützte. Sie hatte nur vorgehabt, sich bis zu Dr. Granges Rückkehr hinzusetzen. Statt dessen tauchte sie nach und nach in jenen halb schlafenden, halb träumenden Zustand ein, in dem die Zeit stehengeblieben zu sein scheint. Ein Teil von ihr war sich der Bewegungen der Naturkräfte bewußt, des entfernten Donners und des erneuten Regens. Sie erwachte um halb zwölf, nicht ganz, jedoch genug, um wie von weitem die Uhrzeit wahrzunehmen und zu ihren Träumereien zurückzukehren. Einige Zeit später kam sie wieder zu sich und machte sich bloß bewußt, daß es nach eins war und daß es nicht an der Tür geklopft hatte. Da wurde ihr klar, daß er an diesem Abend nicht mehr zurückkehren würde. Sie vermutete, daß das Wetter seine Gastgeberin dazu veranlaßt hatte, ihn über Nacht zum Bleiben zu bewegen, und stand nun vor der Wahl, ob sie ins Bett gehen oder gemütlich in ihrem Stuhl verweilen sollte. Sie hatte sich eingerichtet, hatte es bequem und war schläfrig, und so beschloß sie, mit der Entscheidung noch einige Minuten zu warten, und redete sich ein, daß er vielleicht doch noch in dieser Nacht zurückkehren würde. Anschließend war sie weniger wach und weniger aufgeregt für den Fall, daß er doch noch erschien, und fiel in einen tieferen Schlaf, der all ihre Sorgen auslöschte, und sie kam nicht wieder zu sich, bis die Uhr halb sechs zeigte und die Dämmerung des frühen Morgens das Zimmer erhellte.

Die Luft war nach dem starken Regen reiner. Die Kühle veranlaßte sie endlich, sich zu erheben, ihr Gesicht mit kaltem Wasser zu erfrischen und dann ihre Wäsche zu wechseln. Da sie noch schläfrig war, waren ihre Bewegungen langsam, und als sie sich schließlich angekleidet hatte, zeigte die Uhr bereits halb sieben, und das Licht war schon ziemlich stark. Mit dem Gefühl, wenigstens etwas erfrischt zu sein, stellte sie einen Wasserkessel auf den Herd, legte Holz nach, und während das Wasser heiß wurde, ging sie zur Treppe und vergewisserte sich, daß er nicht doch zurückgekommen war, indem sie einige Stufen hinaufging und nachsah, ob seine Schlafzimmertür offen war. Sie war offen, ein Beweis für sein Ausbleiben, und sie kehrte in die Küche zurück.

Grange kam kurz nach halb neun und sah ausgeruht und seltsam gutgelaunt aus. Eine schwache Sonne stand bereits am Himmel.

»Meine Gastgeberin hat mich letzte Nacht davon überzeugt, daß das Wetter zu unfreundlich sei, um noch nach Hause zu gehen. Sie hat mich eingeladen, über Nacht zu bleiben.«

»Sir.«

»Ich hoffe, ich habe Ihnen dadurch keine zu großen Ungelegenheiten verursacht.«

»Nein, Sir, keine Ungelegenheiten. Wollen Sie frühstükken?«
»Nein danke. Ich habe reichlich gegessen, bevor ich gegangen bin.«
Sie trat in der Diele zur Seite, um ihn vorbeizulassen, und er wurde von dem Licht der Tür, die noch offenstand, umrahmt, gegen das sie die Stoppeln eines Eintagebarts in seinem Gesicht wahrnehmen konnte. Sie versuchte herauszufinden, was diesen Mann greifbar von dem Mann unterschied, der am Abend zuvor weggegangen war, gab das Nachdenken darüber aber auf, als er sich hinsetzte und seine Stiefel beiseite stellte, bevor er auf Strümpfen die Treppe hinaufging.

Jane war wie ein Diamant. Den ganzen Tag über dachte Grange an sie, als er in der Stadt herumlief. Sie nistete sich allmählich und auf Dauer irgendwo in seinem Kopf ein. Sie war von einem Leuchten umgeben. Auf dieselbe seltsame Art wurden seine Gedanken von Mrs. Quills Gegenwart überlagert.
Gestank belästigte ihn auf der High Street, starke Gerüche, die etwas Schweres, Körperliches hatten. Aus einer Gasse schlug ihm der warme Duft nach Brot aus Edwards' Bäckerei entgegen. Heu und gemähtes Gras, der beruhigende Geruch nach Kuh- und Pferdemist. Die Kohle in der Schmiede roch etwas scharf. Die Stadt war wie ein Körper. Sie bestand aus Gerüchen, war gewissermaßen eine Ansammlung von Achselhöhlen. Die kleine Färberei neben dem Fluß machte sich über die benachbarten Gebäude hinweg durch einen plötzlichen, sehr durchdringenden Gestank, der vom Färberhof kam, bemerkbar. Gelegentlich behandelte Grange einen der Männer, die dort arbeiteten

und die die organischen Gerüche in ihre Poren aufgesogen hatten. Mrs. Thompson öffnete dann die Fenster, damit sich der Gestank nicht über Tage hielt, und sorgte selbst in der Küche für den Durchzug kalter Luft.

Wer war denn er, der er sich wie ein verlorener Geist durch seine Praxis bewegte, daß er das kommentieren und kritisieren sollte. Die meiste Zeit trieben die vorherrschenden südwestlichen Winde den Rauch von den Salzsiedepfannen über Lymington hinweg, und die Kohlenasche legte sich auf die Ziegel der Häuser. Der süßliche Geruch der Salzlösung erinnerte in der Stadt an die Nähe der See. Eine Erinnerung wie eine Fettschicht unter der Haut.

Nachts, wenn die großen Kohlebecken, die vor dem Rathaus brannten, gelöscht waren und die Straße nur noch von dem weichen Licht des Mondes und der Sterne erleuchtet wurde, ging er bergauf, schwang seine Stiefel auf dem Pflaster und hörte, wie ihr Echo von den unregelmäßigen Ecken der Häuser zurückgeworfen wurde. Er kam an Fenstern vorbei, in denen sich das schwache Licht spiegelte, und der Solent schimmerte weiß zwischen den Häusern auf der südlichen Seite der Straße. Ein Pferd wieherte im Stall des Ship Inn. In der Stadt waren französische Flüchtlinge, verbitterte und verarmte Edelleute, die hier an Land gegangen waren und es sich nicht leisten konnten, sich nach London zu begeben, wo sie sich möglicherweise besser um ihre Rechte und Familien hätten kümmern können. Einige hatten ein Regiment gebildet, aber ihr Training bestand aus wenig mehr als gelegentlichem Marschieren oder aus Übungen mit dem Entermesser. Wenn es im Bugle unruhig wurde, kämpfte meist ein Franzose mit einem Franzosen. Es begann wie ein Grollen, anschließend hörte man Bewegung und Dinge, die gegeneinanderschlugen, dann ergossen sich voluminöse Körper, knurrende Hunde und schreiende Frauen wie schlechte Luft auf die Straße, eine Explosion von Verwünschungen, gelegentlich auch von Keulen und Schwertern, die klirrten.

Sie hatten ihren eigenen Arzt, einen kleinen sanften Bretonen, der LaPère hieß. Aber trotz der Streitigkeiten gab es erstaunlich wenig Verletzungen. LaPère nähte gelegentlich tiefere Schnittwunden und bediente sich dabei einer Methode, die an den Wundrändern ein elegantes unregelmäßiges Kreuzmuster zurückließ, das einer rituellen afrikanischen Tätowierung ähnlich sah. Von den rauheren Gesellen im oberen Teil von Pennington wurde er sehr gelobt, die ihre Operationsnarben wie wertvolle Medaillen trugen.

Im Nag's Head war es ruhiger. Wasserdampf strömte aus dem Küchenfenster. Es roch nach Hammelfleisch und Kohl. Hier gab es weniger Schlägereien, dafür aber mehr Todesfälle. Grange hatte den Eindruck, daß hier alle paar Jahre eine Leiche unter einem schwarz gefärbten Tuch herausgetragen und ein schweigsamer Engländer festgenommen wurde, dem man dann in Winchester den Prozeß machte, ein Prozeß, der mit dem Erhängen des Angeklagten endete.

Nachts im Bett hörte er Tiere, einen streunenden Hund, das Muhen einer Kuh, und jenseits von Walhampton das durchdringende Kreischen einer Füchsin. Er drehte sich im Bett um und hauchte manchmal einen Namen wie eine Verwünschung, und wenn ein Echo zurückblieb, fragte er sich, was er gesagt hatte. Wie etwas, das man in der Dunkelheit spürt, nahm er dessen Gegenwart wahr, obwohl es sich außerhalb des Lichtscheins befand.

## 18

Am folgenden Morgen sah Grange starr aufs Meer, weswegen er auch die Schritte hinter sich nicht hörte. Im New Forest, den Eindruck hatte er jedenfalls, bewegte sich die Luft wie Wolken. Das Meer spülte ans Watt. Er stand abends an der Küste von Walhampton und sah über die sich verzweigende Flußmündung. Der Anblick schlug ihn in seinen Bann. Er erschien ihm vollkommen harmonisch mit seinen Bäumen und Blumen, seinem Ozean und Himmel, seinen Sternen und Steinen, größeren Tieren und Insekten. Er kam jedoch gleichfalls auf den Gedanken, daß die Leute trotz ihrer Armut sehr unbekümmert lebten. An der Nordwand der Kapelle von Boldre hing eine Gedenktafel für einen Geistlichen, welcher kürzlich verstorben war, für Reverend William Gilpin, der, als er sein Amt 1777 angetreten hatte, über die Gesetzlosigkeit seiner Gemeindemitglieder verblüfft gewesen war: »Ausgesetzt der Versuchung zu Plünderung und Räuberei durch die Nähe der Hirsche und des anderen Wildes sowie des Brennholzes des New Forest, waren die unteren Klassen der Gemeinde wenig besser als eine Bande Zigeuner.«
Eine Stimme hinter ihm sagte: »Die See ist weiblich und gnadenlos. Sie ist trotz ihres Liebreizes gewalttätig.«

Grange drehte sich hastig um und sah nur wenige Schritte hinter sich seinen Arztkollegen, der ihn mit feierlicher Miene anblickte.

»Hargood!«

»Lieber Freund. Ich sehe, daß Sie in die Ferne blicken, und frage mich, worüber Sie dabei so angestrengt nachdenken.«

»Ich fürchte, nichts Besonderes.«

Hargood stellte sich neben ihn und schaute ebenfalls über das Wasser. Die Flußmündung schien das Licht anzuziehen. Möwen flogen über den Widerschein. Sie standen beieinander und schwiegen einige Augenblicke.

»In meiner Vorratskammer hängt immer noch eine ganze Rinderhälfte. Ich fürchte, sie verdirbt, wenn ich sie nicht aufesse.«

»Sie wollen mich schon wieder einladen? Das ist wirklich zu großzügig.«

Gegen das Licht war eine Gruppe von Möwen zu sehen, die über einem kleinen schwarzen Fischerboot kreiste, das an der Jack-in-the-Basket-Boje in vielleicht einer halben Meile Abstand vertäut war.

»Ich denke an das Fleisch, denn je früher, desto besser. Wollen Sie mir Gesellschaft leisten?«

»Ich bin immer bereit, der Schakal zu sein, wenn Sie der Löwe sind, Hargood.«

Hargood gefiel das Bild, und er sagte: »Trotzdem kommen Sie mir eher vor wie ein Wolf im Schafspelz.«

»Fallen Ihnen noch andere Tiermetaphern ein?«

»Nur so viele, wie nötig sind, um Ihnen etwas klarzumachen. Lassen Sie uns nachdenken. Wie steht's gleich mit heute abend?«

»Also heute abend.«

Hargood nickte, drehte sich um und kehrte zu seinem Pferd zurück, das er in einiger Entfernung an einen Torpfosten gebunden hatte. Grange hatte den Eindruck, daß Hargood absichtlich abgestiegen war, um ihn zu Fuß besser überraschen zu können. Er lächelte über die Mühe, die sich sein Beschützer gemacht hatte, um sich an ihn heranzupirschen. Gleichzeitig fiel ihm ein, daß er dankbar sein konnte, daß er nicht der Salzaufseher war, der pflichtschuldig allen Ruchlosigkeiten nachging.

Unausweichlich kam nach dem Wein die Rede auf Mrs. Quill und die Gründe, warum sie sich in Lymington niedergelassen hatte. Hargood fragte sich, womit sie wohl ihre Zeit verbrachte.
»Sie kümmert sich um die Wohlfahrt«, sagte Grange, der jetzt mehr denn je für sie eingenommen war und dadurch von ihr ablenken wollte, daß er bereitwillig dem Bedürfnis nach Information, welches sein Gastgeber an den Tag legte, nachgab.
»Wohlfahrt ist kalt, Sir. Sie gibt keine Wärme. Leidenschaft kann ebenfalls kalt sein. Nur Liebe ist heiß.«
»Ich bewundere Mrs. Quill nicht wegen ihrer Leidenschaften, wie auch immer diese aussehen mögen.«
»Weswegen dann?«
»Wegen ihrer Seelenruhe. Sie weiß, was sie will.«
»Glauben Sie, daß das gut ist? Ich meine, bei einer Frau?«
»Ja.«
»Wie das?« fragte Hargood. Er nahm mit der Gabel ein weiteres Stück Fleisch.
»Weil ich denke, daß sich Frauen, was ihren Charakter angeht, besser für ein reiferes Alter eignen.«
»Wieso?«

»Sie setzen mich wie immer unter Druck, Hargood.«
»Und warum nicht?« wollte Hargood wissen. »Das ist eine gute Übung. Ich schnüffle gerne an warmen Details und kalten Spuren herum. Beantworten Sie meine Frage, ich bitte Sie.«
»Weil sie in einem bestimmten Alter alle Irrlehren zurückweisen, die ihnen die Gesellschaft aufzwingen will.«
»Welche Irrlehren sind das, Silas? Sie machen mich neugierig.«
»Beispielsweise«, sagte Grange, »daß sie den Männern unterlegen sind, daß sie die zweite Geige spielen müssen, daß das Beste, auf das sie hoffen können, und das größte Glück, das sie haben können, das ist, einen Mann zu heiraten, der sie vielleicht dominiert und ihnen beibringt, was an ihrer Stellung angenehm ist. War es nicht Milton, der gesagt hat: ›Der Mann ist für Gott geschaffen und die Frau für den Gott in ihm‹?«
»Das ist richtig, und was für eine ausgezeichnete Lebensregel das ist«, erwiderte Hargood zustimmend. »Aber fahren Sie bitte fort.«
»Frauen beginnen, wie schon erwähnt, die Erwartungen der Männer zu korrumpieren.«
»Und dann steigern sie sich noch?«
»In der Regel.«
»Wie?« fragte Hargood beharrlich.
»Indem sie zu einer Form der Unschuld zurückkehren, glaube ich.«
»Und worin besteht diese Unschuld?«
»Sie besteht darin, daß sie lernen, was korrupt ist.«
»Und was ist das?«
»Alles, was ihnen die Männer beigebracht haben.«
»Fahren Sie nur fort, Sir, mich zu ermahnen. Ich höre

gerne Verrückten und Exzentrikern zu, weil sie so überaus unterhaltend sind. Und anschließend gehen wir dann nach Hause und amüsieren uns königlich.«

»Hargood, Sie ermutigen mich wirklich. Ich werde also mein Bestes tun, um sie zu unterhalten.«

»Reden Sie nur weiter, mein lieber Silas. Lassen Sie mich noch weiteren Unsinn hören. Ich bin wirklich begierig auf noch mehr Unterhaltung.«

»Ich gebe also zu bedenken, daß die Frauen, mit der Zeit einsehen, daß das, was ihnen die Männer beigebracht haben, ein Irrtum ist. Sie lernen selbständig zu denken und zu entscheiden. Sie finden sich selbst.«

»Und das ist Unschuld? Sie wollen mir in aller Aufrichtigkeit erzählen, daß das Unschuld ist?« Hargood blieb gelassen, ungläubig, ein feierlicher Zug spielte um seine Mundwinkel. Seine Augen verrieten jedoch, daß er gleich anfangen würde zu lachen.

»Ja, das glaube ich tatsächlich. Aber wenn Sie Unschuld schockiert, Hargood, wenn sie mit Ihren Vorstellungen von Jungfräulichkeit, Keuschheit und Mädchenzeit kollidiert, dann lassen Sie uns ein anderes Wort wählen. Lassen Sie uns sagen, daß es sich um eine Form von Reinheit handelt.«

»Sie meinen, Frauen werden korrumpiert und gelangen von da aus durch Erfahrung zu einer Art von Reinheit.«

»Genau.«

»Ich habe mir schon viel anhören müssen, aber ich glaube«, Hargood aß mit gutem Appetit und überdachte wohlwollend die vielen Verrücktheiten und den vielen Schwachsinn, den er beobachtet oder gehört hatte, »ich glaube, diese Geschichte ist tatsächlich eine der unterhaltendsten.«

»Sie sind wirklich zu gütig.«

»Meinen Sie, daß Frauen attraktiv sind, die diesen Status der Reinheit erreicht haben, dieses Alter, in dem sie wissen, was sie wollen?«

»Was ihren Verstand angeht, ja.«

Hargood musterte ihn liebenswürdig, wie er den freundlichen Bewohner eines anderen Kontinents mustern würde.

»Aus diesem Grund«, fuhr Grange fort, »hat man es, wenn man es mit ihnen zu tun hat, mit Frauen zu tun, einfach und rein, und nicht mit der Spiegelung einer männlichen Phantasie.«

»Spiegelung einer männlichen Phantasie? Das ist wirklich gut. Meiner Treu, ja. Junge Frauen sind Reflexionen männlicher Vorstellungen. Reife Frauen sind rein, weil sie sie selbst sind. Das gefällt mir außerordentlich. Haben Sie noch mehr Überlegungen in dieser Art angestellt?«

»In dieser Angelegenheit nicht, würde ich sagen. Ich glaube auch, daß ich meine Pflicht getan und Sie für den Augenblick ausreichend unterhalten habe.«

»Das haben Sie wirklich«, sagte Hargood, »ohne Zweifel. Hier, nehmen Sie noch ein wenig Fleisch, Sir, und dann darf ich vielleicht hoffen, daß Sie die Kraft haben werden, mich noch etwas mehr zu unterhalten.«

»Das ist sehr gut«, meinte Hargood nach einer Weile und war entschlossen, zum Thema zurückzukehren, obwohl er vielleicht bereit war, ihm eine andere Wendung zu geben.

»Aber warum setzt ein Mann wie Sie, der den Verstand der Frauen so liebt, seine Theorien nicht in die Tat um und heiratet eine? Statt dessen beschäftigen Sie sich nur mit Hume.«

»Ich denke, Sie verstehen meine besondere Vorliebe für Hume nicht.«

»Da haben Sie wirklich recht.«

»Hume ist nicht meine Bibel. Er ist mein Luzifer, mein Teufel. Was ich auch für Vorstellungen habe, er greift sie an und verkehrt sie in ihr Gegenteil.«

»Das hört sich ja fast so an, als wäre er ein vernünftiger Mensch«, sagte Hargood. »Was greift er denn nun genau an.«

»Die Vorherrschaft der Vernunft. Er behauptet, daß Vernunft allein sinnlos ist. Damit die Vernunft zum Zug kommen kann, muß vorher schon etwas dasein.«

»Vorher?«

»Etwas anderes. In der Mathematik sagt man, X steht für dies oder das, und fährt dann in der Argumentation fort. Aber es gibt immer noch eine Annahme, die dieser vorausgeht.«

»In der Mathematik vielleicht ...«

»Hume sagt, daß die Vernunft dem Gefühl dient. Es könnte auch nicht andersherum sein.«

»Warum nicht?«

»Weil die Vernunft nicht für sich existieren kann.«

»Und das glauben Sie ihm?«

»Wie schon erwähnt, ist er verteufelt schwer zu widerlegen.«

»Sie sind seltsam. Sie nennen sich selbst einen Rationalisten, beten die Gottheit der Vernunft an und studieren doch gerade denjenigen, der ihre Vorstellungen am vehementesten angreift.«

»Die Vernunft kommt nicht durch Bestätigung weiter, sondern durch Widerspruch. Wir kennen unsere Argumente nicht, bis wir ihr Gegenteil gehört haben. Darin widerspreche ich auch den religiösen Menschen, die in der Regel bei jeder Äußerung, die das Gegenteil von dem besagt, was sie glauben wollen, in Rage geraten. Wenn ich zwischen mir und ihnen unterscheiden darf, handelt es sich nicht einfach darum, daß ich etwas anderes glaube, sondern darum, daß ich mich anderer Methoden bediene, mich der Wahrheit meiner Glaubensinhalte zu versichern.«

»Sie sind heute abend wirklich scharfsinnig. Ich muß jedoch zugeben, daß das auch für mich verkehrt klingt.«

»Ist es denn so verkehrt, das, was man glaubt, mit dem Gegenteil zu vergleichen?«

»Sagen Sie mir, Sir«, bemerkte Hargood verschlagen wie ein Fechter, der eine Möglichkeit sieht, besser zustechen zu können, »liegt darin nicht auch die Anziehung, die Mrs. Quill auf Sie ausübt?«

Grange hatte gerade eine dünne Scheibe Braten auf der Gabel und hielt inne, plötzlich versteinert. »Mrs. Quill?«

»Daß sie in gewisser Weise das Gegenteil von Ihnen ist. Daß Sie hoffen, daß sie sich mit Ihnen vergleicht?«

»Sir, Sie bringen abstrakte Dinge auf eine persönliche Ebene.«

»Das ist schließlich meine Rolle als Arzt«, sagte Hargood in einem Ton, der fast schon zufrieden zu nennen war, »das Abstrakte auf einer persönlichen Ebene anzuwenden.«

»Auf welche Weise ist sie denn mein Gegenteil?«

Hargood aß einige Augenblicke lang schweigend, schwenkte die Gabel, als wollte er etwas bekanntgeben, und aß dann weiter.

»Daß Sie ein Rationalist sind und sie vielleicht ... das Gegenteil?«

»Ich finde sie sehr rational, das versichere ich Ihnen.«

»Tun Sie das wirklich? Dann lassen Sie uns annehmen, daß

Sie beide in anderer Hinsicht gegensätzlich sind. Daß Sie einen Grund für Ihr Handeln haben und sie einen anderen.«

»Und die sind also gegensätzlich?«

»In der Tat«, sagte Hargood.

»Nennen Sie mir ein Beispiel.«

»Lassen Sie uns nur um der Theorie willen, verstehen Sie mich recht, sagen, daß einer von Ihnen gute Gründe für seine Handlungen hat, der andere jedoch böse.«

»Ich denke, daß das unwahrscheinlich ist.«

»Erklären Sie mir das, Sir.«

Hargood schwenkte ermutigend seine Gabel, und Grange, der im Begriff war, seine niederzulegen, antwortete: »Ich glaube nicht an das Böse als Motiv für eine Handlung.«

»Warum nicht?« Hargood war interessiert.

»Weil ich dem nie begegnet bin. Ich bin Übermut begegnet, denke ich mal, und zahlreichen bitteren Meinungsverschiedenheiten. Ich habe viele getroffen, die zwischen einer Vorgehensweise und einer anderen hin- und hergerissen waren und die gegen andere ihre eigenen Interessen verfolgten. Aber die Idee des Bösen als einer dunklen Macht, als der Erbsünde, scheint mir absurd.«

»Und deswegen, aus demselben Grund, glauben Sie nicht an den Teufel?«

»In der Tat nicht, Sir.«

»Und warum nicht?« Hargood untersuchte seinen Mundwinkel mit der Zunge auf der Suche nach einem Fleischfetzen.

»Eben weil ich ihn nicht als vollständiges Wesen begreifen kann.«

»Vollständig?« Hargoods Interesse war geweckt. »Für sich genommen wird er doch wohl vollständig sein. Es sollte in dieser Angelegenheit um Ihre Ansichten gehen, denke ich.«

»Wenn er aber bequem ist, wie kann er dann gleichzeitig so aktiv sein und rigoros in der Verfolgung dieser Bequemlichkeit? Um seines angenommenen Zieles der allgemeinen Verderbtheit willen muß er die Doktrin des Bösen mit der Beharrlichkeit und Hingabe eines Heiligen verfolgen. Würde er die Lüge verfolgen, nur um ein weiteres Beispiel zu nennen, dann würde er sich winden müssen, hätte er nicht eine eindeutige Vorstellung von der Wahrheit.«

»Was beabsichtigen Sie damit zu sagen, Sir?«

»Will man irgendein Laster effektiv verfolgen, dann braucht man so etwas wie Tugend als Antrieb. Ein Wesen, das nur böse ist, kann nicht funktionieren.«

»Nun also«, meinte Hargood, »er kennt den Unterschied zwischen gut und böse, darum geht es. Und er verfolgt letzteres.«

»Das ist ja fast noch weniger zu glauben, wenn ich das einmal sagen darf. Er kennt das Glück und ist auf das Unglück aus. Er kennt das Vergnügen und sucht den Schmerz, er kennt die Tugend und sucht das Böse. Er kennt die Liebe und sucht den Haß.«

»Wie wollen Sie dann die Zerstörung in der Welt erklären, die Ungerechtigkeit, ohne diesen verhängnisvollen Einfluß?«

»Ich versuche das so zu erklären. Erstens gibt es viele Arten, das Gute zu verfolgen. Und zweitens gibt es für jede Idee, die vom Guten existiert, eine mögliche andere Vorstellung vom Guten, die zu dieser im Widerspruch steht.«

»Reicht das, um das Übermaß des Bösen zu erklären?«

»Das Böse, das ich sehe, ergibt sich aus dem Guten, das miteinander im Widerspruch steht. Es scheint mir ganz offensichtlich zu sein, daß diejenigen, die unterschiedliche und sich widersprechende Ideen des Guten verfolgen, schreckliche Verwüstungen anrichten können. Wenn das so ist, brauche ich keine zusätzliche Theorie des Bösen, um die Zerstörung zu erklären, die ich in der Welt sehe.«

»Warum nicht?«

»Weil das, was ich vorgeschlagen habe, eine einfachere Erklärung ist. Wie schon Ockham gesagt hat, braucht man nicht unnötig viele Annahmen.«

»Wie erklären Sie dann den Räuber, den Banditen, den Dieb?« fragte Hargood beharrlich nach.

»Was sollte ich mit ihnen erklären?«

»Das Vorkommen des Bösen, die Gründe, die den Übeltäter zu seiner Tat veranlassen.«

»Bei jedem Beispiel, das Sie mir genannt haben, scheint es mir um einen Mann zu gehen, der seine eigenen Interessen gegen die der anderen verfolgt. Es ist eine Sünde, glaube ich, sich den anderen überlegen zu fühlen, aber dieser Sünde mache ich mich oft schuldig.«

»Sie denken also, daß sich der Räuber nicht von Ihnen unterscheidet?«

»Nicht, was seine Beweggründe angeht. Ich kann sein Ziel nicht ablehnen, nur seine Methode. Es kommt mir so vor, als würde er seine eigenen Interessen dadurch verfolgen, daß er andere verletzt. Wir verfolgen unsere Interessen, würde ich einmal meinen, indem wir versuchen, anderen zu helfen, wie wenig Erfolg wir gelegentlich damit auch haben mögen.«

»Was ist dann mit dem Mörder? Verfolgt der ebenfalls dieselben Ziele, wenn auch mit einer anderen Methode?«

»Mörder sind sehr selten, Sir. Ich habe noch keinen getroffen. Und will ich ein bestimmtes Verhalten erklären, kann ich nur das beschreiben, was ich kenne. Ich weiß so viel, daß die Sinne der Leute verwirrt sein können, für eine bestimmte Zeit oder für immer. Ich kenne mich selbst so gut, um zu wissen, daß auch ich verwirrt sein kann, ich hoffe jedoch, nur für absehbare Zeiträume. Ich habe keine Kenntnisse, was das eigentliche Böse angeht, aber doch, was Verwirrtheit betrifft. Deswegen wende ich lieber das an, was ich kenne, als das, was ich nicht kenne.«

»Das ist sehr rühmlich. Und in der Zwischenzeit entschwindet der Satan unbeobachtet.«

»Tut er das wirklich?« Grange war fest entschlossen, Hargood nicht ebenfalls unbeobachtet entschwinden zu lassen. »In unserer Kindheit brauchten wir für unsere Ängste eine menschliche Form. Wenn wir von der Gestalt des Teufels sprachen, ist er dann nicht die Angst, von der Sie reden?«

»Eine Verkörperung unserer Ängste, meinen Sie?«

»Ja, oder etwas Ähnliches.«

»Sie fürchten den Satan nicht?«

»Nein, das tue ich nicht. Was ich fürchte und was mich bedroht, ist die Tugend.«

»Sie sind ein verdammungswürdiger Sophist und Häretiker, der seine Rhetorik von den Schotten gelernt und seine Seele um eine Kleinigkeit, die Logik genannt wird, verkauft hat. Sie fürchten den Satan nicht. Da kann ich nur puh sagen.« Hargood schaufelte sich den Braten nur so in den Mund und spülte ihn mit einem Schluck Wein herunter. Dann sah er seinen Gast verschlagen an. »Warum tun Sie das eigentlich nicht?«

»Was ich in meinen Gegnern fürchte, ist Mut, Ehrlichkeit und Rechtschaffenheit. Warum sollte ich vor einem Gegner Angst haben, der träge, faul, verlogen und zügellos ist? Satan ist nicht fürchterlich, er ist zu bemitleiden. Es ist wahr, nehme ich einmal an, daß ich ihn eher als Patienten behandeln würde, als ihn zum Abendessen zu bitten.«

»Wenn ich Ihnen zuhöre, Sir, glaube ich, daß ich ihn gerade zum Abendessen gebeten habe und daß er mir in diesem Augenblick erzählt, daß das Böse nicht existiert.«

Grange lachte laut. »Sie schmeicheln mir, Sir.«

»Lassen Sie uns also zur Tugend in der menschlichen Gestalt zurückkehren. Sie glauben doch zumindest, daß Tugend bei Frauen angeboren ist?«

»Ich glaube, daß sie sie erlernen.«

»Ist das vielleicht der Grund, warum Sie eine solche Anhänglichkeit bei unserer feinen Lady, Mrs. Quill, an den Tag legen? Weil sie Ihre beste Gegnerin ist?«

»Sie kehren ständig zu dem einen Thema zurück, Hargood.«

»Ich bin ein beharrlicher Mensch. Sie haben mir nicht geantwortet.«

»Ist sie meine Gegnerin?« Die Frage klang rhetorisch.

»Sie ist eher Ihre Anhängerin.«

»Wie kommen Sie darauf?«

»Würden Sie meiner Beobachtung widersprechen?« wollte Hargood wissen.

»Nein, ich frage nur, wie Sie darauf kommen.«

»Weil Sie nicht länger über sie sprechen. Ihre Gegenwart wird durch ihre Abwesenheit in Ihrer Rede definiert, Sir.«

»Ein hübscher Gedankengang. Es kommt mir so vor, als hätten wir mehrere Male von ihr gesprochen.«

»Indem Sie mich von ihr ablenken, Sir, liefern Sie mir die schönsten Argumente, muß ich feststellen. Jedesmal, wenn ihr Name genannt wird, versuchen Sie, mein Interesse auf etwas anderes zu lenken, und werden spitzfindig. Sie sind wie eine dieser Lerchen, die nur deswegen über einem bestimmten Punkt kreisen, weil die Eier woanders liegen.«

Hargood wischte sich über den Mund, lehnte sich zurück und legte die Hände auf den Bauch, um seinen Gast noch besser studieren zu können. »Und trotzdem unterhalten Sie mich, Silas, das muß ich Ihnen zugestehen, ja, ich habe noch nie in meinem ganzen Leben eine solche Ansammlung von phantastischem Unsinn gehört, wie in einem einzigen Gespräch mit Ihnen.«

»Sie überhäufen mich mit Lob, Hargood.«

»Sie verdienen nichts anderes. Wir trinken noch ein Glas und ruhen dann.«

## 19

»Lassen Sie uns nach draußen gehen, Sir«, sagte Hargood.

Das war eine Gewohnheit, eine Form der Höflichkeit, daß sie in das Dunkel hinausgingen. Sie wurde von einer Unmenge Wein und der strahlenden Nacht begünstigt. Sie liefen freundschaftlich nebeneinander her und entfernten sich aus dem Lichtschein der Lampen. Hier flatterten große Motten, und sie machten sich in der Ruhe der Dunkelheit frei und ließen am Rande des Rasens ihr Wasser, zwei Ärzte, selbstbewußt und gut gelaunt.

Die Nacht verstärkte die Geräusche und veränderte ihre Stimmen, der Fluß, die kleinen Wellen in den Buchten, die springenden Fische, alles klang anders, tiefer und geheimnisvoller. Ein großer grauer Reiher, der sich von ihrer Gegenwart, ihrer Zahl, ihrem Wasserlassen gestört fühlte, schwebte düster in den Himmel. Mehrere Sekunden lang schien er über ihnen in der Luft zu stehen und veränderte seine Gestalt, die einmal einem geworfenen Stein, einmal einem hängenden Kreuz ähnlich sah. Einen Augenblick, nachdem er in der Dunkelheit verschwunden war, konnten sie das leise und ruhige Schlagen seiner Flügel hören.

Grange war zuerst fertig und machte seine Hosen zu. Als

wollte er seine überlegene Männlichkeit demonstrieren, ließ Hargood seinen Strahl in einem höheren Bogen fließen und beeilte sich nicht damit, seine Kleider zu ordnen. Nachdem sie beide ihre Hosen wieder zugeknöpft hatten, standen sie noch mehrere Minuten in der frischen Luft, die nach Seetang roch.

Hargood hatte die Gewohnheit, seine gigantischen Mahlzeiten mit einem Teller warmer Suppe abzuschließen. Sie sollte nicht heiß sein, behauptete er, weil sie sonst den Magen in Unruhe bringen würde. Warme Suppe beruhigte sein Innenleben, davon war er fest überzeugt, besonders die Leber.

Also wurde Simmons aus dem hinteren Teil des Hauses geholt, um den letzten Gang zu bringen. Die frischen Teller standen vor ihnen, und Hargood schlürfte eine Weile zufrieden seine Suppe, bevor er sich wieder seinem Gast zuwandte.

»Ich habe in London einen ehemaligen Kollegen von Ihnen getroffen, Silas, einen gewissen James Granthill.«

»Granthill?« Grange war einen Augenblick lang überrascht. »Er war ein begabter Student.«

Hargood schlürfte die Suppe aus seinem Löffel.

»Dann erinnern Sie sich an ihn?«

»Natürlich.«

»Er erinnert sich auch an Sie.«

»Wirklich?«

Hargood hielt inne, ließ sich die sämige Fleischbrühe schmecken oder überlegte sich vielleicht auch nur seinen nächsten Satz.

»Er bemerkte, daß Sie in Ihrer Studentenzeit so etwas wie ein Hitzkopf gewesen seien.«

»Granthill kennt sich sicher mit Hitzköpfen aus«, stimmte Grange zu. »Er war selbst einer.«

»Er sagte«, Hargood brachte das genüßlich vor, »daß trotz Ihrer ruhigen Art die jungen Damen auf Sie flogen. Stimmt das?«

»Ich würde meinen, fliegen ist etwas stark.«

»Dann lassen Sie uns einen passenderen Ausdruck finden. Sie waren erfolgreich.«

»Hargood, Sie wühlen in meiner unehrenhaften Vergangenheit.«

»Unehrenhaft?«

»Meinetwegen verantwortungslos. Schamlos. Was Ihnen lieber ist.«

»Das spielt keine Rolle, Sir. Eine gewisse Wildheit in Herzensdingen heiligt gelegentlich sogar den Verstand, das hat man mir jedenfalls beigebracht.«

»Ein Zitat?«

»Eine Beschreibung vielleicht.«

Hargood hielt inne und streute zwei Fingerspitzen Salz aus der silbernen Salzschale in seine Suppe.

»Und was sagt Ihnen dann Granthills Zeugnis?« fragte Grange und amüsierte sich über Hargoods ausgesprochenen und stupiden Eifer.

»Was sollte es mir denn sagen?«

»Das müssen Sie entscheiden.«

»Es fügt dem Bild von Ihnen sicherlich eine weitere Dimension hinzu.«

»Jetzt sprechen wir über Bilder.«

Im flackernden Kerzenschein wischte sich Hargood mit seiner Serviette über seine Lippen und ignorierte die Spur von Sarkasmus in Granges Stimme.

»Sie werden mich von meinem Thema nicht abbringen,

lieber Silas. Ich wittere da irgend etwas, und ich bin wie ein Jagdhund, wenn meine Instinkte einmal erwacht sind. Es gibt zwei Arten, um sich die Frauen auf Abstand zu halten, nehme ich jedenfalls an. Man ist entweder ein Hitzkopf oder Lebemann, oder man ist ein Mönch. Mir kommt es so vor, als wären Sie früher ein Lebemann gewesen und jetzt ein Mönch.«

»Ein Lebemann war ich nie.«

»Sie hatten Erfolg bei Frauen, hat James Granthill jedenfalls gesagt, verdammt viel Erfolg.«

»Es ist leicht, Erfolg zu haben, wenn man jung ist und Zeit keine Rolle spielt, wenn man noch keine bestimmten Ziele hat und nicht an eine Karriere denken muß.«

»Sie waren vielleicht nicht so eifrig wie heute.«

»Ich bin ruhiger geworden, wage ich jedenfalls zu behaupten.«

»Aber antworten Sie mir, was diese Sache mit den Frauen betrifft. Stimmen Sie mir nicht darin zu, daß es zwei Arten gibt, ihnen aus dem Weg zu gehen?«

»Ich glaube, an dem, was Sie sagen, ist was Wahres dran.«

»Sie waren früher ein Hitzkopf, und jetzt haben Sie sich eingeschlossen.«

»Sie reden um die Sache herum, Hargood.«

»Ja, das tue ich. Ich schnüffle, probiere, sehe, ob das Eis trägt.«

»Und zu welchem Ergebnis kommen Sie?«

»Ich glaube, daß Sie ein grauer Wolf sind, der sich in der Nähe der Schafsherde aufhält.«

»Also ein Wolf?«

»Sie haben sich dafür entschieden, außerhalb menschlicher Annehmlichkeiten zu leben.«

»Annehmlichkeiten und Frauen sind identisch?«

»Man muß den Frauen schließlich nachgeben, Silas.«
»Warum das?«
»Wenn wir Frauen als das erkennen, was sie sind, erkennen wir uns selbst, Silas, wir erkennen unsere Seele. Es wird Ihnen gehen wie mir. Sie werden Ihr Leben damit zubringen, diese einfache Tatsache zu begreifen, und in der Zwischenzeit werden Sie wie alle anderen Männer Schaden verursachen.«
»Wenn ich doch außerhalb stehe, Hargood, wie kann ich dann Schaden verursachen? Per definitionem bin ich doch ein Neutrum.«
»Neutralisiert ja, aber unglücklicherweise nicht kastriert«, bemerkte Hargood. »Sehen Sie nicht, wie die Frauen Sie anschauen? Sie verursachen ihnen Qualen. Ihre bloße Existenz beleidigt sie.«
»Sie schmeicheln mir. Wo sind aber nur all diese Frauen? Ich bemerke keine von ihnen.«
»Sie können mich auf den Arm nehmen, Sir. Das wird Ihnen aber nichts nützen.«
»Und wenn ich in einer Verbindung wäre, wenn wir einmal davon ausgehen, daß eine von ihnen dumm genug wäre, sich mit mir verbinden zu wollen, würde ihnen das weniger Qualen bereiten?«
»Qualen einer anderen Art. Frauen können jede Qual ertragen, die ihnen von einer Person verursacht wird. Wir sollten sie nicht ins Leere stoßen.«
»Wenn ich, wie Sie sagen, ungebunden bin, ist das doch wohl nur deswegen so, weil ich mich selbst ins Leere gestoßen habe und nicht etwa sie.«
»Das sind alles Haarspaltereien, Sir. Sie sind ungebunden, und Sie müssen eines Tages zur Herde zurückkehren.«
»Vielleicht sind wir ja alle ungebunden. Vielleicht gebe nur ich es zu?«

Hargood hielt inne und benutzte die entstehende Pause, um sein Brot in die letzten Reste der Suppe zu tunken. Er kaute das Brot nachdenklich. »Im Gegenteil«, sagte er schließlich, »wir sind alle Teile desselben.«

»Hume ist derselben Meinung. Um uns überhaupt verständigen zu können, müssen wir gewisse Dinge gemeinsam haben.«

»Hume sei verdammt, Sir. Dieser Sophist aus Edinburgh.«

»Ein Philosoph von großer gedanklicher Schärfe.«

»Ein Mann, der mit Gegensätzen handelt, mit Spiegeln.«

»Er sagt uns auch, daß wir allein sind, daß unsere inneren Welten von den Bedingungen in unserem Innern bestimmt werden.«

»Und nichts mit anderen zu tun haben?« fragte Hargood. »Er scheint Ihr Junggesellendasein zu stützen, Ihnen eine vernünftige Erklärung zu liefern.«

»Er hat mich in einer Reihe von Fragen sicherlich aufgeklärt.«

»Dabei hat er Sie, wage ich zu behaupten, von Ihrer Seele getrennt.«

»Hargood, manchmal finde ich, was Sie sagen, unheimlich.«

»Nehmen Sie mich nicht zu ernst.« Hargood gab nach, lehnte sich zurück und sah seinen Gast mit zur Seite gelegtem Kopf an, mit einem Ausdruck, der auf Zuneigung, vielleicht sogar Zustimmung schließen ließ. »Ich bin einfach ein alter Schelm.«

»Da wir schon von Trennung sprechen«, sagte Hargood plötzlich und wechselte das Thema, »was ist aus dem Mann geworden, dem Sie unlängst einen Arm amputiert haben?«

»Swann?« fragte Grange. »Mrs. Thompson berichtete, er

habe mehrere Stunden heftig gezittert. Dann stand er alleine auf und ging nach Hause, nachdem er die Hilfe von Mrs. Thompson zurückgewiesen hatte. Sie war besorgt, daß er bewußtlos werden könnte, und lief vielleicht hundert Meter weit hinter ihm her. Aber er schien sich ganz gut auf den Beinen zu halten, und sie kehrte um.«

»Er scheint Ihr Handwerk also trotz Ihrer Vorahnungen überlebt zu haben.«

»Mehr Konstitution eines Seemanns, nehme ich an, als meine gute Arbeit. Ich gehe davon aus, daß er sich erholen wird.«

»Nach einer Woche sollten Sie ihn aufsuchen und ihn zur Ader lassen«, meinte Hargood.

»Das mag so sein. Ich glaube aber nicht an Aderlaß.«

»Ist das eine Ihrer modernen Ideen aus Edinburgh?« fragte Hargood. »Aderlaß ist eine der Waffen des Arztes seit den Zeiten der Griechen und Römer. Wollen Sie der traditionellen Weisheit abschwören?«

»Ich ziehe die Vernunft vor.«

»Und was bitte ist das genau?«

»Die Frage: Welche Funktion hat der Aderlaß?«

»Und ich sage, welche Funktion er hat, spielt keine Rolle, solange er dem Patienten bekommt.«

»Befreit er ihn von Gift? Beruhigt er die Körpersäfte? Nichts davon ist bewiesen.«

»Das spielt keine Rolle. Ich sage Ihnen, welche Funktion er hat. Er macht den Patienten unbeweglich, hält ihn fest. Er nimmt ihm seine Energie, so daß er schläft. In seinem beeinträchtigten Zustand spürt er den Schmerz weniger, als wäre sein Körper kräftiger. Der Aderlaß hält ihn im Bett, so daß er nicht nach draußen gehen kann, wo er sich doch nur erkälten und sich eine Lungenentzündung zuziehen würde, die ihn meiner Meinung nach mit größter Wahrscheinlichkeit umbringen würde.«

»Sie glauben also, daß Sie ihn schwächen sollten, so daß er nicht so leicht hochkommt und sich nicht selbst schaden kann?«

»Sich oder anderen. Ich muß Sie wohl nicht daran erinnern, Sir, daß eine Leiche ein schwerer und schwieriger Gegenstand ist und man mehrere Leute benötigt, um ihn zu bewegen.«

»Hargood, es macht wie immer Spaß, Ihnen zuzuhören. Ich hoffe bloß um meinetwillen, daß ich nie unter ihrem drakonischen Regiment krank werde.«

»Ich würde Sie retten, Sir«, versicherte ihm Hargood, »wenn es nötig würde, auch gegen Ihren Willen.«

»Das, muß ich sagen, ist genau, was ich fürchte.«

»Jetzt schmeicheln Sie mir, mein lieber Freund. Aber lassen Sie uns, bevor es soweit ist«, Hargood hob sein Glas, »auf Ihre Gesundheit trinken.«

»Und auf Ihre.«

»Und mit gutem Rotwein«, sagte Hargood zustimmend.

## 20

Als er an diesem Abend im Bett lag, beschloß er, was Hargood auch immer sagen mochte und obwohl seine Sinne von zuviel Wein etwas getrübt waren, sich in jedem Detail an die Abmachung mit Mrs. Quill zu halten und mit niemandem über sie zu sprechen, außer oberflächlich und nur um die Aufmerksamkeit abzulenken. Sie hatte viel riskiert, indem sie ihn in ihr Vertrauen gezogen hatte, und er war fest entschlossen, sie für ihr Vertrauen in ihn mit absoluter Diskretion zu entschädigen. Daß sie ihn unter ihre Fittiche genommen hatte, obgleich ihre gesellschaftliche Position bedeutender war, war schon an sich eine Empfehlung. Er war aber auch zunehmend von einem ihrer Charakterzüge überzeugt, den er nur als edel bezeichnen konnte, ein Teil von ihr, der nicht so sehr gewissenlos als furchtlos war, der, das Gefühl hatte er, ihm schließlich als Modell dienen und von dem er etwas lernen konnte. Sie beeindruckte ihn auf eine Art, auf die einen ein großes Tier beeindruckt, das in seinem Käfig hin und her läuft. Und um dieses Bild fortzusetzen, fühlte er sich wie der Wärter, der begreift, daß er der Bestie, die sich in dem Käfig bewegt, unterlegen ist und furchtsam außerhalb lebt. Jetzt kam noch ein Problem hinzu. Im Vordergrund schwebte sozusagen noch die Erscheinung ihrer Tochter, die schon allein dadurch attraktiv war, daß sie ein Spiegelbild seiner Gönnerin war. Er war sich seiner eigenen Gefühle ausreichend bewußt, um zu glauben, daß die Schönheit der Tochter durch den Edelmut ihrer Mutter noch verstärkt wurde. In seiner Vorstellung konnte er die beiden nicht trennen, als wäre die eine nur eine Verlängerung der anderen gewesen, oder als wären sie zwei Flammen, die ineinander loderten. Er wollte erst einmal darauf warten, wieder von ihnen zu hören.

Der nächste Tag verging in einem milden Nebel der Geschäftigkeit. Ein Termin folgte gemächlich dem anderen, und sie überschnitten sich kaum, doch ihre Kontinuität ließ ihn von seinen innersten Gedanken ausruhen. So gelangte er über den Morgen und den Mittag und nutzte seine Zeit ruhig, und er wäre auch weiterhin ebenso leicht und ohne unnötige Beschwerden durch den Tag gekommen, wäre er nicht am späteren Nachmittag zu Edred Wrights Haus gegangen, wie es seine Gewohnheit war, um dessen Verbände zu wechseln.

Bei dem Haus handelte es sich um kaum mehr als einen Schuppen, dessen Bretterwand sich an etlichen Stellen nach außen bog. Die Dachziegel des Hauses, dem er sich durch eine mit einigen Ulmen bestandene Lichtung näherte, waren vernachlässigt. Obwohl es schon seit einiger Zeit so verwahrlost war, fiel ihm eine ganz besondere Ruhe auf. Er klopfte an die Tür, hörte niemanden eine Antwort rufen und klopfte wieder. Dann hob er den Riegel und stieß die Tür auf ihren knarrenden Scharnieren auf.

Edred Wright lag noch immer auf dem Bett. Zwischen Schlaf und Tod ist jedoch ein feiner Unterschied. Grange wußte, als er das Zimmer betrat, genau, daß er es mit letzterem zu tun hatte. Die Augen waren teilweise geöffnet und sahen nach oben. Von der angestrengten und qualvollen Atmung war nichts zu bemerken. Er schien während der Nacht ruhig hinübergedämmert zu sein. Ein starker Geruch fiel Grange jetzt auf, und er öffnete unter Schwierigkeiten ein Fenster, um etwas Frische in den ungesunden Innenraum zu bringen.

Er nahm eine Untersuchung vor und fand keine Spur eines Kampfes oder von Gewalt im Ablauf des Sterbens. Als er fertig war, zog er aus seiner Tasche einen unbeschriebenen Totenschein. Er führte Tinte in einem kleinen Gefäß mit sich und eine Feder, so daß er die Einzelheiten vor Ort eintragen konnte, wo seine Eindrücke noch frisch waren. Überwiegend Formalitäten beschäftigten ihn an diesem Nachmittag. Er mußte bei dem Stadtschreiber vorbeigehen, damit dieser die Neuigkeit anschlagen und sich, da es keine näheren Angehörigen gab, um das Begräbnis kümmern konnte. Unter Umständen mußte er eine Anzahlung machen oder dem Bestattungsunternehmer gegenüber eine Bürgschaft übernehmen, bis das Haus verkauft war und er das Geld aus dem Erlös zurückbekommen konnte. Außerdem hatte er einen der Stadtjuristen zu unterrichten, damit dieser sich um den Verkaufserlös kümmerte, da Wright mit größter Sicherheit verstorben war, ohne ein Testament zu hinterlassen. Deshalb war es bereits kurz vor halb sieben, als er nach Hause zurückkam. Er hatte die ersten Vorbereitungen beendet. Mrs. Thompson war in der Küche mit einem Mörser beschäftigt und schien bei dem Lärm, den sie verursachte, sein Klopfen nicht zu hören. Also zog er einen Haustürschlüssel, den er in seiner Tasche verwahrte, hervor und ließ sich selbst hinein.

Wie er bei dem Geklapper und Gerüttel aus der Küche, nur von Mrs. Thompsons Summen unterbrochen, schon vermutet hatte, war seine Haushälterin mit der Vorbereitung des Abendessens beschäftigt. Er wollte ihr gerade einen Gruß zurufen, um sie von seiner Rückkehr zu unterrichten, als er auf einer Anrichte einen Brief bemerkte. Die Handschrift kam ihm bekannt vor. Während Mrs. Thompson ihre Arbeit in der Küche fortsetzte, öffnete er den Brief und las ihn sorgfältig.

Lieber Silas,
meine Tochter wird bald abreisen, in zwei Tagen von heute gerechnet und mit der Postkutsche. Ihr Besuch war so kurz, daß er schon wieder vorbei ist, ehe er noch richtig begonnen hat.
Bevor sie abreist, würden wir uns gerne noch einmal Ihrer Gesellschaft erfreuen, falls es Ihnen möglich sein sollte, uns Ihre Zeit zu widmen. Ich hoffe, Sie sind so kurzfristig dazu in der Lage, bei uns morgen zu Abend zu speisen. Es wird nur ein bescheidenes Mahl geben.
Sollten Sie sich außerstande sehen, was wohl mit größerer Wahrscheinlichkeit der Fall ist, ist es nicht nötig, daß Sie antworten. Sollten Sie es möglich machen zu kommen, was ich sehr hoffe, würden Sie uns vielleicht eine kurze Nachricht schicken, damit wir ein Quartier vorbereiten können.

Ihre sehr ergebene
Celia Quill

»Mrs. Thompson!« rief Grange.
Mrs. Thompson, die leicht schwitzte, kam mit einem von ihren Anstrengungen geröteten Gesicht in der Küche her-

ein. Sie hatte ihre Haube abgenommen, deren Bänder ihr ins Gesicht hingen, wenn sie sich nach vorn beugte, um die Hirse zu zerstoßen. Jetzt strich sie eine widerspenstige Haarsträhne nach hinten, die ihr auf die Wange gefallen war.

»Haben Sie den Brief gesehen, Sir?«

»Danke, ja.«

»Abendessen um sieben?«

»Das wäre ausgezeichnet.«

»Licht.« Grange redete später an diesem Abend mit sich selbst. Er ging zum Schrank und öffnete eine kleine Holzschachtel. In ihr lagen, einzeln in braunes Papier verpackt, ein Dutzend Walratkerzen. Sie wurden aus einer Substanz, die sich in der Stirnhöhle der Pottwale fand, gewonnen. Wegen ihrer klaren und stetigen Flamme wurden sie als Vergleichsgröße bei der Messung von künstlichem Licht verwendet. Eine »Kerzenstärke« entsprach dem Licht, das eine Walratkerze gab, die ein Sechstel eines Pfundes wog und in einem Verhältnis von hundertzwanzig Gran in der Stunde abbrannte.

Er nahm eine Kerze aus ihrem Papier und hielt ihren Docht an die Flamme seiner Talgkerze, die er mit in sein Arbeitszimmer gebracht hatte. Als der Hanfdocht Feuer gefangen hatte, wurde es heller. Die beiden Flammen stießen sich gegenseitig ab, brannten jede für sich, weich wie Engel. Grange ließ einen Wachstropfen in die Mitte eines kleinen Eisentellers fallen. Er drückte die Kerze darauf und hielt sie vielleicht zwanzig Herzschläge lang fest, damit das Wachs hart werden konnte.

Die beiden Kerzen brannten jetzt jede für sich. Während er wartete, studierte Grange die unterschiedlichen Lichtquellen. Talg bestand überwiegend aus dem Fett von Rindern, manchmal auch aus dem von Hammeln. Er war gelblich und verbrannte unter relativ starker Rauchentwicklung. Dennoch war er die Lichtquelle, die man sich am ehesten leisten konnte und die am meisten verbreitet war. Der beste Talg wurde von Rindern geliefert, die fast das ganze Jahr über mit Heu ernährt wurden. Trotzdem war die Sache etwas ungehobelt. In den Zimmern des 18. Jahrhunderts hing, weil Talglichter vorherrschten, immer der leicht ranzige Geruch von Tierfett. Im Vergleich mit einer Walratkerze war eine Talgkerze so etwas wie eine Dampfmaschine, die ihre Nahrung nur sehr ungleichmäßig aufnahm und die ständig flackerte und Schatten warf.

Die Luft des Zimmers war voller Wirbel. Zugluft, die unter der Tür hindurchkam, brachte beide Flammen in Unruhe. Grange feuchtete zwei Finger an und löschte die flackernde Talgkerze. Jetzt brannte das Licht der verbleibenden Walratkerze reiner und gleichmäßiger. Er stülpte einen Glaszylinder über sie, und die Flamme wurde gerader und brannte dann wie eine Säule. Die winzige Lichtspitze hatte etwas Ekstatisches. Es war das richtige Licht, um dabei zu lesen, das reine Licht der Philosophie. Er stellte die Kerze auf seinen Schreibtisch, und zwar hoch oben auf drei Bände von Aristoteles' *Physik.* Ihr Schein verlieh dem dunklen Holz seines Tisches einen weichen Schimmer.

Unter ihrem Lichtschein machte Grange es sich bequem und las in Humes *Traktat über die menschliche Natur* im ersten Abschnitt des zweiten Teils über »Gegenstand und Ursachen von Liebe und Haß«:

> Es ist ganz unmöglich, eine Definition der Affekte der Liebe und des Hasses zu geben; denn diese

bestehen in einem einfachen Eindruck ohne die geringste Mischung und Zusammensetzung. Und unnütz wäre der sofortige Versuch einer Beschreibung, die ihr Wesen, ihren Ursprung, ihre Ursachen und ihre Objekte angäbe, weil gerade diese Dinge Gegenstand unserer gegenwärtigen Untersuchungen sein sollen, und im übrigen diese Affekte jedermann aus seinem eigenen Gefühl und gemeiner Erfahrung genügend bekannt sind. Wir haben ein Gleiches oben hinsichtlich des Stolzes und der Niedergedrücktheit bemerkt, und wiederholen es hier mit Bezug auf Liebe und Haß. Es besteht aber eine so große Ähnlichkeit zwischen diesen beiden Affektpaaren, daß wir hier mit einer Art Zusammenfassung unserer Betrachtungen über das erstere anfangen müssen, wenn wir das letztere verständlich machen wollen.

Das unmittelbare Objekt des Stolzes oder der Niedergedrücktheit ist unser Selbst oder die mit sich identische Persönlichkeit, deren Gedanken, Handlungen und Empfindungen uns unmittelbar bewußt sind; dagegen ist das Objekt der Liebe und des Hasses eine andere Person, deren Gedanken, Handlungen und Empfindungen wir nicht unmittelbar kennen. Dies sagt die Erfahrung klar genug. Unsere Liebe und unser Haß betreffen immer ein vernünftiges und von uns selbst unterschiedenes Wesen; wenn wir von Eigenliebe reden, so geschieht dies nicht im eigentlichen Sinne des Wortes; das Gefühl derselben hat nichts gemein mit jener zärtlichen Regung, die durch einen Freund oder eine Geliebte hervorgerufen wird. Dasselbe gilt vom Haß. Unsere eigenen Fehler

> und Torheiten können uns beschämen, aber wir fühlen nur bei den Schädigungen, die uns durch andere widerfahren, Ärger und Haß.

Die Seiten leuchteten vor einem dunkleren Hintergrund. Sogar hinter Glas war die Lichtquelle, die diesen geisterhaften Innenraum erhellte, in ständiger Bewegung. Sie flammte von einem minimalen und kaum bemerkbaren Glimmen (die Flamme schien sich dadurch am Docht zu halten, daß sie kleiner wurde) auf zu einem flackernden Lumen, als würde sie die Stille der Luft wahrnehmen. Sie streckte sich aus, wuchs und verbreitete einen größeren Lichtschein. Jemandem, der las, mußte dieses Licht belebt vorkommen, wie ein kleines Wesen, das sich im Halbdunkel duckte, dann übersprudelte und groß wurde und die Gestalten und Figuren um es herum aus der fast vollkommenen Dunkelheit in unerwartete Klarheit tauchte. Das Innere des Zimmers, das so seinem Auge vorgeführt wurde und das immer wieder verschwand, war deshalb nicht einfach und von einer konstanten Lichtquelle klar definiert, sondern in ständiger Bewegung. In dieser flackernden Halbwelt verweilte Grange über einer bestimmten Passage und bewegte die Lippen, während er las:

> Das Objekt der Liebe und des Hasses ist immer eine andere Person; aber es leuchtet ein, daß dies Objekt, strenggenommen, nicht die Ursache dieser Affekte ist und für sich allein nicht genügt, sie zu erzeugen. Liebe und Haß sind einander direkt entgegengesetzte Gefühle und haben ein gemeinsames Objekt; also müßte jenes Objekt, wenn es zugleich die Ursache wäre, diese entgegengesetzten Affekte in gleichem

Grade hervorrufen. Diese aber würden einander vom ersten Augenblick an vernichten, und folglich würde keiner von ihnen in die Erscheinung treten können. Es muß also noch eine vom Objekt unterschiedene Ursache der fraglichen Affekte geben.

Grange konzentrierte sich, und die Oberfläche der Buchseite kam ihm vor wie Wasser, unter das er zu spähen suchte. Er setzte sich anders hin. Der Stuhl knarrte, seine Konzentration nahm zu. Jetzt schienen sich die Buchstaben unter seinem Blick aufzulösen, als wollten sie sich und ihre leichter und schwerer verständlichen Zusammenhänge seinen Augen ausliefern. Die Lippen leicht geöffnet, flüsterte er zustimmend. Die Oberfläche des feinen Pergamentpapiers roch schwach nach Mandeln und schien den Gelehrten in einen Rausch zu versetzen. Hargood hatte gesagt: »Mein lieber Silas, Hume ist so unverständlich wie jeder andere Mystiker.« Und doch fühlte Grange, daß das auch seinen Reiz ausmachte. Er beugte sich über die Seite und fühlte, wie sich in seinem Verstand kalte Flügel bewegten, und spürte, wie die Leidenschaft des Verstehens einen Teil von ihm loslöste und zu einem grauen Flug aufhob in Richtung der Einsicht.

Die bloße Idee, die sich von der Vorstellungskraft unterscheiden und absondern läßt, kann man als selbständig existent wahrnehmen. Es ist offensichtlich, daß die Existenz eines Partikels Materie ebensowenig die Existenz eines anderen bedingt wie ein Quadrat auf einem Gegenstand ein Quadrat auf jedem anderen. Geht man davon aus, frage ich jetzt, was sich aus dem Auftreten von *Ruhe* und *Auflösung* ergibt und was wir wahrnehmen, was auf die Auflösung aller Luft und aller Materie in einem bestimmten Raum folgt, vorausgesetzt, daß die Wände dieselben bleiben, sich nicht bewegen und sich nicht verändern? Es gibt einige Metaphysiker, die darauf antworten, daß, da Materie und Ausdehnung dasselbe seien, die Auflösung der einen der beiden notwendigerweise die Auflösung der anderen bedingt und daß es dann keinen Abstand mehr zwischen den Wänden der Kammer gebe. Sie berührten sich, wie meine Hand das Papier berührt, das unmittelbar vor mir liegt.

Hume brachte die Gedanken auf einen Punkt und hielt sie fest. Gelegentlich blätterte Grange zurück und las einen Abschnitt ein zweites Mal, um vielleicht doch noch etwas mehr von seinem Sinn zu verstehen.
In dieser Nacht schlief er überraschend gut, ob es jetzt in Erwartung des Wiedersehens von Mrs. Quill und ihrer Tochter war oder eine Folge des friedlichen Sterbens von Edred Wright, das ihn an seine Sterblichkeit erinnert hatte. Aus einer bestimmten Logik heraus, die er nicht verstand, hatte das immer eine beruhigende Wirkung.

# 21

»Wenn Sie heute abend ausgehen wollen, Sir«, sagte Mrs. Thompson, »wäre es vernünftig, einen Mantel anzuziehen.«

Sie hatte ihre Besorgtheit in einen Satz gekleidet, in einen Ausdruck, in ein einzelnes Wort, das für sie so typisch war wie ihre gesamte Haltung. »Vernünftig« war ein Wort, das sie wie ihr privates Vorrecht gebrauchte. Sie verließ sich absolut darauf, daß sie im besten Sinne der Vernunft handelte, und es wäre ihr nie eingefallen, daß sie ihm, indem sie ihm dazu riet, vernünftig zu handeln, die Fähigkeit absprach, ohne ihre Aufforderung so handeln zu können. Da sie keinen Irrtum begangen hatte, entschuldigte sie sich nicht und versuchte auch nicht, etwas wiedergutzumachen.

Der Ausdruck erinnerte ihn jedoch in jedem Fall daran, wenn er ihn auch nicht amüsierte, daß sie an seinen Angelegenheiten Anteil nahm und gewisse Forderungen an ihn hatte. Seit er sie gefragt hatte: »Singen die Seelen der Frauen?« und von ihr nur ein verständliches und verwirrtes Schweigen als Antwort erhalten hatte, hatte er nicht weiter über Angelegenheiten gesprochen, die Mrs. Quill betrafen, außer wenn sie direkt mit seiner oder ihrer Routine, was die Abläufe im Haus anging, kollidierten.

»Kommen Sie heute abend noch zurück, Sir?«
»Bleiben Sie nicht meinetwegen auf, Mrs. Thompson. Ich werde einen Schlüssel mitnehmen und mich selbst ins Haus lassen.«
»Dann werde ich nicht mehr wach sein, falls Sie zurückkommen, Sir«, sagte Mrs. Thompson und machte die Tür hinter ihm zu.
Grange ging die High Street hinunter und begutachtete das Wetter. Normalerweise blies ein kühler Wind, da die Brise hauptsächlich von Westen kam, in östlicher Richtung direkt die Straße hinauf auf ihn zu. Er sah nach oben und bemerkte, wie sich im Osten über Lepe Wolken sammelten und in Richtung Cowes bewegten; es gab jedoch keine Anzeichen für eines der gewaltigen Unwetter, wie sie sich in den vergangenen Wochen entladen hatten.

Es war Jane, die die Tür öffnete, seinen Mantel nahm und diesen aufhängte. Sie sah ihn lächelnd an und führte ihn ins Wohnzimmer. Er bemerkte auf ihren Wangen eine leichte Rötung, da sie der Sonne ausgesetzt gewesen waren. Es war nicht in Mode, sonnengebräunt zu sein, und die meisten trachteten nach einer so hellen Haut wie möglich. Farbe gab der Gesundheit jedoch eine zusätzliche Dimension, und er bewunderte Jane um so mehr, als sie sich um die Konventionen nicht kümmerte, als würde sie, indem sie diese Schönheitsregeln mißachtete, ihre eigene nur noch erhöhen.
Im Wohnzimmer legte Mrs. Quill ihr Nähzeug auf ein Tischchen und stand auf.
»Silas, wie freundlich von Ihnen, Ihre Arbeit zu vernachlässigen.«
»Es ist mir ein Vergnügen, Madam.«

»Jane und ich haben mehrere Tage im Garten verbracht. Wir sind bald so stark wie Landarbeiter. Unsere Hände werden sicher ganz rauh. Sie denken dann bestimmt nicht länger, daß wir sanft sind.«
Die beiden Frauen standen nebeneinander und betrachteten ihn. »Mutter ist übermütig«, sagte Jane. »Wir genießen die Gartenarbeit. Ich habe ihr dabei geholfen, abgestorbene Rosenzweige herunterzureißen, und wir haben neue Stecklinge gesetzt und gesät.«
»Das ist wahr. Wir haben in wenigen Tagen zusammen mehr Unkraut gejätet als ich in einem ganzen Jahr.«
»Und doch ist Ihr Garten stets so gut in Schuß, Madam. Ich fühle mich immer sehr wohl, wenn ich durch das Tor trete und mich umsehe. Es ist, als hätten hier Schönheit und Ordnung seit je eine Heimstatt gehabt.«
»Kommen Sie, setzen Sie sich.«
Es war derselbe Stuhl, erinnerte er sich, auf dem er gesessen hatte, als sie zum erstenmal Intimitäten besprochen hatten und sie sein Herz beiläufig mit ihrem Mut beeindruckt hatte. Mrs. Quill schaute nach Westen in ein unsicheres goldenes Licht und fragte ihn: »Glauben Sie, daß es regnen wird?«
»Das kann ich nicht sagen. Das Wetter kommt heute von Osten. In Richtung Southampton ziehen Wolken auf. Von dort kommt normalerweise das unbeständige Wetter.«
Mrs. Quill legte sich ihren Schal enger um die Schultern. »Sie müssen in jedem Fall über Nacht bleiben. Wir würden Sie nicht durch die Dunkelheit wandern lassen.«
Jane, die neben ihr auf dem Sofa saß, nickte, als machte ihre Zustimmung jede Diskussion unnötig. Es kam ihm in den Sinn, daß er beiläufig Mrs. Thompsons Interesse an seinen Wanderungen erwähnen könnte. Aber er entschied,

daß das die Sache nur verkomplizieren würde, und nickte statt dessen zustimmend mit dem Kopf, da er seine Haushälterin mit gutem Gewissen auf die Eventualität seines Ausbleibens vorbereitet hatte, und dankte den Damen für ihre Gastfreundschaft.

Bei Tisch wandten sie sich der Mode zu, denn Mrs. Quill hatte sich das Buch einer gewissen Mrs. Littleton besorgt, das den Titel *Das moderne Kleid* trug. Die Ursprünge gewisser Eigentümlichkeiten weiblicher und männlicher Kleidung hatten sie neugierig gemacht.

»Zum Beispiel«, sagte Mrs. Quill, »waren die weißen Halstücher, die von Gentlemen über dem Kinn getragen werden, ursprünglich Tücher, die sich kroatische Reiter hochgeschlagen um den Hals banden, um sich gegen Säbelhiebe zu schützen.«

»Sie stimmen mich nachdenklich, Madam. Ich trage sie und wußte doch nicht, daß ich in der Tiefe meines Herzens ein Kroate bin.«

»Genau. Die Mode breitete sich nach Frankreich und England aus. Die Kroaten, die, wie ich es verstanden habe, in gewissen deutschen Mundarten Cravaten genannt wurden, liehen dem Kleidungsstück ihren Namen.«

»Ich beabsichtige, mich schamlos dieser Information zu bedienen, um meinen Kollegen Dr. Hargood in Erstaunen zu versetzen.«

»Sie necken uns, Silas. Aber wußten Sie, daß unsere Haartracht aus Nordfrankreich kommt, wo die Frauen ihre Haare auf dem Kopf zu einem Knoten zusammenbanden, um sich gegen Verwundungen durch Schwerter zu schützen?«

»Das wußte ich nicht.«

»Und daß sie ihr Haar aus demselben Grund seitlich lang herunterhängen ließen?«

»Ich bin erneut überrascht. Es kommt mir so vor, als ob jedesmal, wenn einer Edelfrau Gefahr droht, sei es von kroatischen Reiterscharen oder von Bauern, eine neue Mode geboren würde.«

»Ich denke, Sie haben mit Ihrer Theorie recht.« Mrs. Quill lächelte ihn an. Ihre Ermunterung machte ihm Mut, und er hatte das Gefühl, unbekümmert fortfahren zu können.

»Wir glauben, daß die französischen Ideen uns angreifen, doch tatsächlich haben die Franzosen etwas weitaus Wichtigeres und Gefährlicheres exportiert, nämlich die Mode.«

»Nichts ist gefährlicher und beunruhigender für das männliche Geschlecht. Darin stimme ich Ihnen zu.« Mrs. Quill und ihre Tochter lachten. »Vielleicht denken Sie ja, daß Sie von der Mode in ihren extremeren Formen nicht berührt werden?«

»Ich bin begierig, Sie zu widerlegen, Madam.«

»Noch ein Beispiel, um das Maß vollzumachen, Sir. Daß die Haare der Männer, die bisher hinten lang getragen wurden, jetzt kurz sind. Wissen Sie warum?«

»Sie nehmen mich wegen meiner Unwissenheit auf den Arm. Ich bin etwas verwirrt. Folgt man auch mit kurzem Haar der allgemeinen Vorstellung, daß man sich zu schützen hat, hätte ich gedacht, daß es sicherer wäre, es lang zu tragen, um den Hals gegen kroatische Reiter und plündernde Bauern bedeckt zu halten, wenn sie einen über die Felder jagen und für ihre Freiheit kämpfen.«

»Sie kommen der Sache näher, als Sie denken, Sir. Wieder einmal scheint es so, daß Gewalt für das Entstehen einer neuen Mode verantwortlich ist. Mrs. Littleton unterrichtet uns darüber, daß in Frankreich diejenigen, die mit der Guillotine hingerichtet wurden, vorher ihr Haar geschnitten bekamen. Nach dem Fall von Robespierre wurde es als ein Adelszeichen betrachtet, einen Verwandten zu haben, der auf diese Weise zu Tode gekommen war. Folglich schnitten sich alle, die als Personen von Rang angesehen werden wollten, das Haar hinten kurz – à la victime, wie sie es nannten –, um an die zu erinnern, die hingerichtet worden waren.«

»Und hier sitze ich und habe wie jeder andere mein Haar à la victime geschnitten und weiß nichts davon.«

»Würden Sie sich also«, Mrs. Quill wandte sich ihm jetzt mit einem Lächeln in den Mundwinkeln ganz zu, »mit Ihrem kurzen Haar als ein victime, ein Opfer, betrachten, Sir?«

Sie sahen ihn schmunzelnd an, bis Grange sagte: »Nur als ein Opfer ihrer Freundlichkeit, Madam«, und beide Frauen amüsierten sich über seinen Ausfall, und ihr musikalisches Gelächter hallte in ihm wider. Kurz darauf verließ Jane den Tisch und kam mit dem Hauptgericht zurück, einer köstlich zubereiteten Gans, die sie vor ihn hinstellte, damit er sie zerlegen konnte.

Sie begannen gutgelaunt die Bratenstücke zu essen. Die beiden Frauen, die den ganzen Tag im Garten gearbeitet hatten, hatten reichlich Appetit. Während er mit ihnen zusammen speiste, überkam Grange eine Zufriedenheit, die er lange nicht mehr erlebt hatte.

»Treffen Sie sich oft mit Dr. Hargood?« fragte Mrs. Quill.

»Er ist außerordentlich gastfrei, Madam.«

»Und einsam, wenn er nicht in London ist.«

»Immer wenn er sich in London aufhält, versuche ich ihm

einen kleinen Teil seiner Freundlichkeit zurückzuzahlen, indem ich mich um seine Patienten kümmere.«

»Hat er Verwandtschaft in London?«

»Ich glaube, Madam.« Grange war entschlossen, so vorsichtig zu sein, was die Art von Dr. Hargoods Besuchen in London anging, wie er es war, wenn es bei Hargood um ihren Haushalt ging. Darin bestand für ihn eine Art Symmetrie.

»Er scheint sich mit den Moden in London auszukennen«, fuhr Mrs. Quill beharrlich fort. »Bei seinen gelegentlichen Besuchen bei mir spricht er über Kleiderfragen mit großer Genauigkeit und Kenntnis. Ich glaube, er bekommt mit der Post den Londoner *Courier.*«

»Seine Natur hat eine gefühlvolle Seite, Madam, wenn er nicht gerade bei der Jagd ist und schießt.«

»Ich habe gehört, daß er auch gelegentlich auf Eindringlinge feuert«, sagte Mrs. Quill etwas frech und bezog sich damit auf den Vorfall mit dem Salzinspektor, über den in den besseren Kreisen oft gesprochen worden war, ohne Zweifel als ein Beispiel dafür, wie man konservative Prinzipien in die Praxis umsetzen konnte.

»Um etwas zu seinen Gunsten zu sagen«, entgegnete Grange, »habe ich es aus verläßlicher Quelle, daß er nicht so weit geht, sie auch noch zu essen.«

»Wir sind froh, einiges über seine freundlichere Seite zu erfahren«, sagte Mrs. Quill lächelnd.

Grange hatte jedoch den Eindruck, daß ihr während des Gesprächs etwas, was mit Hargood zu tun hatte, Sorge bereitete, als ob ihr ihre Intuition ein gewisses Mißtrauen eingäbe. Und obwohl ihm daran gelegen war, ihre Sorgen zu zerstreuen, hielt er sich wiederum daran, jeder der beiden Parteien sowenig über sein geselliges Leben mit-

zuteilen wie möglich, ohne jedoch unhöflich zu erscheinen.
Sie hatten das Mahl beendet, und Mrs. Quill sagte zu ihm: »Ich glaube, Sie wissen inzwischen, welches Ihr Zimmer ist, Silas.«
»Ich werde ihn hinaufführen, Mutter«, meinte Jane. »Man kann sich, wie du mir selbst erklärtest, nicht darauf verlassen, daß die Männer sich mit den einfachsten Angelegenheiten des Haushalts auskennen.«
»Sie haben Ihre Tochter hervorragend erzogen«, sagte Grange.
Am Fuß der Treppe richtete Mrs. Quill noch einmal das Wort an ihn: »Schlafen Sie gut, Sir.« Sie umarmte ihn leicht und kurz, und als sie zurücktrat, bemerkte er, wie sich Mutter und Tochter schnell ansahen, bevor ihn Jane die Treppe hinaufführte. Sie raffte ihr Kleid mit einer Hand zusammen, um nicht auf den Saum zu treten.

# 22

Grange erinnerte sich an das Folgende wie an einen Traum, als ob der feine Nebel der Wirklichkeit entfernt worden und nur reines Licht zurückgeblieben wäre. Jane trug einen dreiarmigen Leuchter und führte ihn die Treppe hinauf und den Flur entlang zu seinem Zimmer und machte dann einen Schritt zur Seite, so daß er eintreten konnte. Er verbeugte sich leicht, als er an ihr vorbeiging, und sie schenkte ihm ein Lächeln, das sowohl direkt als auch abwesend war. Es erinnerte ihn an die Wahrheit, die durch eine Seitentür verschwindet, so daß man sie nicht zu fassen bekommt.

»Gute Nacht, Silas.«

»Gute Nacht, Jane.« Grange machte eine Pause. »Werde ich Sie sehen, bevor Sie morgen abreisen?«

»Wenn Sie das wünschen.«

Ganz tief in seinem Innern war ihm klar, was sie ihm anbot, obwohl er bloß vage darüber nachdenken konnte. Er sah den Gedanken nur wie von der Seite, als ob die eine Hälfte von ihm im Schatten läge. Der Verlauf des Lebens entscheidet sich jedoch manchmal in Viertelsekunden. Er verspürte eine Regung, einen letzten Rest von Mut oder Schrecken, die ihn in die Lage versetzte, sie direkt anzusehen.

»Das ist mein Wunsch.«

Mit der Spur eines Lächelns hielt sie ihm den Leuchter hin, so daß er mit diesem sein Zimmer erhellen konnte. »Ich kenne das Haus. Ich finde den Weg.«

Er blickte ihr nach, bis ihr schimmerndes Kleid verschwunden war. Bei der Treppe unten war ein schwacher Glanz zu sehen.

Mrs. Quills Schritte klangen zu ihm hinauf. Grange meinte zu hören, wie sie sich in den Flur begab und die Haustür verriegelte. Er schloß die Zimmertür hinter sich und stand mehrere Minuten lang da, während die Kerzen flackerten. Er war sich bewußt, daß die Zeit verstrich, obwohl Zeit, die subjektive Zeit, eine Art Dichte ist, die man nicht messen kann. Dann ging er zum Bett hinüber. Ein Nachthemd befand sich darauf. Er stellte den Leuchter auf die Anrichte.

Grange legte langsam seine steifen förmlichen Kleider ab. Während er sich auszog, hing er jedes Kleidungsstück über einen Stuhl, bis dessen Gestell, auf das jetzt Kleider getürmt waren, mehr einer Vogelscheuche als einer Sitzgelegenheit ähnlich sah. Er war nackt, und das schwache Kerzenlicht fiel kurz auf ihn. Es kam ihm so vor, als würde ihm sein Körper zum erstenmal gezeigt. Er schlüpfte in das Nachthemd, kroch ins Bett und zog die Decken bis zum Kinn hinauf.

Mehrere Minuten lang oder auch noch länger lag er einfach nur so da und betrachtete die Decke. Er überlegte, was gesagt worden war. Die Schatten bewegten sich mit dem Flakkern der Kerzenflammen im Zimmer hin und her. Er blickte versonnen ins Dunkel und führte sich vage Vorstellungen und Wunschbilder vor Augen, die, kaum gefaßt, verschwanden, um durch andere ersetzt zu werden.

Wieviel Zeit wohl verging, bevor er von draußen das raschelnde Geräusch von Stoff hörte und vernahm, wie die Türklinke leise niedergedrückt wurde? Eine Gestalt in einem langen weißen Nachthemd kam herein und drehte sich anmutig um, um die Tür zu schließen. Er schaute zur Decke und gewahrte nur ihre Gegenwart. Sie hatte keine Kerze. Grange registrierte bloß die Bewegung eines weißen Nachthemdes und war sich einen kurzen Augenblick lang nicht sicher, wer sie eigentlich war. Sein Herz stand still, als sie durch das Zimmer ging und vor seinem Bett stehenblieb. Dort sah Jane durch das Meer seiner Gedanken auf ihn herab. Er schaute nach oben und wich ihrem Blick nicht aus. Sie hob das Nachthemd hoch und legte sich nackt zu ihm unter die Decken.

In Mrs. Thompsons Zimmer war es bis auf ihre Atemzüge und ihr gelegentliches tiefes Luftholen ruhig. Nach einigen Minuten fing sie laut an zu schnarchen. Ihre unförmige Hand lag auf dem Stuhl. Sie schnarchte immer noch laut. Eine Szene spielte sich ab, eine Unterhaltung zweier Personen, eines Mannes und einer Frau, Gedanken, die aus der Tiefe des Nachsinnens kamen. Und doch konnte sie nicht hören, was sie sagten. Die Sprache war vertraut und ungenau, als ob die Bedeutung eher im Tonfall als in den Worten selbst läge.

Wenig später öffnete Mrs. Thompson ihre Augen. Sie war plötzlich erwacht. Ihre Finger hatten den Griff um eine Serviette gelockert, die zu Boden gefallen war. Sie stemmte sich in die Höhe und schaute zur Uhr, die zwei Uhr morgens zeigte, blinzelte überrascht, entzündete eine Kerze, seufzte tief und ging in ihr Schlafzimmer.

In der frühen Dämmerung erwachte Grange. Morgenlicht strömte durch das Fenster. Er kniff die Augen gegen die Helligkeit zusammen. Die andere Seite seines Bettes war leer. Erbost richtete er sich auf einem Ellbogen auf.

»Jane?« fragte er, als würde sie aus einer Ecke des Zimmers wieder hervorkommen. Wo sie geschlafen hatte, war es noch eine Spur warm. Ihr Körperabdruck war so schwach wie der eines Phantoms.

Er bemerkte, daß ihr Nachthemd ebenfalls verschwunden war, erhob sich aus dem Bett und begann sich schnell anzukleiden. Er stand auf dem kalten Fußboden und mühte sich mit seinen Knöpfen ab. Seine Kleider ließen ihn wieder förmlich erscheinen, und er ging den Flur entlang, die Treppe hinunter und ins Entree

Eine Frau lief vor ihm quer durch den Raum. Mrs. Quill wandte sich ihm zu.

»Haben Sie gut geschlafen?«

»Ja ...«

Ihre grauen Augen betrachteten ihn. Er meinte in ihnen guten Willen und Gelassenheit zu entdecken und vielleicht eine gewisse nicht lange dauernde Überraschung, ihn so plötzlich und ohne Vorwarnung zu sehen. Möglicherweise bemerkte sie seine Erregung, aber auch wenn sie das tat, brachte sie ihre Nachricht unerbittlich vor: »Jane ist früh gefahren. Sie mußte eine der ersten Postkutschen nach Winchester nehmen.«

Eine schreckliche Angst durchfuhr Grange. Mrs. Quill entging seine Erregtheit nicht, und sie nahm einen Brief von einer Anrichte.

»Jane hat mich gebeten, Ihnen das zu geben.«

Obwohl Grange naturgemäß sehr förmlich war, konnte er

sich kaum beherrschen und riß ihr den Brief fast aus den Händen.
»Danke.«
»Wollen Sie frühstücken?«
»Ja. Sie sind zu freundlich.«
Mrs. Quill schaute ihn erneut an, ein ruhiger Blick, in dem weder Mißfallen noch das Gegenteil lag, der jedoch seinen Zustand zu registrieren schien. »Ich will Sie in Ruhe lesen lassen.«
Sie verschwand in die Küche. Grange riß den Brief auf und las mit angehaltenem Atem.

Lieber Silas,
ich breche früh auf, um die Kutsche nach Southampton und dann die nach Winchester zu erreichen. Mit Schmerzen im Herzen kehre ich zu meinem Leben und meinen Verpflichtungen zurück. Ich werde mich an Ihre Freundlichkeit bis an das Ende meiner Tage erinnern.

Ich bleibe immer die Ihre,
Jane

Ein körperlicher Schmerz begann hinter seinen Augen zu hämmern. Er trat zurück, so daß er sich gegen die Anrichte lehnen konnte, und hörte, wie Mrs. Quill wieder hinter ihm auftauchte. Sie begann ruhig und in einer bestimmten Reihenfolge die Frühstückssachen auf den Tisch zu stellen. Grange schluckte und steckte eilig den Brief in die Tasche.
Mrs. Quill, wie immer eine gute Gastgeberin, erwartete ihn am Frühstückstisch. Grange nahm sich zusammen, ging zu ihr hinüber, und setzte sich. In dem Blick, den sie ihm

schenkte, lag keine Frage. Er nahm all seine Kraft zusammen, um ruhig zu erscheinen.
»Mögen Sie Tee?«
»Bitte.«
Sie goß ein, und er beobachtete den Strahl der Flüssigkeit.
»Sie scheinen in Gedanken, Silas.«
»Das ist wahr. Ich werde von einem Gedanken verfolgt.«
Mrs. Quill stellte eine Tasse neben ihn. »Wenn wir zusammenarbeiten wollen, müssen Sie mich in Ihr Vertrauen ziehen.«
»Sie haben recht, Madam.« Grange konnte sich nicht länger zusammennehmen. Er atmete aus. »Die Gedanken lähmen mich.«
Mrs. Quill sagte leise: »Gedanken an Abreise?«
»Meine Schweigsamkeit bringt mich in Verlegenheit.«
Mrs. Quill streckte eine Hand über den Tisch und legte sie auf seine. Grange schaute auf diese liebenswürdige Verbindung hinunter, eine Hand, die auf einer anderen lag.
»Darf ich etwas sagen?« fragte Mrs. Quill.
Grange nickte.
»Wir haben uns auf einen Plan geeinigt, Silas. Sie haben sich ganz ausgezeichnet verhalten. Ich habe von schlafenden Frauen gesprochen, und Sie haben bereits eine geweckt.« Sie machte eine Pause. »Sie ist heute morgen mit glühender Seele abgereist. Ich mußte sie in die Kutsche packen, damit sie nicht gleich zu Ihnen zurückläuft.« Grange hatte den Eindruck, als würde sie sehr überlegt sprechen. »Meine Tochter ist verheiratet. Sie ist eine ausgezeichnete Ehefrau, und ich wünsche ihr alles Gute. Ihr Mann ist ein hervorragender Partner, wohlhabend und ... tolerant. Ich weiß nicht, was Sie vorhaben, aber es ist nicht

und war niemals meine Absicht, den Frieden und die Harmonie der beiden aufs Spiel zu setzen.«

Grange kam es zum erstenmal so vor, als würde er Mrs. Quills eigentliche Charakterstärke wahrnehmen, ihre unbekümmerte Handlungsweise, und mehrere Sekunden lang fehlten ihm die Worte, während ihm das durch den Kopf ging.

Mrs. Quill nahm ihre Hand von der seinen und nippte an ihrem Tee.

»Sie wollten, daß ich sie aufwecke, Madam?«

»Sie aufwecken?« Sie stellte ihre Tasse hin. »Ja. Das hatte ich beabsichtigt.«

»Dann haben Sie sie weggeschickt, weg von der Gefahr.« Sein Herz begann wieder heftiger zu schlagen.

»Sie ist verliebt.« Sie hatte das so nüchtern festgestellt, daß er sich erneut über ihre Stärke wundern mußte. »Zumindest denkt sie, daß sie das ist, Sir. In diesem Zustand sollte man sie wegschicken. In einiger Zeit wird sie ohne Zweifel darüber hinwegkommen.«

»Madam, das erschreckt mich. Sie spielen mit dem Leben von Menschen.«

Vielleicht wollte sie antworten, doch er bemerkte kein Zögern in ihren Augen, bloß ein ruhiges Verweilen, um dem, was sie zu sagen beabsichtigte, mehr Gewicht zu geben.

»Silas, es ist gerade Ihre Unschuld, die Ihnen Schmerz verursacht und die Sie vielleicht dazu veranlaßt zu denken, daß Jane Sie liebt. Ich möchte Sie nur an unsere Abmachung erinnern.«

»Unschuld?« fragte Grange, als würde er von einem anderen Mann sprechen. »Ich bin Arzt und siebenunddreißig Jahre alt und habe einiges vom Leben gesehen.«

»Unschuld, Sir, ist ein Zustand der Seele.«
»Madam?«
»Sie hat nichts mit Erfahrung oder Alter zu tun.«
Er versuchte wieder an praktische Dinge zu denken. Erregt, wie er war, konnte er sich nur einer Sache sicher sein, nämlich daß keine Überredungskunst Mrs. Quill von dem einmal eingeschlagenen Pfad abbringen würde. Er war Rationalist. Er mußte sich mit solchen Wahrheiten abfinden.
»Madam, ich danke Ihnen für Ihre Gastfreundschaft. Sie haben mir viel Stoff zum Nachdenken gegeben. Außerdem muß ich mich wieder um meine Verpflichtungen kümmern.«
Mrs. Quill erhob sich ebenfalls. »Auf Wiedersehen, Silas.« Sie ging voraus zur Tür und öffnete sie. Dann trat sie zur Seite, um ihn vorbeizulassen.
»Guten Tag, Madam.«
»Guten Tag.«
Sie schloß die Tür hinter ihm. Er eilte den Pfad hinunter zum Tor, öffnete es und setzte seinen Weg dann die Gasse entlang fort.

Mrs. Thompson öffnete die Tür und starrte ihn an.
»Guten Morgen, Mrs. Thompson.«
Grange ging an ihr vorbei. Sie folgte ihm.
»Wünschen Sie Frühstück, Sir?«
Grange drehte sich um und blickte sie an. »Nein, danke, ich habe gegessen.«
Mrs. Thompson musterte ihn. »Geht es Ihnen gut, Sir?«
Grange sah ein, wie seltsam ihr sein Verhalten vorkommen mußte, und bemühte sich bewußt, ihren Fragen auszuweichen.

»Sehe ich etwa bleich aus?«
Mrs. Thompsons Gesichtsausdruck war vieldeutig.
»Dann ist das vermutlich so.« Er wechselte das Thema. »Ich habe um neun eine Verabredung, glaube ich. Ich muß in meinem Kalender nachsehen.«
»Sir, Mr. Collier wartet bereits seit einer Viertelstunde.«
»Ich will mir noch mein Gesicht und meine Hände waschen. Schicken Sie ihn in fünf Minuten herein.«
Mrs. Thompson, der sein Verhalten immer noch zweifelhaft vorkam, nickte und ging. Grange stieg die Treppe hinauf in sein Arbeitszimmer.
Als er sein Heiligtum erreicht hatte, goß er eine Kanne Wasser in eine Schüssel. Er rasierte sich, spülte den Schaum herunter und trocknete sich ab. Jetzt bemerkte er auch selbst im Spiegel den Ausdruck von Verwirrung in seinem Gesicht. Er setzte sich an seinen Schreibtisch. Mrs. Thompson kündigte sich nur mit einem einzigen Klopfen an und streckte dann den Kopf durch die Tür.
»Mr. Collier, Sir.«
Grange stand auf und sagte: »Ich entschuldige mich, daß ich zu spät bin, Sir. Bitte setzen Sie sich.«
Den ganzen Morgen führte er seine Rituale aus und fühlte sich seltsam unbeteiligt. Er erhob sich und sank wieder auf seinen Stuhl, begrüßte jemanden, erteilte Ratschläge und hörte sich selbst wie aus einiger Entfernung sprechen, als wäre er ein anderer. Die Rituale dauerten bis ans Ende des Tages, bis er auf seinem Stuhl saß und das Gesicht in seine Hände legte. Mrs. Thompson blieb, ihn so vorfindend, stehen.
»Sind Sie sicher, daß es Ihnen gutgeht, Sir?«
Erschrocken nahm Grange seine Hände vom Gesicht und versuchte seine Fassung wiederzugewinnen.

»Ein bißchen müde vielleicht.«
»Es ist fast fünf Uhr. Wollen Sie nicht etwas essen, Sir?«
Grange lächelte. »Danke.«
Mrs. Thompson sah ihn noch einmal an und ging hinaus.

Als er sicher war, daß sie das Zimmer verlassen hatte, nahm Grange ein Blatt Papier, tauchte eine Feder in Tinte und begann zu schreiben.

Liebe Mrs. Quill,
ich danke Ihnen ganz aufrichtig für Ihre Gastfreundschaft und für die Gelegenheit, Ihre Tochter Jane kennenzulernen. In Anbetracht des wenig milden Wetters war es sehr umsichtig von Ihnen, mich die Nacht bei Ihnen verbringen zu lassen. Auf die Gefahr hin, wiederum einen Fehler zu begehen, entschuldige ich mich dafür, daß ich heute morgen beim Frühstück so kurz angebunden war, und bitte Sie um Vergebung für meine unüberlegten Worte.
Was die Dinge betrifft, über die wir gesprochen haben, haben Sie Ihrer Position unmißverständlich Ausdruck gegeben und in allem Wort gehalten.
In Verbundenheit und mit allen guten Wünschen danke ich Ihnen für Ihre Freundlichkeit und verbleibe ergebenst

Ihr
Silas Grange

Er streute Sand auf den Brief. Ein Rascheln von Röcken ließ darauf schließen, daß Mrs. Thompson die Treppe heraufkam. Schnell legte Grange den Brief in eine Schublade. Mrs. Thompson kam mit einem Tablett herein, einem

Wasserkessel, einer Tasse und einer Untertasse. Er sah ihr dabei zu, wie sie das Tablett auf den Tisch stellte.

»Danke«, sagte Grange. »Ich gieße mir selbst ein.«

»Wollen Sie Ihr Abendessen heute hier einnehmen, Sir?«

»Ja, ich bitte darum. Ich mache meinen üblichen Spaziergang und bin gegen halb sieben zurück.«

Mrs. Thompson sah ihn ein letztesmal durchdringend an und ging.

Grange öffnete die Schublade, nahm den Brief heraus, tat ihn in einen Briefumschlag, steckte den Umschlag in seine Manteltasche und erhob sich, um seinen Spaziergang zu machen.

# 23

Grange hielt sich an kaum frequentierte Fußpfade und erreichte das Haus von Mrs. Quill, öffnete das Tor und lief den Gartenweg entlang. Der Garten lag in fröstelnder Ruhe. Er schob den Brief unter der Tür hindurch, ging den Weg zurück und schloß das Tor wieder hinter sich. Daß er den Brief abgegeben hatte, erleichterte ihn. Ein Ausdruck der Betroffenheit schien ihn verlassen zu haben. Er mahnte sich zu Geduld und begann tief die Seeluft einzuatmen. Körperliche Aktivität erfrischte die Seele. Er ging mit schnellen Schritten das Watt von Walhampton entlang. Natur lenkte ihn ab. Wolken drängten sich über den Solent und lagen wie ein Tischtuch über den höheren Hügeln der Isle of Wight. Grange lief durch die frische Luft und folgte der Küstenlinie, seinen Stock schwingend. Als er ans Wasser kam, hielt er inne und schaute über das Marschland aufs Meer.

Zum erstenmal an diesem Tag hatte er das Gefühl der Panik verloren, das ihn verfolgt hatte. Wenn er nur geduldig genug war, würde er, da war er sich sicher, Jane wiedersehen. Er mußte sich in andere Angelegenheiten vertiefen, und das Schicksal würde ihm eine neue Chance bieten.

Ein unbestimmtes Licht lag auf der Oberfläche der Meeresarme im Hinterland. Wolken von Möwen schienen Lichtpartikel zu sein. Jenseits von Jack-in-the-Basket wiegte sich eine einem Floß ähnelnde Gruppe von Wasservögeln auf der Dünung.

Mrs. Thompson öffnete die Tür. Grange zog sich seine Stiefel aus, und sie reichte ihm seine Hausschuhe.
»Danke, Mrs. Thompson. Ich bin in meinem Arbeitszimmer.«
»Sie können sich auf Ihr Abendessen freuen, Sir.« Sie trat zur Seite, um ihn vorbeigehen zu lassen, und betrachtete ihn aus dem Augenwinkel.
»Das tue ich.«
»Dann werde ich Sie in einer halben Stunde nach unten rufen.«
Mrs. Thompson schloß die Tür der Eingangshalle, und Grange ging die Treppe zu seinem Arbeitszimmer hinauf. Er nahm vom Bücherbrett das *Traktat über die menschliche Natur,* legte das Buch auf den Tisch, öffnete es an einer Stelle, die er mit einem Zettel markiert hatte, und begann zu lesen:

> Deswegen müssen wir unsere Experimente in dieser Wissenschaft sammeln, angefangen bei den vorsichtigen Beobachtungen des menschlichen Lebens, und uns ihrer annehmen, wie sie im normalen Lauf der Welt auftauchen, das Verhalten der Menschen in Gesellschaft, bei Geschäften und bei ihren Zerstreuungen. Wo man Experimente dieser Art sorgfältig sammelt und vergleicht, können wir hoffen, aus ihnen eine Wissenschaft zu bilden, die in ihrer Gültig-

> keit allem anderen menschlichen Verständnis nicht unterlegen und die, was ihre Nützlichkeit angeht, diesem sogar noch überlegen sein wird ...

Bei Tisch war Grange, obwohl er sein Abendessen verspeiste, unübersehbar in Gedanken versunken. Das Wetter hatte sich wieder verändert, von einem fast klaren Himmel zu wechselhaft bedeckt. Heftige Schauer wurden durch steife Brisen abgelöst. Mrs. Thompson war ständig in seiner Nähe beschäftigt und umgab ihn wie eine besorgte Wolke.

Grange erhob sich vom Tisch, ging hinauf in sein Arbeitszimmer, setzte sich gemütlich an seinem Schreibtisch nieder und öffnete wiederum das *Traktat über die menschliche Natur.* Er begann laut zu lesen.

> So nähern sich im Schlaf, in einem Fieber, im Wahnsinn oder in jeder anderen gewaltigen Gefühlsregung unsere Vorstellungen unseren Eindrücken, wie es auf der anderen Seite auch geschehen kann, daß unsere Eindrücke so schwach und gering sind, daß wir sie nicht von unseren Vorstellungen unterscheiden können.

Granges Seelenverfassung änderte sich in dieser Nacht nicht. Er lag im Bett und starrte an die Decke. Ein bestimmter Gedanke bedrückte ihn, obwohl er die Quelle seiner Ahnungen nicht identifizieren konnte. Es war ein Teil seiner Lebensphilosophie, eine seiner Lebensregeln, daß er nur das, was er genau identifizieren konnte, für wert erachtete, darüber nachzudenken. Als er jedoch die Augen schloß, verfolgten ihn wieder dieselben Gedanken. Er versuchte Jane aus seinem Kopf zu verdrängen. In dieser Nacht jedoch wurde er von einer so gewaltigen und lebhaften Phantasie über sie gepackt, daß er wach lag und zu schwitzen anfing, bis einige Zeit verstrich und ihre Stärke abnahm. Aus Prinzip dachte er nicht über seine Träume nach. Ein Traum war nichts anderes als eine vage Einbildung oder intuitive Vorstellung. Die Gefühle und Ideen, die er heraufbeschwor, waren von keinem größeren Interesse als die willkürlichen Formen, die Dunst annahmen, der sich über Wasser erhebt. So mochte dieser hier eine gewisse Gestalt annehmen und woanders etwas ganz anderes vorstellen. Man konnte genausogut in dem Satz einer Teetasse nach den Regeln der Geometrie des Euklid suchen. Also vermochte er, als er morgens erwachte und ein stetiges klares Licht auf sein Gesicht fiel, seine Vorstellung lediglich mit einem Schaudern beiseite zu wischen und sich mit einem gewissen Gleichmut zu erheben, um dem Tag zu begegnen.

Grange kleidete sich an und ging zum Frühstück hinunter. Mrs. Thompson, die in der Diele stand, sagte: »Ein Brief für Sie, Sir.«
Sie hielt ihm das Schreiben hin, und er sah sich gezwungen, einen Schritt vorzutreten, um es in Empfang zu nehmen. Er hatte den Verdacht, daß sie ihn beobachtete, als er sich nach ihm ausstreckte.
»Danke, Mrs. Thompson.«
Nachdem sie sein Aussehen kurz begutachtet hatte, nickte sie und ging. Er zählte bis dreißig, bevor er den Brief öffnete.

Lieber Silas,
Sie müssen sich nicht für einen kleinen und zeitweiligen Verlust des Charmes, über den Sie sonst verfü-

gen, entschuldigen. Ich habe das Gefühl, daß ich Sie schon gut genug kenne, um Sie zu verstehen. Ich will über diese Sache nicht mehr schreiben als das, daß Sie keiner Vergebung bedürfen.

Jane kommt vielleicht in einigen Wochen wieder. Wenn es soweit ist, werde ich Sie zum Abendessen bitten.

Ich bekam heute einen Brief von ihr, aus dem ich schließe, daß sie ihre Fassung teilweise wiedergewonnen hat. Da ich davon ausgehe, daß sie in einigen Wochen vollständig wiederhergestellt sein wird, habe ich nichts dagegen, daß sie Sie trifft.

In der Zwischenzeit würde ich Sie gerne wiedersehen. Gerade jetzt werde ich jedoch für mehrere Tage verreisen. Ich wüßte gerne, ob Sie mir und zwei alten Freundinnen am Freitag beim Abendessen Gesellschaft leisten können.

Ich verbleibe Ihre ergebene
Celia Quill

Nachdem er den Brief ein zweites Mal gelesen hatte, faltete er ihn zusammen und steckte ihn in die Tasche. Er hätte gerne noch ein wenig innegehalten, um sich die Angelegenheit etwas länger zu überlegen, da er sich über ihre Tragweite nicht im klaren war, aber ein paar Sekunden später waren die eiligen Schritte von Mrs. Thompson zu hören, und ihre Anwesenheit unterbrach seine Gedanken.

»Frühstück, Sir?«

»Ja.«

Noch ganz in Gedanken, ging er zum Fenster und sah kurz hinaus. Der Himmel war immer noch bedeckt wie am Vortag und die Witterung schwül. Auf dem Solent verbreitete sich ein helles Licht. Gelegentlich erschien einem die Luft in Lymington weich und gleichzeitig dicht, als wäre sie gerade erst selbst erwacht und würde entweder Faulheit oder Zufriedenheit verbreiten. Ihre Eigenschaften wurden in den besseren Kreisen viel diskutiert. Manche glaubten, daß die Luft wohltätig sei, daß sie die Seele beruhige und dadurch – so argumentierte man jedenfalls – zu einem zufriedenen und längeren Leben führe. Andere meinten, daß sie wie eine Bremse auf die Geister wirke, wie ein Betäubungsmittel oder eine Droge, von dem oder von der man nur unter Schwierigkeiten wieder erwachte. Diese beiden Seiten vertraten die Meinung, daß die Menge der Feuchtigkeit und des Sauerstoffs in der Seeluft für diese Eigenschaften, seien sie nun wohltätig oder das Gegenteil, verantwortlich sei.

Grange setzte sich an den Eßtisch und schob die Gewürze mehrere Minuten lang hin und her, so daß sie erst eine Linie, dann ein Dreieck bildeten. Damit war er noch beschäftigt, als Mrs. Thompson mit Brot und Schinken hereinkam.

Er vertiefte sich wieder in seine Routine, obwohl ihn alles seltsamerweise wenig anzugehen schien – ob er jetzt in seinem Behandlungszimmer war und Patienten mit professionellem Selbstvertrauen Ratschläge gab, was deren Angelegenheiten betraf, ob er später in Gedanken verloren am Watt entlangging und weit ausschritt oder ob er in seinem Arbeitszimmer saß und im *Traktat über die menschliche Natur* las und über seinen Seiten grübelte. Etwas, etwas Ungeklärtes, stand zwischen ihm und dem, was er tat.

Der Freitag kam. Grange brachte einen Patienten am Ende eines weiteren Arbeitstages hinaus und schloß die Tür. Er lehnte sich mit einiger Erleichterung gegen sie, dachte nach und war ein paar Minuten lang in Gedanken versunken.

Mrs. Thompson unterbrach seine Träumerei, indem sie von außen an die Tür klopfte und rief: »Sind Sie heute abend zum Abendessen zu Hause?«

»Nein, Mrs. Thompson, ich gehe aus.«

Eine Pause entstand auf der anderen Seite der Tür, ein kurzes Husten, ein vorsichtiges Schweigen.

»Und zum Frühstück, Sir?«

Die Frage saß und veranlaßte ihn, innezuhalten und sich sogar von seinen Gedanken zu lösen, denn sie zeigte ihm, der seine Reaktionen normalerweise doch so sehr unter Kontrolle hatte und sich seiner Position so sicher war, wie genau Mrs. Thompson seinen Bewegungen folgte.

»Wenn es nicht regnet, Mrs. Thompson.«

»Sehr gut, Sir.«

Mrs. Thompson hielt kurz auf dem Treppenabsatz an, als würde sie die Art seiner Reaktion abwägen; dann ging sie hinunter, und er horchte mehrere Sekunden lang hinter ihr her, sich zugleich über ihr Wahrnehmungsvermögen ärgernd und es bewundernd. Er löste sich von der Tür, schritt zur anderen Seite seines Arbeitszimmers und setzte sich wieder an seinen Schreibtisch.

# 24

Er näherte sich dem Haus an einem Abend zur Mittsommerzeit. Über dem Solent hingen anmutige Wolken, und die Oberfläche des Wassers schimmerte. Schon die leichteste Brise ließ es an die hölzernen Pfähle am Ufer schlagen, und Grange erlebte einen Moment der Vollkommenheit. Er trug seinen besten Mantel, der, obwohl es sich nicht um einen Londoner Schnitt handelte, sehr gut seinen Dienst versah, und hatte einen Rohrstock in der Hand. Als er auf das Haus von Mrs. Quill zukam, bemerkte er im angrenzenden Hof einen hübschen zweispännigen und geschlossenen Wagen. Die Pferde waren ausgespannt und grasten auf einer Weide in der Nähe. Ein Stalljunge saß dabei und kaute auf einem Grashalm. Der Türklopfer aus Bronze klang solide.

Mrs. Quill öffnete.

»Silas.«

Grange nahm seinen breitkrempigen Hut ab. »Es ist mir ein Vergnügen, Sie wiederzusehen, Madam.«

»Kommen Sie herein, Sir.«

Er ging hinter Mrs. Quill in Richtung Wohnzimmer und verspürte wieder diese mittlerweile wohlbekannte Leichtigkeit, die ihn in ihrer Gegenwart überkam. Vielleicht hatte sich die Helligkeit des Sommerabends auf seine Sinne gelegt. Aus welchem Grund auch immer schien die Luft von seidigen Gerüchen getränkt zu sein. Mrs. Quills stattliche Rückenpartie bewegte sich vor ihm durch die Diele und auf das Wohnzimmer zu.

Er betrat den Raum, bemerkte zwei sitzende Frauen und erschauerte furchtsam; vielleicht jedoch war er auch nur freudig erregt wie immer bei neuen Begegnungen, bei Begegnungen mit Unbekannten. Nachdem sie ihn in das Zimmer geführt hatte, machte Mrs. Quill einen Schritt zur Seite, so daß Grange weitergehen konnte, und die beiden Frauen erhoben sich, um ihn zu begrüßen. Zurückschauend erinnerte er sich daran, daß erste Zusammentreffen stets unauslöschliche Spuren zurückließen, daß Selbstvertrauen bei Frauen dasselbe bedeutet wie Macht bei Männern. Es hält einen gefangen und beeindruckt einen. Er vermutete, daß sie über vierzig waren, eher stattlich als hübsch. Obwohl sich Grange nicht sehr für Mode interessierte, weder im allgemeinen noch im besonderen, beeindruckte ihn die Kleidung der beiden, die Eleganz, die sie auf natürliche Weise umgab. Auch sein mangelndes Interesse an Mode hinderte ihn nicht daran zu bemerken, daß die drei Frauen ein ganz ungewöhnlicher und erlesener Anblick waren. Sollte jemals eine Revolution stattfinden, was Frauenkleider anging, dann spielte sie sich gerade jetzt ab. Krinoline und anderes waren zugunsten der schlichten eleganten Linie verschwunden, eine Änderung des Stils, so radikal, wie sie vorher nie vorgekommen war.

»Mrs. Angela Boxer, Dr. Silas Grange.«

Mrs. Boxer trug ein Kleid aus Spitalfields-Seide. Ihre dunklen Locken hoben sich gegen den cremefarbenen Stoff ab. Sie reichte ihm eine Hand, die bis auf einen einzelnen

Ring bar jeden Schmucks war, und sah ihn etwas unbeteiligt an, als er ihr die Hand küßte. Mrs. Pugh, die andere Dame, die zu Gast war, verfügte über eine ziemliche Körperfülle und kam auf ihn mit einer schwerfällig feierlichen Anmut zu. Mrs. Quill stand zwischen ihren beiden Gefährtinnen, trat zurück und lächelte Grange an, der leicht zu beeindrucken war.

»Mrs. Arabella Pugh, Dr. Silas Grange.«

»Guten Tag, Madam.«

Nachdem man einander vorgestellt worden war, begab man sich in den Salon, von dem aus sich ein Blick auf den Fluß bot und in den das fahle Licht der Wasseroberfläche zu fallen schien, der den Raum sanft gold erleuchtete.

Mrs. Quill fing als erste an zu reden. »Silas, Mrs. Pugh ist die Frau von James Morecambe Pugh, dem Minenbesitzer. Mrs. Pugh wohnt in Downton in der Nähe von Salisbury.«

»Ich komme gelegentlich durch den Ort«, sagte Grange, »auf dem Weg nach Salisbury.«

»Haben Sie dort zu tun?« fragte Mrs. Pugh.

»Das ist, was ich mir unter Ferien vorstelle, Madam, und wie ich meine Seele erquicke: Ich höre den Chor der Kathedrale von Salisbury Thomas Tallis singen.«

»Sind Sie fromm, Doktor?«

»Nein, und deswegen fühle ich mich schuldig. Ich liebe Kirchenmusik, bin aber selbst nicht fromm.«

»Sie fahren also nach Salisbury, um religiöse Musik zu hören?«

»Was Tallis betrifft, würde ich mich mit einem Hund vergleichen, der seinem Herrn zuhört, welcher singt, und der gelegentlich mitheult.«

Die drei Frauen lachten. Er hatte den richtigen Ton getroffen. Mrs. Boxer hielt an dem Thema fest.

»Die Fahrt dauert doch mindestens vier Stunden?«
»Mit der Kutsche sechs Stunden, Madam. Wenn ich um fünf in der Früh aufbreche, komme ich rechtzeitig zu dem Gottesdienst am späten Vormittag.«
»Und Sie fahren am selben Tag noch zurück?«
»Mal so, mal so.«
»Dann sind Sie zwölf Stunden unterwegs, nur um einem einzigen Gottesdienst beizuwohnen. Ich bin von Ihrer Entschlossenheit beeindruckt, Sir. Wem es ein so dringliches Bedürfnis ist, wie ein Hund zu heulen, der sollte es auch tun.«
Mit ähnlichem Geplänkel verbrachten sie vielleicht eine halbe Stunde, während er durch das Fenster hinter Mrs. Quills Rücken zusah, wie die Sonne golden hinter Lymington Hill unterging und sich ein kaltes Licht auf das Wasser des Flusses legte.
Bei Tisch saßen Mrs. Quill an dem einen Ende und Grange an dem entgegengesetzten, die beiden Frauen zwischen sich. Mehrere Sekunden lang redeten sie weiter, aber Grange schien ihnen nicht ganz zu folgen, denn die Erinnerung, daß hier noch vor kurzem Jane gesessen hatte, hatte von ihm Besitz ergriffen und beanspruchte mehr und mehr seine Vorstellung. Er war noch mit diesen Gedanken beschäftigt, als ihm klar wurde, daß seine Aufmerksamkeit ziemlich gelitten hatte und daß sich Mrs. Pugh zu ihm herüberbeugte, um etwas zu unterstreichen.
»Ich habe ein kleines Haus und einen Landbesitz, um den sich mein Verwalter Mr. Frear kümmert.«
»Klein?« wiederholte Mrs. Boxer. »Mein lieber Dr. Grange, ihr gehört halb Wiltshire.«
»Ich glaube, Sie übertreiben«, wandte Mrs. Pugh ein. »Es hat gewisse Vorteile, ist aber weit von London entfernt.

Vielleicht wollen Sie mir die Freude eines Besuchs machen, Dr. Grange, das heißt, wenn es Ihnen möglich ist, von der Sorge um Ihre dankbaren Patienten abzulassen.«

»Gerne, wenn es meine Zeit erlaubt.«

»Celia«, sagte Pugh zu Mrs. Quill, »können Sie diesen überaus charmanten Mann nicht überreden, mich zu besuchen?«

Mrs. Quill lächelte. Mrs. Boxer wandte ein: »Sie haben kein Gebrechen Arabella, das der junge Doktor heilen könnte, außer vielleicht der Langeweile.«

Gutmütig entgegnete Mrs. Pugh: »Sie sind überaus grausam, Angela. Und Sie, denke ich, haben kein anderes Leiden als einen Ehemann.«

»Ich würde Ihnen ja widersprechen, Arabella, wenn Sie nicht mit dem, was Sie sagten, recht hätten.«

Die Damen brachen in Gelächter aus. Grange lächelte, wenn auch etwas abwesend. Gelegentlich sah er Mrs. Quill am Ende des Tisches an, die gefaßt wirkte. Sie schaute einige Male zurück und lächelte ihn einmal oder zweimal freundlich an.

Später am Abend, nachdem alle schon einiges getrunken hatten, um so lebhafter waren und vertraulicher miteinander wurden, ging man zurück ins Wohnzimmer, wo Mrs. Quills Dienstmädchen die Kerzen entzündet hatte.

»Ich sagte also zu meinem Mann«, setzte Mrs. Boxer eine Geschichte fort, »mein lieber James, es gibt wirklich nicht viel, was ich dir in diesem Haus nicht gestatte, aber ein Pferd zusammen mit deinen betrunkenen Freunden mit in die Küche zu bringen, das geht wirklich zu weit. Mein Mann kennt keine Gesittung außer der, die er in London aufliest, mein guter Doktor.«

Die anderen beiden Damen lachten.

Grange spielte mit seinem Glas.
Mrs. Quill sagte: »Silas scheint nach seiner Arbeitswoche abgespannt zu sein.«
»Ich entschuldige mich dafür, daß ich in so bezaubernder Gesellschaft müde werde. Vielleicht ist es Zeit für den Heimweg.«
»Es war zu freundlich von Ihnen, uns Gesellschaft zu leisten.«
»Vergeben Sie mir, meine Damen, wenn ich Sie verlasse.«
»Auf Wiedersehen.« Mrs. Pugh legte eine parfümierte Hand auf seinen Arm. »Ich hoffe, daß wir Sie eines Tages wiedersehen werden.«
Grange verabschiedete sich artig. Mrs. Quill folgte ihm in die Diele. Hier nahm sie seinen Mantel aus dem Schrank und bestand darauf, daß er sich umdrehte, damit sie ihm das Kleidungsstück über die Schultern legen konnte. Es war ein schwerer Mantel, und er hörte ihren angestrengten Atem an seinem Ohr, als sie ihn hochhob. Als ihre Hand ihn berührte, schauerte es ihn, so als hätte er Angst, als würde ihn etwas in einen Abgrund ziehen, als wäre er ein Pferd, das die menschliche Berührung nervös macht, oder als würde sein Körper auf etwas reagieren, das sein Verstand nicht begriff.
»Auf Wiedersehen, Silas. Ich danke Ihnen für diesen sehr angenehmen Abend.«
»Auf Wiedersehen, Madam. Vielleicht wollen Sie Jane meine ergebenen Grüße übermitteln.«
»Vielleicht.«
Sie reichte ihm Hut und Stock, öffnete die Tür, und Grange trat ins Freie.
Mrs. Quill stand auf der Schwelle und sagte: »Wollen Sie keine Lampe, um sich zu leuchten?«

»Nein, danke. Ich bin es gewohnt, mich nachts zurechtzufinden. Das ist wichtig bei meinen Hausbesuchen.«
»Bestimmt?«
»Ja, ich versichere es Ihnen, Madam.«
»Dann auf Wiedersehen, Sir.«
Die Tür wurde geschlossen, und er wandte sich ab.
Es gab genug Mondlicht, um sich zurechtzufinden. Der Garten schien süße Gerüche zu verströmen. Als er das Tor erreicht hatte, das auf die Straße führte, bemerkte er keine Wagen, Pferde oder Stallknechte und vermutete, daß diese der Praxis folgten, zu einem Gasthof am Ort zu fahren, wo die Pferde untergestellt und die Bediensteten eine billige Bleibe finden konnten, um dann am nächsten Morgen zu ihren Herrschaften zurückzukehren.
Auf der Straße, die parallel verlief, konnte er Kiebitze hören, die Dünung und den Schrei eines Ziegenmelkers. Einigermaßen guter Laune trat er den Heimweg an.

## 25

Er wollte nach unten zum Frühstück und hielt inne, um seine Jacke zurechtzurücken, als er einen Umschlag bemerkte, den Mrs. Thompson auf die Anrichte gelegt hatte. Es handelte sich um das cremefarbene Pergamentpapier, das Mrs. Quill verwendete. Die Adresse war in großen geschwungenen Buchstaben geschrieben. Eine Art Erwartung oder Furcht durchfuhr ihn, als er die Handschrift erkannte. Konzentration beruhigte ihn jedoch immer. Er blieb neben der Anrichte stehen, hob den Brief hoch, öffnete ihn und nahm auch noch den schwächsten Duft wahr, der von seiner Oberfläche ausging.

Mein lieber Silas,
es war erfreulich, Sie bei so guter Gesundheit zu sehen.
Sie haben auf meine Gäste wirklich Eindruck gemacht. Ich habe einen Brief von Mrs. Pugh bekommen, in dem sie mich bittet, die beiliegende Einladung an Sie weiterzuleiten.
Ich hoffe doch, daß Sie annehmen werden. Sie schätzt Sie sehr. Falls Sie das tun sollten und sich so als gesellig erweisen und unabhängig von der Ver-

liebtheit in meine Tochter, darf ich annehmen, daß Ihre Voraussetzungen besser sind, Jane zu treffen.

Mit den wärmsten Wünschen,
Celia Quill

Der Brief versetzte ihn in tiefstes Nachdenken. Er fühlte sich erst beschwingt und dann bedrückt und das in so raschem Wechsel, daß es fast gleichzeitig aufzutreten schien. Eine unwahrscheinliche Munterkeit überkam ihn. Er hörte, wie sich Mrs. Thompson näherte, und steckte den Brief in die Tasche.

»Mrs. Thompson, ich benötige heute morgen kein Frühstück. Mein erster Termin ist in einer halben Stunde. Seien Sie versichert, daß ich dann zurück bin.«

»Ja, Sir.«

Draußen schien die Sommersonne bereits warm. In der durchdringenden Stille konnte er Bienen und den Gesang von Vögeln aus den Gärten hören, die hinter den Pferdeställen lagen. Grange schloß die Tür und ging die High Street entlang zur Brücke. Er überquerte sie und bewegte sich den Hügel hinauf in Richtung von Mrs. Quills Haus. Er bog um eine Ecke und lehnte sich schließlich an das Tor zu ihrem Garten. Es öffnete sich mit einem Knarren. Er schloß es schnell hinter sich und ging zur Haustür. Im Schatten des Vordachs klopfte er und wartete.

Schließlich wurden die Riegel zurückgeschoben, und die Tür wurde geöffnet. Mrs. Quill erschien und war gekleidet, als wollte sie ausgehen. Sie trug einen schweren Mantel und eine Haube, und ein Korb stand auf dem Boden neben ihr.

»Silas! Das ist aber ein unerwartetes Vergnügen.«

»Darf ich mit Ihnen sprechen, Madam?«

»Sicherlich«, antwortete Mrs. Quill. Nach einer kurzen Pause fügte sie hinzu: »Treten Sie ein.«
In der Diele drehte sie sich um und sah ihn an. Aus Höflichkeit, vielleicht auch, weil er zögerte, vergingen mehrere Sekunden, bevor er sprach.
»Madam, ich suche nach Aufklärung, was Ihren letzten Brief an mich betrifft.«
»Oh?« Die Andeutung einer erhobenen Augenbraue, ein kühler Blick.
»Wenn ich Ihre Absicht recht verstehe, hängt die Möglichkeit, Ihre Tochter Jane wieder zu sehen, davon ab, daß ich Mrs. Pugh einen Besuch abstatte.«
Was beobachtete er in ihren Augen, die ihn so ruhig ansahen? Die Implikation, daß sie in seinen Kopf schauen konnte, daß sie ihn besser kannte, als er sich selbst? Er registrierte, wie sich die Worte auf ihren Lippen formten.
»Silas, ich will, daß Sie entscheiden sollen. Ich schrieb den Brief mit den besten Absichten.«
»Ich verstehe.« Beunruhigung und Mißtrauen, die er bis jetzt zurückgehalten hatte, durchfluteten ihn. »Ist das Ihr letztes Wort?«
Im Gegensatz zu seinem war auf dem Gesicht von Mrs. Quill keine Spur von Beunruhigung oder Mißtrauen, nur ein Ausdruck von Klarheit und Entschlossenheit.
»Das ist zu diesem Thema mein letztes Wort.«
Er hatte von den literarischen Metaphern des Herzens gelesen. Einige Sekunden lang erlebte er jetzt eine Art Atemlosigkeit, und er bildete sich ein, daß er das schwache Echo seines pochenden Herzens in seinen Schläfen hören konnte. Es erinnerte ihn an Fliegen oder andere gefangene Insekten, die gegen eine Fensterscheibe prallen.
»Danke. Ich werde Sie nicht weiter bemühen. Guten Tag,

Madam. Ich entschuldige mich für die Ungelegenheit, die ich Ihnen verursacht habe, und werde jetzt zu meiner Arbeit zurückkehren.«

Da er ihr Gast war, hätte er vielleicht warten sollen, bis sie ihm die Tür öffnete. Von Gefühlen übermannt, hatte er sich jedoch schon umgedreht, die Klinke ergriffen und heruntergedrückt, als sie ruhig und fest in seinem Rücken die Stimme erhob.

»Silas.«

Er war bereits in Bewegung, drückte die Klinke ganz herunter und öffnete die Tür, drehte sich dann jedoch zögernd um und hielt inne. Mrs. Quill trat auf ihn zu.

»Sie sind in Ihren Vermutungen zu voreilig, Silas.«

Er fühlte wiederum sein Herz schlagen.

»Meine Vermutung ist, daß Sie versuchen, mich in eine bestimmte Richtung zu lenken, Madam.«

»Sie in eine bestimmte Richtung lenken?« Sie stand unbeweglich in der Diele. Als er die Tür geöffnet hatte, war er von der Sonne geblendet worden. Er sah in das Innere des Hauses und konnte, da seine Augen noch ganz blind von der Helligkeit draußen waren, nur ihre Gestalt ausmachen, nicht jedoch ihren Gesichtsausdruck. Ihre Worte schienen auf ihn aus dem Schatten auf ihrem Gesicht zuzuschweben: »Sie und ich haben uns auf eine bestimmte Vorgehensweise geeinigt.«

Er gewöhnte sich allmählich an das Dunkel, und ihr Gesicht nahm Formen an.

»Und ich sage, daß ich das nicht verkrafte.«

»Ich verstehe.« Mrs. Quill nickte und, als wollte sie es sich noch einmal bestätigen, nickte sie ein weiteres Mal. »Dann ist es so.«

»Dann ist es so«, wiederholte er.

»Guten Tag, Sir.«
»Guten Tag, Madam.«
Er trat zurück, und Mrs. Quill machte ganz ruhig einen Schritt vor, um die Tür zu schließen. Bei dieser letzten Geste des Abschieds schien sein Herz zu hüpfen wie ein aufgeschrecktes Kaninchen. Sogar in mißlichen Lagen hatte ihre Selbstbeherrschung etwas Entschlossenes und Edles. Die Tür fiel ins Schloß. Grange drehte sich um und ging durch den Garten. Er zog das Tor hinter sich zu und wählte, fast ohne nachzudenken, einen Weg, der das Watt entlang zurückführte.
Das Wasser hatte den Effekt, das Licht noch zu verstärken. Seltsame Hoffnungen und Ängste erhoben sich in ihm wie Vögel, aber er wollte sie in Schach halten. Er wollte sie mit seiner Arbeit bekämpfen und seinem zerstörten Selbstvertrauen gestatten, sich zu erholen. Ein bestimmter Gedanke hielt ihn jedoch zurück.
Hatte er ein Versprechen gebrochen? Dieser Gedanke beunruhigte ihn, als er am Ufer verweilte. In einiger Entfernung, bei Jack-in-the-Basket, trieben Fischerboote auf dem ruhigen Wasser. Die Sonne brannte schon heiß, und ihre Glut schien sich jetzt vom Wasser aus zu ihm auszustrecken. Er starrte mit einer intensiven Sehnsucht auf die blendende Oberfläche, und einen Moment lang kam es ihm so vor, als würde er in einen Abgrund der Bedeutungslosigkeit schauen, wo nichts einen Namen hatte und in keinerlei Beziehung zueinander stand. Sein Herz klopfte und teilte gewissermaßen die Schwerelosigkeit des Wassers. Er sah in eine Welt des Aberglaubens, der unausgesprochenen Ängste, in eine Welt der Waldgeister, Engel und Medien. Sein ganzes Leben lang hatte er durch Disziplin versucht, sich gegen genau diese Empfindung des

Chaos zu schützen. Jetzt wußte er, daß er riskierte, einem starken Gefühl zum Opfer zu fallen, dem Wahnsinn ähnlich. Er besiegte einen unendlichen Schrecken und brachte sich wieder an den Rand, zu seinen perlmuttartigen Feuern. Und er fiel nicht, sondern seine Angst und seine Furcht erhoben sich zu ihm. Einen kurzen Augenblick lang hörte er in seinem Innern den Schrei eines Wesens, das enttäuscht wird, einen Laut, den er nur einmal eines Nachmittags vernommen hatte, als er am Mortlake entlanggegangen war. Der Ausdruck dieser Wut, wild und extrem, klang jetzt in ihm wie ein Echo, brachte ihm so etwas wie Ruhe, wenn nicht gar Frieden. Das Wasser sah erneut so aus wie vorher. Es trug wieder die Fischerboote und seine Welt. Einen Moment fühlte er sich schwach, aber nach ein paar Sekunden war er in der Lage, seinen Weg fortzusetzen.

Mrs. Thompson wartete auf ihn bei der Tür.
»Geben Sie mir fünf Minuten, Mrs. Thompson«, sagte Grange, »und schicken Sie mir dann den ersten Patienten.« Unter ihrem kritischen Blick ging er nach oben und über den Treppenabsatz. Als sie ihn nicht mehr sehen konnte, sank er in seinem Sessel in sich zusammen und starrte wie ein Fischer, der ins Wasser schaut, mehrere Minuten lang auf die polierte Oberfläche seines Schreibtischs.

Ein weiterer Tag war angebrochen – ein Dutzend Beschwerden, deren Ursachen undurchsichtig waren, Magenweh und Kopfschmerzen, die auf tausend Gründe zurückzuführen waren, angefangen mit verdorbenem Fleisch bis hin zu abgestandenem Wasser. Die Patienten hatten nicht bloß physische Symptome, sondern kamen auch mit ihren bevorzugten Versionen zu ihm, wo die Ursachen liegen könnten, so daß er nicht nur versuchen mußte, die wirklichen Ursachen zu finden, sondern auch gezwungen war, die Vorurteile seiner Patienten zu umschiffen wie ein Lotse eine Sandbank. Er mußte sie gleichzeitig von ihrem Aberglauben und von den Weisheiten alter Frauen abbringen und ihnen ein Heilmittel empfehlen. Manchmal fühlte er sich wehmütig an den Ausspruch eines gewissen Dr. Johnson erinnert, der besagte, daß die Rolle des Arztes die ist, den Patienten zu unterhalten, während die Natur ihren Lauf nimmt.

Unter den Patienten mit normaleren Beschwerden tauchte ein Schwerverletzter von einem der Sägewerke bei Buckler's Hard auf. Der Morgen war schon zur Hälfte um, und es war bereits kurz nach elf, als ein Pferd mit einer Bahre vor der Tür zum Halten gebracht wurde. Ein lautes Klopfen war zu vernehmen und dann weitere Geräusche aus der Diele. Die Stimme von Mrs. Thompson war zu hören, wie sie einem Mann kurze Anweisungen erteilte, als sie beide die Bahre losmachten und das unglückliche Opfer ins Haus trugen. Grange war kaum damit fertig, einen Patienten zu untersuchen, dem der Kiefer weh tat, und begab sich gerade zum Waschtisch, um die Hände zu reinigen, als er von Mrs. Thompson gerufen wurde, die am Fuß der Treppe stand.

Er bemerkte eine gewisse Dringlichkeit in ihrer Stimme und ging über den Treppenabsatz und die Stufen hinunter. Die Bahre lag auf dem Fußboden. Mrs. Thompson hatte ein Glas Wasser geholt und hielt mit einer Hand den Kopf des Patienten hoch, damit dieser trinken konnte. Seine Zähne schlugen im Fieber so stark aufeinander, daß man den Eindruck hatte, er müßte das Glas zerbrechen. Sein Gefährte, ein Fuhrmann, stand gegen die Wand gelehnt und wischte sich mit einem Ärmel den Schweiß aus dem Gesicht. Da Grange nicht mehr Zeugen bei einer Operation wünschte, als absolut notwendig waren, war ihm sehr daran gelegen, diesen Gefährten zu verabschieden.

Er sagte zu dem schwitzenden Fuhrmann: »Das haben Sie gut gemacht. Jetzt ist er bei uns. Sie können, wenn Sie so freundlich sein wollen, in einer Stunde zurückkommen.«

Der Fuhrmann nickte und ging.

Die Decke, die über den Patienten gelegt worden war, war zurückgezogen. Quer über seinen Bauch klaffte eine tiefe Wunde, Spuren einer schrecklichen Säge. Glücklicherweise war der Bauchraum nicht so schlimm beschädigt worden, daß sein Inhalt herausgequollen wäre. Einige Stiche mit Nadel und Faden hatte jemand ausgeführt, vielleicht ein Leineweber oder Segelmacher. In seiner extremen Furchtsamkeit fand Grange diese äußeren Wunden, deren Ursache klar war und deren Behandlung nicht in Zweifel stand, seltsam angenehm in seiner momentanen Geistesverfassung. Nichts ist besser, um mit der einen Krise fertig zu werden, als eine andere, die größer und dringlicher ist. Er konnte nichts anderes machen als versuchen, die Näharbeit ordentlicher auszuführen. Nachdem er zu diesem Schluß gekommen war, fing er sofort an.

Er sagte zu Mrs. Thompson: »Essig und ein zusammenziehendes Mittel, wenn ich darum bitten darf, und Rum.«

»Sir.«

»Und ein Stück Stoff, auf das er beißen kann.«

Mrs. Thompson ging in den Lagerraum.

»Können Sie sprechen?«

Die Lippen bewegten sich, und ein geisterhaftes und klares Lächeln erschien auf den Zügen des Mannes.

Mrs. Thompson hob den Kopf des Patienten wiederum

hoch, um ihm den Rum einzuflößen. Während dieser noch den Schock überwand, den der Alkohol ausgelöst hatte, träufelte Grange das zusammenziehende Mittel auf die Verletzung. Er wollte einen Teil der Wunde vernähen, bevor er die vorhandenen Stiche öffnete, wie man ein Gerüst entfernt, das seine Aufgabe erfüllt hat. Mrs. Thompson lenkte den Patienten mit einem weiteren Glas Rum ab, und Grange begann damit, die Wundränder zusammenzunähen. Gelegentlich zog sich die Bauchmuskulatur des Schiffszimmermanns vor Schmerz zusammen, und Grange war gezwungen, abzuwarten, bis sich die Muskelfasern wieder entspannt hatten, bevor er erneut die Nadel gebrauchte. Einmal oder zweimal tauchte während dieser Muskelbewegung die Innenseite des Magens unter den Wundrändern auf, und er nähte sorgfältig erst von der einen, dann von der anderen Seite, bevor er die provisorischen Stiche in der Mitte öffnete. Zu diesem Zeitpunkt war der Zimmermann bereits ohnmächtig, und er konnte schweigend weitermachen.

Als er fertig war, trugen er und Mrs. Thompson die Bahre in die Werkstatt, wo sie ein Bett vorbereitet hatte, und legten den Kranken vorläufig dort nieder. Grange träufelte erneut Essig auf die Wunde, legte einen Verband an, und als alles fertig war und man den Mann allein lassen konnte, war es auch schon Zeit für das Mittagessen.

Kurz darauf unterrichtete ihn Mrs. Thompson davon, daß der Fuhrmann zurückgekehrt sei.

»Sagen Sie ihm, daß wir den Patienten über Nacht hierbehalten und ihn dann mit der Kutsche heimbringen lassen.«

»Ja, Sir.«

»Mrs. Thompson?«

»Sir.«

»Geben Sie dem Mann einen Shilling dafür, daß er den Patienten zu uns gebracht hat.«
»Er hat das nicht des Geldes wegen getan, Sir. Es ist nicht nötig ...«
»Einen Shilling, bitte. Und meine besten Wünsche. Vielleicht bringt er uns ja noch andere Patienten.«
Mrs. Thompson verstand die pekuniären Motive und nickte. »Ja, Sir.«

Am Nachmittag, während er Sprechstunde hatte, ging er mehrere Male nach unten, um nach dem Befinden seines Patienten zu schauen. Dieser hatte immer noch Fieber, war aber mittlerweile erwacht. Er lag auf dem Rücken und atmete tief, obschon nicht ohne Schwierigkeiten. Mrs. Thompson hatte einen Stuhl geholt und saß neben ihm und nähte. Sie nickte Grange zu, um ihm zu verstehen zu geben, daß der Kranke in einer ruhigen Verfassung war, und flüsterte: »Ich rufe Sie, wenn er etwas benötigt, Sir.«
Erleichtert kehrte Grange in sein Arbeitszimmer zurück, um den nächsten Patienten hereinzurufen.
»Auf Wiedersehen, Mrs. Dawkins«, sagte er zu seiner letzten Besucherin an diesem Nachmittag. »Passen Sie auf sich auf. Wenig Bewegung, viel Ruhe.«
Mrs. Dawkins ging, und Grange schloß die Tür und begab sich zu seinem Schreibtisch. Dort zog er ein Blatt Papier zu sich heran und begann zu schreiben:

> Liebe Mrs. Pugh,
> ich danke Ihnen für die Einladung zu einem Besuch. Es würde mir sehr gefallen, Ihr freundliches Angebot anzunehmen, wann immer es Ihnen beliebt. Da ich an fünf Tagen in der Woche regelmäßig arbeite,

möchte ich Sie bitten, vielleicht zu überlegen, ob Ihnen ein Samstag passen würde, an dem ich Ihnen eine Visite abstatten könnte.

Ihr sehr ergebener
Silas Grange

Er faltete den Brief zusammen, steckte ihn in einen Umschlag und legte diesen in seinen Schreibtisch. Dann stand er auf, holte Humes *Traktat über die menschliche Natur* vom Bücherbrett und fing an zu lesen:

> Um das gesamte Ausmaß dieses Verhältnisses zu verstehen, müssen wir berücksichtigen, daß zwei Objekte in der Vorstellung miteinander verbunden sind, und das nicht nur, wenn sie sich unmittelbar ähneln, in einem räumlichen und zeitlichen Zusammenhang stehen oder sich gegenseitig bedingen, sondern auch, wenn zwischen ihnen ein drittes Objekt steht, das sich auf beide bezieht ...

Und er las weiter, müde nach der Arbeit des Tages. Sein Verstand und seine Gefühle waren vorläufig ruhig oder zumindest beschäftigt und dankbar, daß sie eine Ablenkung gefunden hatten.

# 26

Am folgenden Tag ging Grange mit wilder Entschlossenheit, gebeugtem Kopf, weit ausholenden Schritten und schwingendem Stock genau an Hargood vorbei, der ihm entgegenkam.

Sie waren schon ein Stück voneinander entfernt, als Hargood ausrief: »Silas!«

Grange drehte sich um und wurde aus seinen Gedanken gerissen.

»Mein lieber Freund«, sagte Hargood, »Sie haben mich glatt übersehen.«

Grange streckte eine Hand aus, die Hargood mit wahrer Begeisterung schüttelte.

»Hargood, ich entschuldige mich demütigst dafür, daß ich Sie nicht bemerkt habe.«

»Ich werde Sie nicht fragen, woran Sie gerade gedacht haben. Hören Sie ...« Hargood flüsterte verschwörerisch, »... ich war unlängst aus und ritt über eines meiner Felder, als ich glücklicherweise oder auch nur zufällig in einem angrenzenden Waldstück, das ich nebenbei bemerkt ebenfalls besitze ...« Hargood sah nach links und rechts, als wollte er das Dramatische seiner Enthüllung unterstreichen »... ein großartiges Geweih bemerkte. Ein verdammt schöner Hirsch war von Lord Alcombes Ländereien entkommen und wanderte über mein Grundstück. Da ich das Land besitze, auf dem er stand, beanspruchte ich ihn, ging zurück nach Hause, griff meine Flinte, schlich mich an das Tier heran und ... Er ist abgehangen und kann verspeist werden.«

Grange lächelte bei dem Gedanken an Hargoods geniales Bubenstück, obwohl ihm eigentlich gar nicht nach Lächeln zumute war. Wenn er nicht mit Schrot auf das Hinterteil von Salzinspektoren feuerte, knallte er eben Wild ab.

»Hargood, Sie sind unverbesserlich.«

»Nicht doch, Silas, jetzt brauche ich nur noch jemanden, der mir dabei behilflich ist, das Beweisstück für diese außerordentlich schändliche Angelegenheit zu beseitigen. Sie scheinen mir ruchlos genug zu sein, um mit mir in Komplizenschaft zu treten. Wie wäre es mit heute abend, alter Freund? Hält Ihr Magen das aus, oder wollen Sie mich enttäuschen?«

»Ich verfüge sowohl über den Magen als auch über die nötige Ruchlosigkeit. Ich nehme an, ohne auch nur einen Augenblick zu zögern.«

Hargood schlug ihm freundschaftlich auf die Schulter. »Sie sind ein prächtiger Bursche. Ich habe noch einigen Papierkram zu erledigen. Wenn Sie um halb acht kommen, können wir zu der verruchten Tat schreiten.«

»Also halb acht.«

Sie trennten sich, und Grange ging weiter. Die Unterbrechung stellte jedoch nur eine kurze Pause in seinen bedrückenden Gedanken dar. Einige Augenblicke später war er schon wieder ganz bei Mrs. Quill und Jane, und seine Überlegungen bewegten sich durch eine Oberfläche von Träumen zu ernsthafteren Bedenken.

Hargood, am Kopfende der Tafel, schnitt von dem Wildbraten große dicke Scheiben herunter. Grange saß wie der verlorene Sohn rechts von Hargood und beobachtete, wie dieser erst vorsichtig das Messer ansetzte und dann die Fleischfasern durchtrennte. Hargood reichte Grange einen großen Teller und füllte dann seinen eigenen bis zum Rand.

»Bestehen Sie nicht auf Förmlichkeiten, mein lieber Freund. Fangen Sie an.«

Grange kam dem Wunsch nach und begann zu essen. Hargood legte sich noch ein paar Scheiben auf. Dunkles Blut floß in Rinnsalen zu den Rändern des Bratentellers.

»Bei Gott, das ist gutes Fleisch.«

Als er das Aufschneiden des Bratens beendet hatte, füllte Hargood sein eigenes Glas und das von Grange erneut mit Rotwein. Er hob sein Glas, um mit seinem Gast anzustoßen.

»Auf das Verbrechen.«

Grange lächelte. »Auf das Verbrechen.«

Hargood begann mit Appetit sein Fleisch zu verzehren. Grange konnte hören, wie seine Schneidezähne die Fasern durchtrennten und wie sich der Bratensaft unter seiner Zunge sammelte. Kauend sagte Hargood: »Sie sehen heute sehr nachdenklich aus, Silas.«

»Wirklich?« fragte Grange.

»Ja. Und tun Sie nicht so unschuldig.«

Hargood aß angeregt, trank und aß weiter. »Ich würde etwas darum geben, wenn ich Ihre Gedanken lesen könnte.«

»Die von vorhin oder die jetzt.«

»Sowohl als auch.«

Grange hielt inne, um seine Gedanken zu ordnen, ehe er sich erneut dem Thema zuwandte. Hargood kaute auf einem Stück Fleisch, schluckte und beugte sich zum nächsten Bissen.

»Geht es um Mrs. Quill?« wollte Hargood wissen.

Grange war diese scharfe Beobachtungsgabe bei seinem Gastgeber nicht gewohnt und wurde deswegen von der Frage überrascht.

Sich offensichtlich nicht im klaren darüber, daß er ins Schwarze getroffen hatte, aß Hargood lautstark weiter. Er hob sein Glas.

»Ich trinke auf die Frauen und gutes rotes Fleisch.«

Sie hatten beide ihre Gläser erhoben und stießen an.

»Wenn Sie es denn unbedingt wissen wollen, Hargood«, sagte Grange, »ich denke wirklich an sie.«

Hargood, der sich nicht aus seinem Eßrhythmus bringen lassen wollte, nahm sich Zeit. »Bemerkenswerte Frau, wie bereits erwähnt. Und hübsch.«

Grange hielt inne. Hargood aß lautstark.

»Ihnen eine Antwort aus der Nase zu ziehen, ist ja fast so wie einen Zahn ziehen, mein lieber Silas.«

»Was wollen Sie denn wissen?«

Hargood war zu beschäftigt, ein großes Stück Hirschlende zu verschlingen, um sofort antworten zu können. Er mußte das Fleisch erst von seinen Schneide- zu seinen Backenzähnen bewegen. »Was würden Sie mir denn gerne erzählen?«

Es entstand erneut ein Schweigen, während Hargood begeistert weiterschlang. »Noch eine Portion? Nein? Ich hoffe, es macht Ihnen nichts aus, daß ich mir noch etwas nehme.« Hargood bediente sich großzügig. »Stellen Sie sich einmal vor, Ihre Gedanken wären wie diese Braten, mein lieber Freund. Machen Sie sich Scheibe um Scheibe von ihnen frei.«

»Damit Sie sie verzehren können?«

»Das hängt davon ab, ob etwas Genießbares dabei ist«, meinte Hargood gutmütig. »Es ist nur zu Ihrem Besten.«

Hargood hielt inne, um mit seinen dicken Fingern eine dünne Sehne zwischen seinen Zähnen herauszuziehen. Mit einem Grunzen legte er die irritierende Faser neben seinen Teller. Er sah zu, wie Grange aß, und deutete kurz mit seiner Gabel auf dessen chirurgischen Gebrauch des Messers und der Gabel.

»Verdammt, Silas, Sie denken zuviel nach. Sie schneiden Ihr Fleisch so entsetzlich fein.«

»Hargood, ich weiß, Sie meinen es gut. Nur gibt es bestimmte Themen ...«

»Bestimmte Themen? Ich verstehe. Wenn Sie nicht reden wollen, werde ich das für Sie übernehmen. Ich werde Ihnen erzählen, was ich über Mrs. Quill weiß. Oder wollen Sie mir verbieten, sie auch nur zu erwähnen?«

»Es steht Ihnen frei zu sagen, was Ihnen passend erscheint.«

»Gut«, meinte Hargood. »Das reicht.« Er machte eine Pause und trank erst aus seinem Glas. »Mrs. Quill ist eine Frau, die das höchste Ansehen genießt. Ich schätze sie. Aber da sind bestimmte Dinge, das muß ich zugeben, die ich nicht ganz verstehe.«

»Zum Beispiel.«

»Zum Beispiel, daß sie hier erst seit drei Jahren wohnt. Vorher war sie in London. Ich bin nie ihrem Mann begegnet.«

»Und was ist daran so merkwürdig?«

»Nichts, nichts.« Hargood bewegte seine Zunge in seinem

Mund auf der Suche nach einem Fleischfetzen. »Sie hat mir nie genau gesagt, was ihr Mann gemacht hat. Ich gestehe Ihnen zu, daß das allein nicht so merkwürdig ist. Aber ich habe die Erfahrung gemacht, daß Witwen, besonders nach langen Ehejahren, immer noch über ihre Männer sprechen, die meisten jedenfalls.«

»Denken Sie, daß es sich um eine Tragödie gehandelt haben könnte?«

»Eine Tragödie?« Hargood zuckte mit den Schultern. »Vielleicht.« Er aß weiter. Als sein Mund leer war, schob er den Teller zur Seite.

»Wirklich ganz vorzügliches Fleisch ... Wissen Sie, Silas, was mir besondere Genugtuung bereitet, ist die Tatsache, daß Lord Alcombe, obwohl er sich in der Vergangenheit meiner unschätzbaren Dienste als Arzt erfreute, sich gerade jetzt dazu entschieden hat, meine letzte Rechnung zu übersehen. Ich werde das Geld schon erhalten, wenn er mich das nächstemal braucht, aber es ist trotzdem befriedigend, Genugtuung zu bekommen.« Hargood mußte aufstoßen. »Vergib mir, Vater.« Er hob sein Glas. »Auf die benachbarten Güter, geizigen Adeligen und natürliche Gerechtigkeit.«

Grange hob ebenfalls sein Glas. »Auf die natürliche Gerechtigkeit.«

Hargood lehnte sich zurück und sah voller Befriedigung auf die Tafel. Die Unterhaltung hatte etwas Unzusammenhängendes, und es vergingen mehrere Sekunden, ohne daß etwas gesagt wurde. Hargood löste seinen Gürtel und legte zufrieden eine Hand auf seinen Bauch. Grange stocherte immer noch in seinem Fleisch.

»Sie sprachen von einer Tragödie?« meinte Grange.

»Tragödie? Nicht genau. Um die Sache richtigzustellen,

haben Sie von einer möglichen Tragödie geredet. Ich bin mir da selbst nicht so sicher.«

»Und Sie denken, daß man die Antworten aus mir herauslocken müßte, Hargood.«

»Ja, das tue ich tatsächlich«, stimmte Hargood ihm zu. »Was ich Ihnen anzubieten habe, was das mit der Tragödie angeht, ist ein bloßes Gefühl – Sie können es Intuition nennen. Wenn ich mit Witwen zu tun habe, sind diese gewöhnlich von ihren Männern geprägt. Meistens ist das ganz klar. Sie haben Andenken und sprechen von ihnen, fast ohne zu überlegen. Wenn sie ein Geldgeschäft ausführen müssen oder beim Unterhalt des Hauses ein Problem auftaucht, rufen sie die Namen ihrer Männer an. Das passiert automatisch, wie man den Herrn in Notsituationen anruft. Mrs. Quill tut das nicht. Mrs. Quill«, fügte Hargood hinzu, »ist nicht geprägt.«

»Nicht geprägt?«

»Tatsächlich frage ich mich manchmal, ob sie wirklich jemals einen Mann hatte.«

In Granges Kopf schwirrten zu viele Gedanken, um einem von ihnen Ausdruck geben zu können. »Hat sie Ihnen über ihren Ehemann etwas vorgemacht?«

»Guter Gott nein, mein lieber Freund. Obwohl ich ungehobelt bin, würde es mir trotzdem im Traum nicht einfallen zu sagen, daß sie lügt. Sie war mir gegenüber außerordentlich direkt und das auch zu allen, die ich kenne. Mehr als direkt. Ich würde sagen, daß sie von einer besonderen Ehrlichkeit geprägt wird. Im Gegensatz zu Lord Alcombe zahlt sie meine Rechnungen. Ihre Ehe muß jedoch ungewöhnlich gewesen sein. Sie ist ohne Spuren vorbeigegangen. Ich sage bloß, daß sie seltsamerweise gar nicht von dem Umstand geprägt wird, daß sie Witwe ist.«

Hargood machte eine Pause.
»Ist das alles?« Grange überkam trotz seiner Zweifel eine seltsame Erleichterung.
Hargood bewegte langsam den Kopf von einer Seite zur anderen, als würde er nachdenken. »Ja ... noch Wein?«
»Danke.«
»Sie sind ein guter Mann.« Hargood bewegte die Flasche in Richtung von Granges Glas.
»Und was ist mit Ihnen, Hargood?« fragte Grange ablenkend. »Sie nehmen so freundlich Anteil an meinen Angelegenheiten. Wie sieht es bei Ihren aus?«
»Meine Geliebte tut mir gute Dienste. Ich besuche sie übrigens übernächste Woche wieder in London. Da ich ja wußte, daß Mrs. Quill aus London kommt, habe ich meine junge Dame gefragt, ob sie von ihr oder ihrem verstorbenen Mann in Gesellschaftskreisen gehört habe. Sie sagte, daß ihr der Name irgendwie bekannt vorkomme, sie wisse nur nicht woher oder warum.«
»Sie sind unverbesserlich. Ich bin mir fast sicher, daß Sie demnächst eine vollständige Untersuchung einleiten werden.«
Hargood streckte eine Hand nach der Karaffe aus. Die Flüssigkeit glühte in dem schwachen Kerzenlicht dunkel, fast blutrot.
»Dann sind da natürlich auch noch ihre Zähne«, sagte Hargood.
Grange lachte. »Hargood, ich glaube fast, daß Sie zu weit gehen, wenn Sie anfangen, Frauen mit Pferden zu vergleichen.«
Hargood gestattete sich ein halbes Lächeln.
»Zähne, mein lieber Freund, sind sehr interessant, besonders in London.«

Hargood hob die Karaffe vom Tisch und hielt sie Grange fragend hin. Grange schüttelte den Kopf. Hargood füllte sein eigenes Glas und setzte den Verschluß wieder auf die Karaffe. Jetzt hob er sein Glas, roch nach französischer Sitte an der Flüssigkeit und schien in Gedanken versunken.

»Ich nehme an, daß ich Sie besser gewähren lasse«, kam ihm Grange entgegen, »und mich erkundige, was Sie damit sagen wollen.«

Hargood war nicht zu beirren und ließ sich Zeit.

»Für diejenigen von uns, die nach willigen Mädchen suchen, sind die Zähne gelegentlich ein interessantes Indiz, was den Hintergrund eines Subjekts angeht. Besonders in London sind in den letzten fünfzig Jahren oder noch länger Süßigkeiten bei den wohlhabenderen Klassen sehr in Mode gekommen. Sie nehmen ihren Tee mit Zucker, sie schütten ihn in ihre Getränke. Backwaren machen sie widerlich süß. Sie haben sogar angefangen, eine Vielzahl von Süßwaren herzustellen, die aus nichts anderem als aus Zucker und Luft zu bestehen scheint. Kaum eine Mahlzeit vergeht, ohne daß man anschließend etwas Süßes essen würde. Es gibt bestimmte Geschäfte und Bäckereien, die fast ausschließlich die Interessen dieser Klassen befriedigen. Besonders verbreitet ist das bei Frauen, die dauernd irgendwelche süßen Getränke zu sich nehmen. Ich will nicht behaupten, daß ich den Mechanismus kenne, aber die Folgen dieser Abhängigkeit von Süßem werden jetzt vielleicht mehr und mehr offenbar. Es ist eine Tatsache, daß die Zähne der Frauen der mehr modebewußten Klassen halb verrottet sind.«

Hargood machte eine Pause.

»Ich gebe Ihnen mein Wort, Sir, in unserer Hauptstadt sind

neuerdings schlechte Zähne das Zeichen einer guten Kinderstube. Die unteren Klassen, die sich bis jetzt Zucker nicht leisten können, sind davon weitgehend ausgenommen. Sie leiden möglicherweise unter ihrer Ernährung und an verschiedenen Krankheiten, aber wenn man in den Mund einer jungen Küchenmagd schaut, sieht man die gesunden Zähne eines Tiers.«

Hargood hielt inne und hob sein Glas in die Höhe, um es anschauen zu können. Er drehte es langsam und sah, wie das Licht rot in ihm glühte. »Ich würde sagen, daß die Zähne von Mrs. Quill zu der zweiten Kategorie gehören.«

»Und was schließen Sie daraus?« wollte Grange wissen.

»Ich schließe daraus, mein Freund, daß sie entweder extrem feine und natürliche Zähne hat, daß sie eine Abneigung gegen Süßes hegt oder daß sie ursprünglich nicht aus den besseren Kreisen stammt.«

In dem Schweigen, das folgte, flackerten die vielleicht dreißig Kerzen auf dem Tisch. Draußen schlug eine Windböe gegen die Fensterscheiben. Kühle Luft drang unter den Türen in das Zimmer.

»Lassen Sie uns also annehmen, daß ihr gesellschaftlicher Aufstieg noch nicht so lange zurückliegt«, meinte Grange, »Na und?«

»Sie nehmen sie immer in Schutz, erwiderte Hargood lächelnd. »Vielleicht entscheide ich mich ja dafür, kaum etwas aus diesem Umstand abzuleiten, außer daß Mrs. Quill einem dieser Kaleidoskope ähnlich sieht, mit denen sich Kinder auf Jahrmärkten vergnügen. Eine Drehung, und eine weitere großartige Szene wird dem Auge geboten. Fast jede Seite von ihr, über die ich mir die Mühe mache, nachzudenken, läßt mich an meinen vorherigen Annahmen zweifeln. Das ist unbehaglich. Als Arzt interessiert mich die Diagnose. ·Wäre Mrs. Quill eine Krankheit und keine Person, würde ich Ihnen zugestehen, daß ich mir über die Einzelheiten nicht voll im klaren bin.«

»Diese Umstände, die bei Ihnen ein Unbehagen hervorrufen«, sagte Grange beharrlich, »würde ich bloß außergewöhnlich nennen.«

»Ja natürlich, außergewöhnlich«, meinte Hargood nachdenklich. »Ich gestehe Ihnen das mit der Außergewöhnlichkeit zu.«

»Dr. Craig«, sagte Grange, »legte die Zähne eines Toten in verschiedene Lösungen, die er beschriftete und jeden Tag beobachtete. Er fand, daß die am meisten zersetzende die aus indischem Zucker war, dann kam Rübenzucker und schließlich Honig, was die Reihenfolge der Schuldigen angeht. Das habe ich zumindest in Edinburgh gelernt.«

»Zum Teufel mit Edinburgh.« Hargood schien es etwas auszumachen, daß seine Argumentation von Granges neueren Erkenntnissen durcheinandergebracht werden sollte. »Es handelt sich um eine bloße Hypothese, und meine Argumente beruhen auf ihr nur in einem technischen Sinne. Wir können das jetzt einmal außer acht lassen und uns auf die eine Tatsache konzentrieren. Ich wiederhole, die Zähne der Damen der besseren Gesellschaft sind verrottet, ob jetzt indischer Rohrzucker, Rübenzucker, Honig oder etwas anderes dafür verantwortlich ist. Das, Sir, veranlaßt mich zu meiner Schlußfolgerung.«

»Und welche Schlußfolgerung ist das?« fragte Grange, ihn vorsätzlich mißverstehend.

»Ich habe ihr Lächeln gesehen. Sie lächelt nicht oft, und

deswegen ist es mir auch aufgefallen. Denn wenn sie lächelt, dann erblicke ich die perfektesten weißen Zähne, die mir je untergekommen sind.«

»Und ich freue mich nur an ihrem Lächeln, und Sie wollen mich dafür kritisieren?«

»Sie hat Sie unter ihre Fittiche genommen, Sie hat sich Ihnen in einem Sinne anvertraut, den ich nicht verstehe, und sie hat Sie erobert. Ich bin sehr dafür, daß meine Kollegen von Frauen erobert werden, nicht zuletzt von einer, die so schön ist wie sie. Ich bin ganz besonders dafür, daß Sie von einer Frau erobert werden. Und doch bereitet sie mir Unbehagen.«

»Ist es nicht so, daß einem alle schönen und furchterregenden Dinge Unbehagen bereiten? Das macht doch teilweise ihren Reiz aus.«

»Wollen Sie sich über mich lustig machen?« fragte Hargood. »Tun Sie das nur, Sir, ich bitte darum, und vielleicht werde ich Ihnen ja, wenn Sie das nächstemal lachen, sagen können, was mir dieses Unbehagen verursacht.«

Hargood hob die Karaffe, und Grange bemerkte, daß seine Bewegungen langsamer wurden. Er füllte ihre Gläser.

»Silas, ich werde nicht oft ernst. Ich bin kein Rationalist wie Sie. Ich bin ein Mann der Gefühle – man könnte sagen, vulgärer Gefühle. Ich möchte über diese Angelegenheit nichts mehr äußern, außer daß ich Sie bitten möchte, vorsichtig zu sein. Sie haben es mit einer Frau zu tun, die nicht zu unterschätzen und deren Vergangenheit ein Geheimnis ist. Das ist mein letztes Wort.«

Grange hob sein Glas. »Trinken wir darauf.«

Hargood lächelte. Sie tranken. Hargood sah liebenswürdig zu, wie Grange immer noch in dem Fleisch auf seinem Teller herumstocherte.

»Schieben Sie den Teller zur Seite, lieber Freund. Sie haben genug gegessen. Ich werde das morgen kalt zu mir nehmen. Die angenehme Aussicht, einen von Lord Alcombes hochgelobten Hirschen verspeisen zu dürfen, veranlaßt mich, das ganze Tier notfalls auch allein zu konsumieren, entweder heiß, warm oder so kalt wie das Grab.«

## 27

In dem Moment, als er auf das Marschland zuging und aus dem Oxey-Wald herauskam wie aus einem unbeleuchteten Treppenhaus, tauchte eine Gestalt aus der Dunkelheit auf, ein Bulle von einem Mann, der einen Sack über der einen Schulter trug. Der andere Arm hing frei und pendelte wie der einer Vogelscheuche. Grange hatte einen Augenblick lang Angst, aber daß er plötzlich nicht mehr alleine war, versetzte ihn womöglich in noch größere Verlegenheit. Er fand es schwierig, nicht eine aufflammende Abneigung zu verspüren, und schob den Gedanken beiseite, daß er im Watt einem Straßenräuber begegnet sein könnte. Er wollte sich in seinen Überlegungen gar nicht erst stören lassen, dem Mann gar nicht erst ins Gesicht schauen, und spürte bei dem anderen eine ähnliche Zurückhaltung. So gingen sie in vielleicht anderthalb Metern Entfernung aneinander vorbei wie zwei Tiere, die jedes einer eigenen Fährte folgen.
Erst da bemerkte Grange das Profil des anderen im Sternenlicht. »Swann!« rief er fast unfreiwillig aus. Der Mann blieb stehen und drehte sein fahles Gesicht mit seinen groben Zügen dem weißlichen Licht der Küste zu, so daß Grange sich der Richtigkeit seiner Beobachtung versichern

konnte. In demselben Augenblick, in dem er seinen ehemaligen Patienten wiedererkannte, registrierte er auch dessen Überraschung. Grange, dessen Gesicht im Schatten lag, da es dem dunklen Forst zugewandt war, hatte den Verdacht, daß er, der den Schrei ausgestoßen hatte, nicht zu erkennen war.

Und doch hatte Swann irgendwie seine Stimme erkannt, und ein Ausdruck wie der eines vorsichtigen Grinsens breitete sich über das Gesicht des Seemanns. Plötzliche Neugier überfiel Grange. Swann sah gesund aus, sogar in diesem Licht, kaum drei Wochen, nachdem Grange resolut seinen einen Arm abgesägt hatte. Swanns Oberkörper, seine Haltung, strahlte eine Kraft aus – obwohl er, das war auch in der Dunkelheit zu bemerken, auf einer Seite etwas schwächer zu sein schien.

»Wie geht es Ihnen?« erkundigte sich Grange. Zog man die drastische Art seiner Behandlung in Betracht, so klang die Frage vorsichtig. Swann dachte einige Sekunden über eine Antwort nach.

»Ich habe mich selten besser gefühlt.«

War das Angabe, fragte sich Grange. War so ein schneller Heilungsprozeß überhaupt möglich. Und doch war da etwas Anmutiges in der Art, auf die sich Swann umdrehte, wenn er herausgefordert wurde. Er bewegte sich mit perfekter Balance auf seinen Füßen trotz der zusätzlichen Last eines schweren Sackes. Mit dem Verlust eines Armes mußte es doch sicherlich Monate dauern, die Anmut und die natürliche Geläufigkeit der Körperbewegungen wiederzuerlangen und zu lernen, sich mit der neuen Gewichtsverteilung wohl zu fühlen. Swann sah oder spürte, wie sich Granges Augen zu seiner Schulter bewegten, wo die dunkle Last wie ein Buckel ruhte.

»Treibholz und Holzabfälle«, bestätigte Swann. »Sie sind von Wasser durchtränkt, aber ich breite sie in der Sonne aus; dann sind sie Ende der Woche als Brennholz zu gebrauchen.« Im gleichen Moment bemerkte er, daß Granges Augen auf seinem leeren Ärmel ruhten, und fügte hinzu: »Ich passe wirklich gut in meine Kleider, Sir, wie Sie gesagt haben.«

»Das sehe ich.«

Eine Pause entstand, und mehrere Sekunden lang war das Schweigen, das zwischen ihnen lag, wie mit Händen zu greifen. Dann geriet Swann in Bewegung, nickte und deutete mit seinem Kopf auf etwas im Rücken von Grange. Über dem Solent, wo das Wasser in der Enge von Hurst schimmerte, begann eine gewaltige schwarze Wolke das Licht zu verdunkeln. Hinter oder unter ihr erhob sich eine Brise, die kalt wie ein Schatten war. »Ein Sturm zieht auf«, sagte Swann.

»Über Stürme wissen Sie sicher Bescheid«, entgegnete Grange, und folgte damit den gesellschaftlichen Spielregeln. »Das Wetter ist hier doch oft ziemlich seltsam, nicht wahr?«

»Das ist richtig, Sir.«

»In Lepe hagelt es gelegentlich, wenn in Buckland die Sonne scheint.«

»Das mag so sein«, sagte Swann zustimmend und folgte dem einmal eingeschlagenen Kurs der Unterhaltung. »Aber es gibt da doch eine Regelmäßigkeit. Sturmwolken ziehen heran, westlich von Pennington in Richtung Sway, und wenn es blitzt, Sir, dann bewegen sie sich das Tal hinauf ...«

»Das Tal von Sway?«

»... und überziehen das Haus von Colonel Buller mit

einem oder zwei Güssen. Ich habe einmal eine Wolke gesehen, die schwarz wie die Nacht war, die Feuer spuckte wie eine Galeone.«

Grange lächelte, den Wind im Nacken.

»Colonel Buller?«

»Sein Haus wurde in sieben Jahren dreimal vom Blitz getroffen. Bei einem Unwetter fangen alle Küchenmägde dort an zu jaulen, und die Hunde verstecken sich unter den Tischen. Seine Frau und er halten Wassereimer bereit, um ein Feuer zu ersticken, als würden sie im nächsten Augenblick von den Franzosen angegriffen oder, was schlimmer wäre, von den Niederländern.«

»Er lebt also in Angst?«

»Ein Blitz schlug im Kamin ein und verschmolz einen Satz Messer in der Küche zu einem einzigen Klumpen. Es schaute aus wie ein Knäuel Schlangen. Ein Mädchen, das früher dort arbeitete, sah einmal einen Feuerball so groß wie eine Katze, der langsam über den Treppenabsatz rollte. Sie preßte sich gegen die Wand. Sie hat berichtet, er habe sich gemächlich wie ein Geistlicher bewegt.«

»Sie können wirklich gut erzählen«, sagte Grange.

Swann nickte zu der Wolke hinüber, die sich hinter Grange auftürmte. »Unwetter auf dem Festland sind trotzdem eher harmlos. Nichts im Vergleich mit einem Gewitter auf See. Das ist wirklich gefährlich, Sir. Sie fühlen sich so ausgeliefert wie eine Ratte auf einem Bowling-Greeen. Es gibt keinen Baum oder auch nur einen Grasbüschel, hinter dem man sich verstecken könnte.«

»Sie haben solche Unwetter sicher selbst erlebt«, meinte Grange.

»Natürlich, Sir. Das schlimmste vor der Küste von Frankreich. Weiter unten bei St. Malo. Kennen Sie den Ort?«

»Nein«, antwortete Grange, »aber erzählen Sie doch davon.«
»Haben Sie auch Zeit?« Swann schien plötzlich Schuldgefühle wegen seiner Redseligkeit zu haben.
»Ich habe Zeit. Solche Phänomene interessieren mich. Ein Unwetter, haben Sie gesagt.«
Swann machte immer noch den Eindruck, als würde er aus Schüchternheit zögern. Dann sprach er weiter.
»Es war während einer Windstille. Der Himmel wurde grün und golden und schwarz, und den Donner konnte man drei Stunden lang hören. Die Blitze erhellten den gesamten Horizont im Westen. Als das Wetter näher kam, sahen wir Bartholomäusfeuer in der Takelage und konnten uns nicht mehr in die Augen schauen vor Angst. Kein Lufthauch war zu spüren, schrecklich; man konnte den Geruch seiner eigenen Innereien wahrnehmen.«
»War es nicht möglich, weiterzusegeln?«
»Nicht ein bißchen Wind. Sie tun dann wirklich alles, um nicht daran zu denken. Wenn man eine Kette vom Mast herab und über die Seite ins Wasser hängen läßt, lenkt das die Elektrizität angeblich ab. Dann kommen die Blitze näher, und man sieht, wie sie im Wasser einschlagen und wie es an diesen Stellen dampft. Das ist schrecklich. Und man kann nichts anderes machen als warten. In einer Schlacht kann man wenigstens zurückschießen.«
»Wurde Ihr Schiff getroffen?« Grange versuchte den hoffnungsvollen Klang in seiner Stimme zu unterdrücken.
»Das Unwetter zog genau über uns weg. Um uns herum schlugen die Blitze ein. Aus und vorbei, und uns passierte nichts. Als wir schließlich dachten, daß wir aufatmen könnten, tat es einen fürchterlichen Schlag von hinten. Es hatte den Mezanmast getroffen. Ein schreckliches Dröhnen, und

dann weißes Feuer im Heck beim Ruderhaus, das sich erst über das Dach ausbreitete und anschließend von unten in Funken in die Takelage des Mezans eindrang. Wir hatten es in der Tat schnell mit Seewasser gelöscht und wurden von einem heftigen Regenschauer unterstützt. Man ist dann aber wirklich mehrere Tage lang mit seinen Nerven am Ende. Man kommt sich wie ein leeres Faß vor. Man hat das Gefühl, zu den Auserwählten zu gehören.«

Grange unterbrach ihn zögernd; er spürte vielleicht, daß weiter zu fragen die feine Balance der Höflichkeit, die ihre unterschiedlichen Stellungen im Leben nötig machte, aus dem Gleichgewicht gebracht hätte. »Ihre Familie ist wohlauf?«

So wechselten sie das Thema, kamen vom einen zum anderen und standen auf einem schlechten Fußweg, während hinter ihnen ein Unwetter aufzog. Grange hörte sich die Neuigkeiten über Swanns Familie an, über seine rechtmäßig angetraute Frau und seine Töchter, dann verabschiedete er sich und ging. Er schritt zielstrebig aus, und sein Kopf war voll von Bildern von Blitzen und Bränden. Trotz dieser Gedanken überkam ihn eine seltsame Erleichterung. Die Unterhaltung mit Swann hatten den nagenden Schmerz in seiner Seele etwas gemildert. Nachdem er jetzt seinen Patienten gesehen hatte, allem Anschein nach auch ohne sein linkes Anhängsel gesund, begann er zu hoffen und sogar zu glauben, daß er nicht wieder davon träumen würde, daß Swanns abgetrennter Arm polternd in die Schüssel fiel.

Ruhe in einem Teil der Seele führt oft nur dazu, daß man sich auf die Ruhelosigkeit in einem anderen konzentriert. Während sie geredet hatten, war die Nacht noch dunkler geworden. Als er jetzt wieder seine Richtung einschlug, begann eine neue Kälte aus der Erde zu steigen. Grange ging an reglosen Wassergräben entlang nach Hause, in deren Oberfläche sich die glänzende Erde, unbewegliche Grashalme, die niedrigen und massiven Mauern von Hurst Castle und die letzten kaum noch sichtbaren Sterne spiegelten.

## 28

Am folgenden Sonntag wurde er kurz vor Sonnenaufgang von Mrs. Thompson geweckt, die in ihrem langen Morgengewand, einem Mantel, den sie sich über die Schultern geworfen hatte, an seinem Bett stand. Dafür, daß es Sommer war, war die Nacht kalt gewesen, und er hatte sich auf der Seite zusammengerollt, um keine Wärme zu verlieren. Sie hielt eine Kerze in der einen Hand und schüttelte ihn mit der anderen. Er stöhnte, öffnete die Augen, drehte sich um, sah, wie sie ihren Blick abwandte, und hörte sie flüstern: »Sie haben darum gebeten, früh geweckt zu werden, Sir. Halb sechs.«

»Danke, Mrs. Thompson.«

Sie nickte und verschwand durch die Tür.

Die Fahrgäste der ersten Postkutschen versammelten sich beim Hope and Anchor Inn. Schläfrig und träge in ihren Bewegungen, saßen sie ohne zu sprechen in dem Warteraum, dessen Wände von Tabakrauch geschwärzt waren. Mehrere Kutschen verließen Lymington früh zu den unterschiedlichsten Zielen. An Wochentagen fuhr der Telegraph um fünf Uhr, einem unerquicklichen Zeitpunkt, um um halb acht in Southampton einzutreffen. Vom Nag's

Head aus verkehrte eine weitere Kutsche, der Independent, gleichzeitig und ebenfalls nach Southampton. Für Grange waren das die Geräusche des frühen Morgens, Hufe von Pferden auf Kopfsteinpflaster, das Kreischen der Bremsen, das Schleifen der Räder auf den Steinen, wenn eine Kutsche um die Kurve in die Landstraße einbog. Es war der Lärm, den die abfahrenden Kutschen verursachten, und nicht Mrs. Thompson, was ihn normalerweise weckte. Jetzt, da er auf war, genoß er die kleine Zeremonie des sich Rasierens. Er entschloß sich, keine Kerze zu entzünden, und rasierte sich weitgehend im Dunkeln fast nur nach Gefühl. Er führte das Messer über seine Wangen, sein Kinn und seinen Hals, bis die Haut halbwegs glatt war. Dann trocknete er sein Gesicht ab und begann sich anzukleiden, während das langsam stärker werdende Licht die ruhigen Konturen des Zimmers sichtbar machte.

Eine Treppe tiefer hatte Mrs. Thompson kalten Braten und Käse, eine Tasse und einen Krug mit Wasser auf den Tisch gestellt. Nun war es hell genug, um was sehen zu können. Grange entschloß sich, etwas in seinen Magen zu tun, damit ihm bei der Reise nicht übel würde, schnitt sich einige Scheiben Braten ab und spülte ihn mit kaltem frischem Wasser herunter. Was ihn auch beschäftigen mochte, die Aussicht auf eine Reise war immer belebend, und er verließ das Haus ein paar Minuten später einigermaßen gut gelaunt und mit seinem Koffer in der Hand. Er schloß die Tür leise, für den Fall, daß Mrs. Thompson wieder eingeschlafen war.

Sein eigener Transport, die Kutsche nach Salisbury, ging etwas später um Viertel nach sechs, ein schwereres und langsameres Gefährt als der Southampton Telegraph mit acht Pferden. Der Kutscher, ein Mann aus Brockenhurst, der Chalder hieß, paßte auf, als die Passagiere die Stufen hochstiegen, und half den Damen, das Gepäck zu verstauen. Die Pferde zogen an, der Kutscher lockerte die Bremse, und sie beschleunigten langsam. Die Bewegung erinnerte Grange an einen dieser trägen Flußkähne, die von allein vorwärts treiben. Einmal in Bewegung gesetzt, behielten sie eine geringe, aber gleichmäßige Geschwindigkeit bei. Nachdem die Kutsche die High Street verlassen hatte, bog sie fast genau nach Norden in den Wald ein und folgte einem sich schlängelnden Weg durch Burly. Vorgesehen war, in Salisbury am frühen Nachmittag anzukommen, schätzungsweise um vier Uhr.

Die Lederstücke vor den Fenstern waren durch Glas ersetzt worden, und das Licht machte es noch schwieriger zu schlafen. Grange legte sich jedoch seinen Hut über das Gesicht und schloß die Augen. Das Geräusch der Räder auf dem Kiesweg würde ihn schon beruhigen und, wenn nicht in Schlaf, so zumindest in einen annehmbaren halbwachen Zustand versetzen oder in einen Traum. Das Gefährt schwankte wie ein Schiff, und das gefiel ihm, obwohl ganz allgemein die Einführung der Federung bei Kutschen ein gemischtes Vergnügen gewesen war. Das Schwanken dieser Fahrzeuge rief bei manchen eine zunehmende Übelkeit hervor, eine schreckliche Seekrankheit. Ein leichter und ekelhafter Geruch war noch wahrzunehmen, den Essig und heftiges Putzen nicht ganz hatten vertreiben können.

Und doch liebte Grange diese Reisen. In den schweren und schwankenden Kutschen suchte er sich normalerweise einen Eckplatz, so daß er, wenn er nicht gerade döste, über die sanft gewellte Landschaft und die Heide des New Forest hinausblicken konnte. Hin und wieder blieb die Kutsche stehen, um bei verschiedenen Schlagbäumen auf ihrer Strecke Wegezoll zu entrichten. Sie kamen jedoch gut vom Fleck. Gelegentlich begannen die anderen Passagiere eine Unterhaltung. Er war der Geselligkeit abgeneigt und fühlte sich wie eine Insel, verloren in seinen Gedanken.

Bei der Allmende des Dorfes Downton stieg Grange in der Sonne des frühen Nachmittags ab. Er trug seinen Koffer in einer Hand und ließ sich vom Kutscher kurze Anweisungen geben, wie er zu seinem Ziel gelangte. Der Himmel war wolkenlos, und da er nicht mehr Gepäck als diesen kleinen Koffer hatte, beschloß er die zwei Meilen zu den Toren von Mrs. Pughs Haus in östlicher Richtung zu laufen, statt sich ein Pferd oder auch einen Wagen im Mietstall des Dorfes zu besorgen. Es war so gut wie niemand unterwegs. Die Straße, stellte er fest, war kaum mehr als ein Feldweg. Vereinzelte Amseln flogen erschrocken auf, als er sich näherte, und über ihm, so hoch, daß man sie fast nicht sah, waren kleine Gruppen Krähen. Schließlich bog er von dem Weg ab und ging eine gewaltige Allee entlang auf das Haupthaus zu, das von einer Reihe von Buchen verdeckt wurde. Es war ein sonniger Nachmittag. Ein Geräusch, dessen Ursprung ungewiß war, näherte sich, ein kreischendes unruhiges Geräusch, das sich parallel zu ihm hinter einer Hecke auf ihn zubewegte. Er stieß mit dem Lärm förmlich zusammen, als die beiden Wege aufeinandertrafen – ein älterer, weißhaariger Gärtner tauchte auf, der eine Karre schob, und ging an ihm vorbei.

»Guten Tag, Sir.«

Grange nickte, um den Gruß zu erwidern.

Die Allee führte kurz vor ihrem Ende um eine Kurve, so daß das prächtige Haus plötzlich und unerwartet auftauchte und sein Schatten auf ihn fiel. Er schaute nach oben und auf die zahlreichen Fenster, die von steinernen Streben unterteilt wurden. Über dem Gebäude lag eine Ruhe, die einen verunsichern konnte, was noch dadurch verstärkt wurde, daß alle anderen Ansiedlungen in ziemlicher Entfernung lagen. Jetzt näherte er sich dem Haupteingang und stieg die großartigen Stufen aus Stein hinauf. Er stellte seinen Koffer ab, zog kurz seinen Mantel zurecht und klopfte an die massive Eingangstür. Im Innern des Hauses hörte er das Echo von Schritten, und wenig später wurden die Riegel zurückgezogen, und die schwere Tür wurde geöffnet. Ein hochgewachsener Diener neigte schnell und förmlich den Kopf. »Harrison, Sir.«

»Guten Tag. Dr. Grange.«

»Madam erwartet Sie. Darf ich Ihr Gepäck nehmen?«

Harrison, in dessen rechter Hand sein Koffer beinahe verschwand, führte ihn durch die Leere einer riesigen Diele. Über ihm hingen Gemälde und ausgestopfte Jagdtrophäen, und die dunklen Möbel, die mit Bienenwachs poliert worden waren, glänzten. Eine polierte Stille.

Harrison hielt währenddessen eine höfliche Unterhaltung aufrecht. »Madam nimmt um diese Zeit ihren Tee in ihrem privaten Garten, Sir. Sie hat mich ausdrücklich darum gebeten, Sie dorthin zu führen. Sie gestattet niemandem den Zutritt zu diesem Garten, außer Gästen.« Er öffnete die Tür und neigte den Kopf, als Grange an ihm vorbeiging.

»Madam sitzt hinter dieser Hecke. Ich werde Ihr Gepäck in Ihr Zimmer bringen, Sir.«

»Danke.«

Harrisons halbes Lächeln verschwand hinter ihm im Schatten. Die Tür wurde geschlossen, und einen Moment lang gestattete Grange seinen Augen, sich an die Helligkeit draußen zu gewöhnen. Der Garten kam so unerwartet nach den kühlen Räumen des Hauses, daß er das Gefühl hatte, er wäre durch das Labyrinth des Minotauros hierhergekommen. Er sah sich um – hübsche Blumenbeete und Büsche, Wohlgerüche, zwitschernde Vögel und von irgendwoher das Geräusch von fließendem Wasser. Seine Augen hatten sich an die Helligkeit draußen gewöhnt, und er begann, in die Richtung zu gehen, die ihm Harrison gewiesen hatte. Er lief um eine Hecke herum, und vor ihm öffnete sich eine andersartige Szene.

Ein steinerner Cupido stand neben einem Springbrunnen, auf seinem Gesicht der Ausdruck permanenter freudiger Überraschung. In einer Hand hielt er ein Gefäß, aus dem Wasser in einen Fischteich sprudelte. Rechts war ein kleiner von Hecken umgebener Platz. An seinem anderen Ende saß Mrs. Pugh auf einem Rohrstuhl unter einem Sonnenschirm. Sie trug ein einfaches weißes Seidenkleid, das ihre Figur betonte. Auf dem Tisch befand sich ein Tablett mit Teegeschirr. Sie war offenbar in ein Buch vertieft, das aufgeschlagen vor ihr lag. Er ging mit eiligen Schritten auf sie zu, und sie schien zurückzuweichen, als wäre im Garten die Zeit verlangsamt. Sie war so sehr mit Lesen beschäftigt, daß er fast unmittelbar vor ihr stand, ehe sie seine Gegenwart bemerkte. Sie schlug das Buch zu und stand auf.

»Mein lieber Dr. Grange. Welche Freude, Sie begrüßen zu dürfen.«

»Guten Tag, Madam.«

Sie bemerkte seinen Gesichtsausdruck, und ihre Freude über ihr Wiedersehen stand außer Zweifel. Sie zeigte auf den anderen Rohrstuhl und sagte: »Bitte, setzen Sie sich.«

Als sie Platz genommen hatten, schaute sie auf den Staub auf seinen Stiefeln und fragte entrüstet: »Sie sind gelaufen?«
»Eine Meile oder auch zwei, Madam. Ich bin mit der Postkutsche bis zum Dorf gefahren und von dort aus zu Fuß gegangen.«
»Mein lieber Sir, ich hätte veranlassen können, daß man Sie mit der Kutsche im Dorf abholt.«
»Ich laufe gerne, das versichere ich Ihnen, Madam. Ich gehe immer, wenn es mir möglich ist, zu Fuß.«
Sie schien seine Erklärung gelten zu lassen, wenn auch nur zögernd. Jetzt ließ sie eine Hand auf der Teekanne ruhen und fragte, als wäre ihr das gerade eingefallen: »Haben Sie schon etwas gegessen?«
»Ein ausgezeichnetes Frühstück, Madam. Ich esse nicht viel zu Mittag.«
»Sind Sie sicher? Ich glaube, ich sollte Harrison rufen und ihn bitten, einen Teller ...«
»Ich bin ganz sicher, obwohl Ihr Angebot zu freundlich ist.«
»Also Tee?«
»Danke. Wenn Sie mir meine unschuldige Begeisterung verzeihen wollen, Madam, Sie haben einen wundervollen Garten.«
»Ich danke Ihnen. Hierher flüchte ich mich.« Sie reichte ihm eine Tasse und goß sich selbst ein. »Hier kann man uns nicht beobachten. Hier kann ich ganz ich selbst sein.«
Grange blickte auf die Blumen und Büsche und die geschnittenen Hecken um sich herum. Vögel sangen, und Insekten summten im Hintergrund, obwohl das, was er jetzt in diesem sonnendurchfluteten Garten wahrnahm, keine Geräusche waren, sondern Gerüche, die verborgenen Düf-

te von Blumen. Gegen diese hob sich der Geruch des Tees scharf und delikat ab. Er saß etwas abwesend da, und seine Aufmerksamkeit bewegte sich von dem Garten zu ihrer liebenswürdigen Konversation. Sie senkte ihre Hand beiläufig, um die weichen Falten ihres Seidenkleids in Ordnung zu bringen.

»Mein Vater hatte so einen Garten«, sagte Mrs. Pugh. »Ich habe dort als Kind gespielt. Er war meine eigene kleine Welt, in der ich tun und lassen konnte, was ich wollte.«

»Das ist bezaubernd, Madam.«

»Diesen Garten der Kindheit habe ich versucht neu zu erschaffen. Aber es ist, als hätte ich nur einen Traum verfolgt. Ich erinnere mich daran, daß auf der anderen Seite eines Irrgartens ein Teich lag, aber dann kommt es mir auch in den Sinn, daß ich den Teich sehen konnte, als wäre der Irrgarten nicht dagewesen. Ich habe mich, soweit ich konnte, von meinen Vorstellungen leiten lassen, obwohl es eine seltsame Beschäftigung ist, Traum und Erinnerung miteinander zu verknüpfen.«

»Das ist wohl wahr. Sie hatten jedoch Erfolg.«

»Wenn dieser Garten jemals wirklich existiert hat, hatte ich bis zu einem gewissen Grade damit Erfolg, sein Echo hervorzubringen. Wenn Sie Ihren Tee ausgetrunken haben, wollen Sie mir vielleicht gestatten, Ihnen zu zeigen, wie ausgedehnt er ist.«

»Das wäre eine Ehre für mich.« Er schaute sich um und versuchte sich eine Vorstellung von der Größe zu machen. Bestimmte Teile und Mauern lagen in tiefen Schatten, so daß er nicht sehen konnte, wo sie endeten. Bienen und die Sommersonne lenkten ihn gelegentlich ab, und er stellte sich vor, daß bei Dämmerung die Formen und Winkel des Gartens lange Schatten warfen.

»Um sich auf die Gerüche zu konzentrieren«, sagte Mrs. Pugh, »muß man die Augen schließen.«
Er tat das, und vor seinem inneren Auge tauchten die formlosen Konturen des Gartens auf wie etwas, was man sich nur vorstellte. Als er sie wieder öffnete, beobachtete sie ihn und lächelte über seine Hemmungen. Verlegen trank er seinen Tee.
In der Ferne donnerte es. Es hörte sich an wie das schwache Echo von klapperndem Besteck. Mrs. Pugh sah, daß seine Augen in Richtung der Wolken wanderten, die sich dunkel im Westen zusammenballten, und fragte: »Regen?«
»Ich denke später.«
Baumsamen schwebten zu den Kantsteinen hinunter. Sie erschienen ihm so gelb wie das Sonnenlicht.
»Noch etwas Tee, Sir?«
»Nein danke.«
Vielleicht hatten die Wolken Mrs. Pugh an die Zeit erinnert, denn jetzt stand sie auf, nachdem sie ihren Tee ausgetrunken hatte, und nahm ihn bei der Hand. Er folgte ihr bereitwillig. »Das ist eine Rekonstruktion des Teiches, an dem ich früher gespielt habe. Und dies sind die Büsche, hinter denen ich mich zu verstecken pflegte, Sir, wenn ich Angst hatte oder mir etwas einbildete.« Sie geleitete ihn durch ein Gewirr von Hecken, und ihre Finger umklammerten seine, mal fester und dann wieder weniger fest.
Etwas übermütig protestierte er: »Madam, ich fürchte, ich habe bereits die Orientierung verloren.«
»Das haben wir alle in unserem Leben, Sir.«
Er schien jetzt ein Teil ihrer zielgerichteten Bewegung zu sein, ein Mond, der einem Planeten folgt. Sie kamen an Beeten mit Gewürzpflanzen vorbei, Kerbel, Majoran, Basilikum und Sauerampfer. Ihre Bewegung verursachte einen

Luftzug, so daß ihr Seidenkleid sich hinter ihr bauschte. Blumenzwiebeln lagen in flachen Furchen. An einer anderen Stelle hatte jemand einen Spaten neben frisch umgegrabener Erde hingeworfen, die Arbeit einfach unterbrochen. Es fiel ihm ein, daß es in ihrem privaten Paradies einen Gärtner geben mußte, wie ein Tier, das man nicht sah.

Mrs. Pugh drehte sich um, um ihn anzuschauen. Ihr Gesicht schien vor Erregung gerötet. »Schließen Sie Ihre Augen, Sir. Dieser Garten existiert nur in der Einbildung. Ich werde Sie jetzt dreimal um Sie selbst drehen. Dann müssen Sie mich suchen.«

Seine zaghaften Proteste waren nicht viel mehr als warme Luft. Er schloß die Augen, und sie drehte ihn dreimal. Als er sie wieder öffnete, war sie verschwunden. Er suchte nach Spuren von ihr und machte eine komplette Runde. Der Garten erschien ihm leer, konturenlos.

»Madam?« rief Grange fragend.

Anfänglich war er belustigt. Er schaute hinter eine Hecke, untersuchte den Platz hinter einigen Büschen, dann nahm er die Mauer in Augenschein, an der Obstbäume standen. Nach mehreren vergeblichen Versuchen begann er jedoch unsicher zu werden.

»Madam?«

In einer Ecke befand sich der Gewürzgarten, eine komplizierte Anlage in elisabethanischem Stil mit Wegen, die mit Ziegelsteinen gepflastert waren und über und über mit Gewürzpflanzen bewachsen – Petersilie, Thymian, Minze, Kerbel und Dill. Die verstreut blühenden Margeriten kamen ihm, weiß, wie sie waren, wie Geister vor. Er schritt durch den Gewürzgarten und bemerkte in der Hecke auf der anderen Seite einen Durchgang, der zu so etwas wie

einer Laube führte. Aber als er sie erreichte, stellte er fest, daß es sich bloß um einen Durchgang zu anderen Lauben handelte.
Zuerst zögernd und dann mit immer größerer Geschwindigkeit, als ob jetzt, da er sich einmal verlaufen hatte, alles keine Rolle mehr spielte, setzte er seinen Weg an einer Hecke entlang fort, an die sich weitere Lauben anschlossen, die ihm in fast unendliche Ferne zu reichen schienen. In mehreren der Lauben standen Skulpturen, überwiegend Statuen. In einer fand sich ein Satyr oder Pan und schaute angespannt auf etwas, was nur er sehen konnte. Grange holte tief Atem und war etwas schockiert über den Erregungszustand zwischen den Lenden des Satyrs. Dann wurde ihm bewußt, wie seltsam der Garten angelegt war, daß er einen Gemütszustand abbildete. Seine Suche war systematischer geworden, eine unsichtbare Kraft trieb ihn weiter. Er ging halb und lief halb den Hohlweg hinunter. In einer anderen Pflanzung stand die Statue einer fliehenden Nymphe, die über die Schulter zurückschaut. Jetzt eröffneten sich ihm im Weiterlaufen neue Ausblicke, ohne daß er jedoch irgendwo Mrs. Pugh entdeckte. Es war, als wäre der gesamte Garten zu einem Irrgarten geworden oder zu etwas, was sich im Kopf abspielte und nur enthüllte, was er enthüllen sollte. Weiter den Hohlweg in der Hecke entlang hatte ein Satyr in einer Pflanzung eine Nymphe erhascht, und diese beugte sich lasziv vornüber, während er sie von hinten packte.
»Silas?«
In der sich immer schneller drehenden Welt sah ihn Mrs. Pugh über die Schulter an und beugte sich vornüber. Sie hatte die Röcke gehoben, so daß er ihre Schenkel sehen konnte.

»Kommen Sie, Sir. Es ist Zeit, daß Sie Ihrer Natur folgen.« Jetzt war es Grange, dessen Sinne in Unruhe gerieten und der die Geräusche eines Menschenpaares hörte, das sich wie in einiger Entfernung miteinander vergnügt. Er hatte das Gefühl, daß ihr alle seine menschlichen Qualitäten in diesem stillen Garten willkommen waren, in dem man die Stille fast hören konnte. Zwischen ihren immer tieferen Seufzern sagte Mrs. Pugh: »Ich rechne fest damit, daß Sie über Nacht bleiben, Sir.«

## 29

Anschließend, aus einem, wie es ihm vorkam, größeren zeitlichen Abstand, saß er in einem holzgetäfelten Arbeitszimmer und las in einem Buch, während sich seine Gastgeberin für das Abendessen umzog. Sie waren vom Regen naß geworden. Da er strikte Anweisung hatte, sie nicht zu suchen, hatte Harrison angenommen, daß sie im Garten unter einem der Bäume oder unter einem Mauervorsprung Schutz gefunden hatten. Als sie tropfnaß von ihrem Aufenthalt im Garten ins Haus gekommen waren, hatte Harrison Grange auf ein geflüstertes Wort von Mrs. Pugh hin die Treppe zu seinem Schlafzimmer hinaufgeführt und ihm eine Kanne mit heißem Wasser und eine Schüssel gebracht. Nachdem sie sich um die Bedürfnisse ihres Gastes gekümmert hatte, war Mrs. Pugh in ihr eigenes Schlafzimmer gegangen, um sich zu waschen und umzukleiden.

Während sich Grange noch frisch machte, holte Harrison diskret seine Kleider und trug sie in die Küche, um sie dort vor dem Feuer zu trocknen. Nachdem er sich gewaschen hatte, zog Grange seine feineren Sachen für das Abendessen an.

Im Arbeitszimmer war es dunkel, der Himmel war bedeckt,

und man sah kaum, wie der Raum möbliert war. Auf einer Seite des gewaltigen Schreibtisches stand eine glänzende Messinglampe, die die Form einer Schlange hatte. Statt mit einem Schirm, hatte man sie mit Glasprismen versehen. Aus Höflichkeit und mehr noch aus Verlegenheit und auch wegen des düsteren Wetters hatte Harrison den Docht entzündet, und im Schein der Flamme konnte Grange lesen. Obwohl er sich auf die Pergamentseiten zu konzentrieren versuchte, war er zerstreut. Ohne es zu wollen, kehrte er mit seinen Überlegungen immer wieder zu dem zurück, was geschehen war. Trotz seines Versuchs, sich ganz dem Text zu widmen, tauchten Bilder des Verlangens jenseits der Buchstaben und der Buchseiten auf, als würden sie von Wasser nach oben getragen. Er war mit diesen Überlegungen beschäftigt, weniger nachdenklich als zerstreut, als Mrs. Pugh an die Tür klopfte und hereinkam. Grange bemerkte außerhalb des Lichtkegels, der von der Lampe geworfen wurde, wie sich ihr versonnenes und humorvolles Gesicht auf ihn zubewegte.

»Sind Sie bereit für das Abendessen, Sir?«

Er stand auf und sah sie an, und einen Moment lang konnte es einem so vorkommen, als würden sie beide über den Gesichtsausdruck, den sie bei dem anderen bemerkten, lächeln, in ihrem Fall das Lächeln einer Gastgeberin, die mehr geboten hat, als von ihr erwartet wurde, in seinem der beunruhigte, aber doch dankbare Blick eines überraschten Gastes.

»Harrison hat Ihre Sachen zum Trocknen an sich genommen?«

»Ja, Madam.«

Einzelheiten der Kleidung interessierten ihn in der Regel nicht; er schloß sie in der Tat vorsätzlich aus seinen Gedanken aus als etwas, das für seine Angelegenheiten ohne jede Bedeutung war. Jetzt schien er jedoch auf die Oberfläche der Dinge eingestellt zu sein. Sie bewegte sich auf die Tür zu, und er nahm ein Seidenkleid mit einer hohen Taille mit einem klassischen Schnitt wahr, über das sie eine kurze Jacke geworfen hatte, um sich gegen die Kälte zu schützen, die am Abend aufgekommen war. Ihr Haar war zu einem Knoten à la Clytie, wie man in modebewußten Kreisen zu sagen pflegte, gebunden, einem Knoten, der ziemlich weit oben auf dem Kopf saß. Sie zögerte, durch die Tür zu treten, und wartete, bis er neben ihr stand, dann nahm sie seinen Arm, und sie gingen zusammen in das Eßzimmer.

Harrison, der immer überall war, hatte dafür gesorgt, daß ein großes Feuer im Kamin brannte. Die Flammen schlugen wie scharfe Speere nach oben.

Mrs. Pugh saß an der Schmalseite des Tisches, Grange rechts von ihr. Er war der einzige Gast. Harrison servierte aus einer Silberschüssel Schildkrötensuppe. Die Stille wurde gelegentlich vom lauten Knistern des Feuers unterbrochen. Mrs. Pugh wartete, bis Harrison gegangen war, bevor sie Grange anlächelte.

»Mein Lieber, ich denke, es ist an der Zeit, daß wir uns mit Vornamen anreden. Ich hoffe doch, daß ich Sie Silas nennen darf. Ich heiße Arabella, das wissen Sie bereits, aber meine Freunde, und ich hoffe, daß Sie mir gestatten werden, Sie dazu zu zählen, nennen mich Bella.«

»Danke.«

Mrs. Pugh senkte die Stimme: »Aus Gründen der Etikette habe ich Ihnen eines der Schlafzimmer am anderen Ende des Hauses gegeben. Ich werde Sie heute abend besuchen, wenn Sie das wünschen.«

»Das ist sehr freundlich von Ihnen und – willkommen.«
Unter dem Tisch, als wollte sie ihre Gedanken unterstreichen, legte sie eine ruhige und möglicherweise auch besitzergreifende Hand auf seinen Oberschenkel.
»Morgen, fürchte ich, werde ich Sie nicht sehen. Ich gehe zur Beichte meiner Sünden wegen. Sind Sie einer aus der Herde, Silas?«
»Nein. Ich bin nicht religiös.«
Sie machte eine Pause und sah ihn an. »Deswegen müssen Sie sich vielleicht auch immer mit Ihrem Gewissen auseinandersetzen. Was mich angeht, ich brauche die Absolution. Ich habe mich nach dem Tode meines Mannes der römischen Kirche angeschlossen. Ich finde, der Glaube ist ein wirklicher Trost.«
»Das freut mich für Sie.«
»Lassen Sie uns früh zu Bett gehen, Sir. Ich komme dann. Aber ich muß Ihr Schlafzimmer vor zwölf verlassen. Der Sonntag ist heilig.«
»Ich respektiere Ihre Wünsche, das versichere ich Ihnen. Alles zu seiner Zeit.«
»Genau. In der Kirche habe ich es gerne mit einem Priester zu tun, im Bett bin ich auch für einen Ungläubigen bereit.«
Kurz danach zog sie diskret ihre Hand zurück. Harrison trat ein und begann ihre Teller wegzuräumen. Nachdem er das Zimmer verlassen hatte, lächelte sie erneut.
»Ich mag Sie sehr, Silas.« Sie senkte die Stimme. »Sie sind die Mischung aus einem Gentleman und einem Faun.«
»Zuviel des Lobes.«
Sie begannen eine Unterhaltung, und Grange konnte sich anschließend an keine Einzelheit mehr erinnern. Sie schien mühelos ihren Verlauf zu nehmen. Er hatte bloß noch die unbeschwerte Atmosphäre im Kopf, und die

Bedeutungslosigkeit der Themen, die seine Aufmerksamkeit fanden, machten vielleicht einen Teil des Reizes des Abends aus. Daß es so wichtig war, daß es einem einfach nur gutging, das lustige und munter brennende Feuer, bei dem Harrison regelmäßig ein paar Scheite nachlegte, und das gute Essen und der hervorragende Wein schienen seine Wachsamkeit einzuschläfern, die sonst für seine Isolation verantwortlich war. Sie begaben sich in ihre Schlafzimmer, und er wartete darauf, daß sie zu ihm kommen würde.

»Liebling«, sagte Mrs. Pugh, »laß die Kerze brennen.«
Auf dem Nachttisch flackerte die kleine Flamme. Wo ihr Schein hinfiel, sah Grange schimmernde Haut. Mrs. Pugh hob ihr Hemd – ein schönes Bein, ein gewölbter Bauch, und wo dieser endete, das Dreieck ihrer Schamhaare.
»Kerzen erinnern mich an Kirche und an Musik«, sagte Mrs. Pugh. Ihr Hemd löste sich von ihr und bewegte sich wie eine formlose Flamme zur Decke. Nackt hatte sie genau die Fülligkeit, die er anziehend fand. Ihre Lippen berührten seine. Sie hob seine Hände zu ihren Brüsten.
Sie kniete zwischen seinen Knien, und er konnte deswegen ihr Gesicht nicht sehen, nur die Wölbung ihres dunklen Haares, in dem sich der Lichtschein bewegte, während sie sanft den Kopf hin und her drehte. Alles, was er von ihr wahrnahm, war ihre Stimme und manchmal ein wonnevolles Stöhnen.
»Sprechen Sie von Musik«, schlug Mrs. Pugh vor, »von Kirchenmusik. Erzählen Sie mir, was Sie wollen.«
Es wurde wieder dunkler, und er sehnte sich nach mehr Licht. Ihr Haarschopf, die feinen Linien ihrer Rippen, das Ende ihrer Wirbelsäule und der Schatten ihres Hinterteils waren sichtbar.

»Madam, vor allem gefällt mir Thomas Tallis' Messe in Dur, die aus dem *Venite, Te Deum, Benedictus, Kyrie, Credo, Sanctus, Gloria in excelsis, Magnificat* und *Nunc dimittis* für vier Stimmen sowie dem *Preces, Responses* und dem *Paternoster* und der *Litanei* für fünf.«
Sie kniete weiter zwischen seinen Knien und war ruhig und zufrieden.
»Alle sind in dem ersten Buch ausgewählter Kirchenmusik des Geistlichen John Barnard erschienen. In Boyces *Kathedralmusik* fanden sich weder das *Paternoster* noch das *Venite.* Die Auslassung des wunderbaren *Venite* ist kaum zu erklären. In meine eigene Ausgabe des Boyce habe ich einen Separatdruck des *Venite* eingelegt. Die aus vierzig Teilen bestehende Motette ›Spem in alium non habui‹ ist wirklich gewaltig.«
Seine Erregung wuchs, und er schaute auf die schwach erhellte Kurve ihres Rückgrats. Sie bewegte ihre Hüften langsam vor und zurück. Jetzt summte sie offensichtlich etwas, denn er konnte spüren, wie ihre Lippen und ihre Zunge vibrierten. Es kam ihm vor wie Kirchenmusik, schockierend und wonnevoll. Er war entschlossen, seinen Redefluß nicht abreißen zu lassen.
»In seinem *Miserere nostri*«, fuhr Grange fort, »grenzt die Kompliziertheit des Kontrapunkts fast schon an ein Wunder.«
Wunderbar waren ebenfalls seine Gefühle, die sich im Fluß befanden und auf eine Spitze zubewegten, und diese würde sein gesamtes Universum ausmachen. In London war das für die Huren, vor allem die französischen und italienischen, eine besondere Gunst. Aber hier, in dieser respektablen Umgebung, bekam es eine ganz eigene Note. Er stöhnte und schüttelte sich, dann sammelte er sich, um fortfahren zu können.

»Natürlich ist es manchmal schwer, zwischen dem Werk von Tallis und dem seines Schülers und Mitarbeiters Byrd zu unterscheiden. In Tallis' letzten Lebensjahren lassen sich bestimmte Werke ausdrücklich Byrd zuordnen, beispielsweise *Cantiones quae ab argumento Sacrae Vocantur, quinque et sex partium,* das aus sechzehn Motetten von Tallis und achtzehn von Byrd besteht.«
Die Kerze befand sich immer noch auf dem Fußboden, wo sie sie hingestellt hatte, und verbreitete ein weiches pulsierendes Licht. Er fühlte, wie sein gesamtes Selbst unter den schattenhaften Liebkosungen ihrer Hände und ihres Mundes davonglitt.
»Die Musik ist vielleicht zu sensuell für den protestantischen Glauben«, fügte Grange hinzu. »Und ich bin nicht der einzige, der das denkt. Obwohl sich Tallis und Byrd nach außen der neuen Religion anschlossen, blieben sie im Herzen doch katholisch.«

Nie hatte er sich das Licht oder seine Abwesenheit so bewußt gemacht. Eine einzelne Flamme war nur eine winzige Lichtquelle. Auch ein gewaltiger Kronleuchter, den man herabgelassen hatte, um die Kerzen zu entzünden und ihn später wieder zur Decke hinaufzuziehen, gab einem großen Raum nur ein schwaches Licht. Die Nacht war in den Ecken schwarz. Sie schuf eine Atmosphäre des Wachseins und des Traums. Dunkle Möbelstücke wurden noch eckiger und solider. Weißes Fleisch schimmerte sinnlich. Jetzt richtete sie sich mit ihrem schweren kastanienbraunen Haar zu ihm auf, und er küßte ihre Wange, ihren Mund, und sie schob ihn sanft zurück. Aus der Dunkelheit tauchte eine Schulter auf wie aus einem Ozean, eine Brust und der dunkle Schatten einer Armhöhle, des Pudendums. Er und

Mrs. Pugh waren Liebende in einem merkwürdigen und dunklen Meer.

Als sie geendigt hatten, wandte sie sich von ihm ab, nicht um schlafen zu gehen, sondern um ihre Frist zum Aufbruch, Mitternacht, einzuhalten. Sie zog sich wieder ihr Nachthemd über, stieß einen halben Seufzer der Wonne oder des Bedauerns aus und schloß die Tür hinter sich. Etwas, was sich nicht erklären ließ, machte sich lästig in seinen Erinnerungen bemerkbar und hinderte ihn am Einschlafen.

Was fühlte er? Sicherlich nicht Ekel vor sich selbst. Das Erlebnis war angenehm gewesen. Er begann Mrs. Pugh wirklich zu mögen. Es gab etwas einnehmend Ehrliches und Direktes in ihrem Wesen, etwas Rationales. War es Enttäuschung, die ihm jetzt zu schaffen machte? Ein Gefühl, immer noch unter Spannung zu stehen, nicht befriedigt zu sein? Die wirklichen Draufgänger, vermutete er, erlebten diese Enttäuschung nicht anders als ein antiseptisches Mittel, das einen vielleicht einige Stunden lang schmerzt, möglicherweise auch einige Tage oder eine Woche – aber es war genau diese Enttäuschung, dieses Nichts, das ihren Geist für die nächste Begegnung frei machte. Auf ihre eigene spezielle Art, schien es ihm, war Mrs. Pugh in ihrem Innersten unbeteiligt, obwohl es sich in ihrem Fall vielleicht um nichts anderes als einen klaren Sinn für Prioritäten handelte. Sie schätzte ihre Unabhängigkeit und würde dieser und ihrer Bewahrung alle vorstellbaren emotionalen Bindungen mit einem Mann opfern. Nein, sie hatte sich sehr ehrenhaft verhalten, soweit er das von seiner Warte aus beurteilen konnte. Jede Freiheit erforderte Opfer, und Grange konnte ihre Vernunft nur gutheißen, wie er die Sache auch anschauen mochte, und er wälzte sich in seinen Kissen.

Und wie war es um seine eigenen Gefühle bestellt? Der eher uninteressierte Jäger erhob sich von einer Mahlzeit und bereitete sich ohne Eile auf die nächste vor. Er war sich nur einer Sache sicher, nämlich daß sein Appetit zurückkehren würde. Und doch konnte er sich nicht helfen. Er empfand eine leichte Unruhe. Er lag in den frühen Morgenstunden in seinen Kissen, noch umgeben von der Erinnerung an die Wärme des Körpers seiner Gastgeberin, und das Rätsel plagte ihn.

## 30

Eine kurze Zeit später kam sie in sein Zimmer zurück, schlüpfte in die freie Hälfte des Bettes und entschlummerte. Er stellte sich vor, verschlafen, wie er war, daß sie aus einem Gefühl der Loyalität oder der Kameradschaft heraus zurückgekehrt war, und vermutete, daß diese Liebenswürdigkeit ihre Vorstellungen über den Sabbat nicht verletzte.

Und doch war sie verschwunden, als er, nicht etwa aus Begierde, sondern um sich ihrer zu versichern, seine Hand früh am nächsten Morgen nach ihrem Körper ausstreckte. Sie war auf dem Weg in die Kirche, und nur eine schwache Spur ihrer Wärme hatte sich in den Laken gehalten. Draußen war es bereits hell, und die Vögel sangen. Er stolperte schläfrig zum Waschtisch, goß kaltes Wasser aus einer Kanne in die Schüssel und begann sich zu waschen.

Auf einem Stuhl lagen seine Kleider zusammengefaltet und säuberlich aufgeschichtet. Seine Reisetasche war sorgfältig gepackt. Diese Sorgfalt und Häuslichkeit hatten einen seltsamen Effekt, halb vertraut und halb erotisch, als hätte sie seinen Kleidern eine letzte Liebkosung geschenkt. Sein Rasiermesser und seine Bürsten lagen neben der Wasserkanne. Er seifte sein Gesicht ein, und Schatten schienen sich in den Ecken des Zimmers zu bewegen. Er begann sich zu rasieren und fiel in die tiefe Nachdenklichkeit, mit der Menschen den Tag beginnen und ihr Selbst wiederfinden.

Als er sich rasiert und angekleidet hatte, ging er die Treppe aus Eiche hinunter. An ihrem Fuß erschien Harrison aus einer Seitentür wie ein langer Schatten.

»Meine Herrin läßt Ihnen ihre wärmsten Wünsche ausrichten und sich dafür entschuldigen, daß sie Ihnen beim Frühstück nicht Gesellschaft leisten kann. Sie nimmt von Ihnen freundschaftlich Abschied und wünscht Ihnen eine sichere Reise.«

Harrisons Ernsthaftigkeit verlangte Respekt. Grange nickte ihm zu, um ihm zu bedeuten, daß er seine Ausführungen verstanden hatte, und verspürte gleichzeitig schwache Hungergefühle unter seinen Rippen. Als hätte er die Wünsche seines Gastes von dessen Augen abgelesen, fuhr Harrison fort: »Madam hat mich gebeten, Ihnen zu sagen, daß ein Frühstückskorb für Sie im Wagen bereitliegt. Mein Rat wäre, Sir, daß wir bald aufbrechen, wenn Sie noch die frühe Postkutsche in Downton um Viertel nach acht erreichen wollen.«

»Wie Sie meinen.« Ein Gedanke kam Grange. »Hat sie die Kutsche nicht selbst genommen?«

»Sie bevorzugt den einspännigen Wagen, Sir. Madam fährt gern allein zur Kirche.«

Er machte eine halbe Verbeugung in Richtung von Grange und ging dann mit anmutigen Schritten vor diesem her, schob die Riegel der Haupteingangstür zurück, hob den gewaltigen Querbalken und wartete geduldig, bis Grange hinausgetreten war.

Die zweispännige Kutsche stand in der Auffahrt bereit.

Grange kletterte hinauf, und Harrison schloß den Schlag hinter ihm. Der gesamte Aufbau geriet ins Wanken, als sich Harrison auf den Platz neben dem Kutscher schwang. Fast im gleichen Augenblick rief dieser ein Kommando, und die Pferde zogen an.

In dem stark schwankenden Innern des Wagens stand auf dem gegenüberliegenden Sitz ein Weidenkorb. Unter einem Tuch fand Grange eine Lammkeule, einige gekochte Kartoffeln, ein Messer und eine Gabel. Ein glühender Appetit ergriff von ihm Besitz und machte sich kalt und schneidend unter seinen Rippen breit. Er kümmerte sich nicht um das Messer und den silbernen Teller, hob die Lammkeule zum Mund und riß, nachdem er kurz verweilt hatte, das Fleisch direkt mit den Zähnen herunter. Sein Verhalten überraschte ihn, wie jemand überrascht ist, wenn ein anderer an ein Ereignis erinnert, das er längst vergessen hat. Essen war nicht so sehr ein Vergnügen als eine Schwächung des Appetits. Als hätte er seine Gleichgültigkeit jetzt fallengelassen, gab er sich ganz seinem Hunger hin. Er tat sich an dem Fleisch gütlich und aß von den weichen Kartoffeln in dem engen Käfig der Kutsche, während die Hufe der Pferde donnerten, und erfuhr etwas wie eine Freude an den fleischlichen Dingen. Außer dem Lamm gab es französischen Wein aus einem Weinkeller, der in den frühen Jahren des Friedens mit Frankreich angelegt worden war. Eine schreckliche und ruhige Gleichgültigkeit ergriff ihn. Er entfernte den Korken der Flasche mit seinen Zähnen, trank, und während er so beschäftigt war (Zweige von Bäumen strichen an den Seiten des Wagens entlang), fiel ihm ein, daß sie jetzt zwischen den reumütigen Sündern saß oder kniete und den Abendmahlswein trank.

Als sie die Ausläufer von Downton erreicht hatten, war sein exzessiver Appetit verschwunden. Er saß ruhig in der Kutsche und sah starr geradeaus, während sie in das Dorf fuhren.
Harrison sprang ab und trug Granges Reisetasche zum Halteplatz der Postkutsche.
»Danke, Harrison. Sie brauchen nicht zu warten.«
»Wie Sie wünschen, Sir.«
»Fahren Sie jetzt zurück?«
»Ja, Sir.« Harrison wandte sich ihm zu, als wollte er eine Rede halten. »Bevor sie zur Kirche aufbrach, hat mich Madam gebeten, Ihnen eine gute Reise zu wünschen.«
»Danke. Bitte überbringen Sie ihr meine Hochachtung.«
»Auf Wiedersehen, Sir.«
»Auf Wiedersehen«, sagte Grange.
Harrison kehrte zu dem Kutscher auf den Wagen zurück und drehte sich um, um den Kopf ein letztes Mal höflich zu neigen, eine Geste, die präzise den Grad seines Respekts ausdrückte. Der Kutscher zog an den Zügeln, und sie fuhren davon.

Es war nicht die Nacht, die ihn verfolgte, sondern die Erinnerung an den Garten. Der Regen begann schwer zu fallen, erst ein paar verschreckte Tropfen, die plötzlich an Gewicht zunahmen und sich in einen Wolkenbruch verwandelten, der gutgelaunt Blumen und Büsche einhüllte. Nachdem ihre ersten Annäherungen vorüber gewesen waren, waren sie auf den Rasen niedergesunken. Der Regen fiel immer noch schwer auf seinen Rücken. Er teilte ihre Haare, machte Zöpfe und küßte ihre Wangen und ihren Hals und fühlte unter seinen Lippen ihre Wärme. Er zog sich seine durchnäßte Jacke und sein durchnäßtes Hemd aus. Ihre Finger, die auf seinen Schultern gelegen hatten, bewegten sich seine Wirbelsäule hinunter. Ihr Gesicht strahlte eine ungewöhnliche Klarheit aus, Klarheit der Lust oder des Besitzes. Augen, Nase, Mund, die grundlegenden Orientierungspunkte, das Gesicht war die Maske der Seele. Im Vorbeigehen sah er etwas von sich in ihren Augen. Es war dieses Bild seiner selbst, das ihn erschreckte, das eines Jägers, eines kalten Sensualisten auf Beutesuche.

Es gab andere Bilder. Ihr weißes Fleisch, das sich parallel zu ihrem schwarzen Schatten auf der Wand des Schlafzimmers bewegt. Das Glühen ihrer Lenden, die heiße Dunkelheit der Haare zwischen ihren Beinen. Das war es, was er fürchtete, genau diese kalte Bewertung, den Minotauros in seinem Innern. Er hoffte vielleicht, daß ihn die Liebe eines Tages aus seiner Gleichgültigkeit reißen würde. Aber was sich zeigte, war das Gegenteil. Gleichgültigkeit zerstört jede Liebe.

# 31

Er kam nach Lymington zurück und verbrachte den überwiegenden Rest des Tages mit seiner Korrespondenz und anderen Schreibarbeiten. Mrs. Thompson flickte nach dem Kirchgang Hemden in der Küche im Erdgeschoß. Nachdem er nach einigen Stunden, in denen er ganz bei der Sache war, das meiste erledigt hatte, holte er von dem Brett über seinem Schreibtisch das *Traktat über die menschliche Natur.*

> Ganz allgemein dürfen wir sagen: Die Menschen verhalten sich in ihrem Innern zueinander wie Spiegel. Und dies nicht nur in dem Sinne, daß sie ihre Gefühlsregungen wechselseitig spiegeln; sondern es werden auch die Strahlungen der Affekte, Gefühle, Meinungen wiederholt hin- und zurückgeworfen, bis sie ganz allmählich verlöschen. Die Lust, die der Reiche durch seinen Besitz gewinnt, geht auf den Beschauer über und weckt in ihm Lust und Wertschätzung; diese Gefühle vermehren wiederum die Lust des Besitzers, wenn er sie bemerkt und ihnen zustimmt; wieder zurückgeworfen, werden sie ein neuer Anlaß zu Lust und Wertschätzung bei dem

> Beschauer. Reichtümer erzeugen sicher eine ursprüngliche Befriedigung dadurch, daß sie es ermöglichen, alle Freuden des Lebens zu genießen. Dies ist ihr eigenstes Sein und Wesen; und dies muß daher auch die erste Quelle aller aus ihnen entspringenden Affekte sein. Einer der bedeutendsten unter diesen Affekten nun ist die Liebe und Wertschätzung; derselbe entspringt aus dem Mitgefühl und der Lust des Besitzers. Dem Besitzer bringt aber sein Reichtum noch die Nebenbefriedigung, die aus der Liebe und Achtung hervorgeht, welche er durch denselben erwirbt; diese Befriedigung ist nichts anderes als eine zweite Zurückstrahlung der ursprünglichen Lust, die von ihm selbst ausging. Diese Nebenbefriedigung oder Eitelkeit empfiehlt den Reichtum am meisten und ist der Hauptgrund, weswegen wir denselben entweder für uns selbst wünschen oder an anderen wertschätzen. In letzterem haben wir eine dritte Rückstrahlung der ursprünglichen Lust. Später wird es wegen ihrer Schwäche und ihrer Durchkreuzung schwer, die Bilder von ihren Rückstrahlungen zu unterscheiden.

Grange beendete seine Lektüre kurze Zeit später, und seine Gedanken waren voll von den glitzernden Spiegelbildern des Reichtums. Er stellte das Buch zurück und trat zur Haustür.

Mrs. Thompson fragte: »Gehen Sie spazieren, Sir?«

Er drehte sich um und sah, daß sie ihn anschaute und in ihren Händen einen schweren Mantel hielt.

»Ich denke, das Wetter ist unbeständig.«

Sie hatte ihn dabei ertappt, daß er die Möglichkeit eines

Wolkenbruchs vernachlässigte, und er gestattete ihr, daß sie den Mantel über seine Schultern legte und die Schnalle schloß, bevor er ihr kurz zunickte und nach draußen in den trüben Tag schritt.
Gedanken verfolgten ihn. Ihm war unbehaglich zumute, nicht nur wegen des gelesenen Textes, in dem der große Philosoph feinsinnig seiner Verachtung des Reichtums Ausdruck gegeben hat, sondern allgemein.

Er konnte auch an diesem Abend und in seinem eigenen Bett nicht ohne Schwierigkeiten einschlafen. Er dachte an das Haus von Mrs. Pugh. Verglichen mit seinem schmalen Lager, war ihr Bett weich, die Matratze gut, und die Kissen waren mit den feinsten Eiderdaunen gefüllt. Luxus zog ihn jedoch, das muß ehrlicherweise gesagt werden, nicht an, auch nicht all das, was die Sinne umschmeichelt. Nein, seine eigene Rolle beschäftigte ihn und wie sich diese verändert hatte. Er tat, was er konnte, um bestimmten Frauen zu ihrer Erfüllung zu verhelfen, zu dem, was Mrs. Quill als »Erwachen« bezeichnete. Aber wenn Mrs. Pugh ein Modell all derer sein sollte, denen er den Hof zu machen hatte, dann stand es außer Zweifel, daß sie schon vor langer Zeit erwacht und daß er nur einer ihrer zahllosen Liebhaber war. Genau das beunruhigte ihn und machte ihm Sorgen.
Seine Gedanken kehrten zu Jane zurück, deren Bild wieder vor seinem inneren Auge aufgetaucht war. Eine Vielzahl von Emotionen bemächtigte sich seiner. Er fühlte im hintersten Winkel seiner Seele, die sein letzter Zufluchtsort war, daß er getan hatte, was nötig war, um sie zu sehen. Es war seltsam, daß er immer noch an Mrs. Quill glaubte, daß er sich nicht helfen konnte und sie

noch immer als seine Wohltäterin betrachtete. Wollte sie ihm nur zeigen, wozu er fähig war? Und doch war er sich über ihre Gründe im unklaren, und während er noch verwirrt war, war er instinktiv geneigt, ihr nur die besten Absichten zuzusprechen. Das Ergebnis war, daß er sich mehr als jemals zuvor verpflichtet fühlte, ihre Vereinbarung nicht zu brechen.

Mehrere Tage später, er saß gerade an seinem Schreibtisch in seinem Arbeitszimmer und wartete auf seinen nächsten Patienten, kam Mrs. Thompson herein, nachdem sie kurz an die Tür geklopft hatte.

»Ein Brief für Sie, Sir.«

»Danke, Mrs. Thompson.«

Ihre weiten Röcke berührten den Türrahmen, als sie hinausging. Es klang, als würde jemand ausatmen. Er wartete, bis ihre Schritte verhallt waren, bevor er den Brief nachdenklich mit einem Zeigefinger öffnete.

> Lieber Silas,
> ich habe von Mrs. Arabella Pugh gehört, daß sie ihren Besuch sehr zu schätzen wußte.
> Ich stehe in Ihrer Schuld, da Sie unsere Vereinbarung eingehalten haben.
> Vielleicht wollen Sie morgen zum Tee kommen. Falls Sie verhindert sein sollten, bitte fühlen Sie sich nicht verpflichtet zu antworten. Ich werde um vier Uhr meinen Tee nehmen, und wenn Sie da sind, sind Sie da.
>
> In Dankbarkeit
> Ihre
> Celia Quill

Er steckte den Brief in seine Jackentasche, bevor Mrs. Thompson wieder in der Tür auftauchte, und sah diese dann an.

»Können Sie jetzt den ersten Patienten empfangen, Sir?«

»Ja«, sagte Grange. »Schicken Sie ihn gleich nach oben.«

Er stand vom Tisch auf, um den ersten Patienten des Tages zu begrüßen.

# 32

Im ruhigen Licht des Nachmittags schloß Mrs. Quill die Tür hinter Grange und hielt inne.

»Sie schauen gut aus, Silas, vielleicht ein bißchen zu dünn.«

»Danke.«

Sie trug ein Hemd und Schuhe für die Gartenarbeit, sah aber trotzdem strahlend aus. Das Licht eines Fensters in der Diele fiel auf ihre Wange. Sie führte ihn in den Salon, wo bereits ein Tablett mit Teegeschirr stand, und forderte ihn überaus höflich dazu auf, sich hinzusetzen. In seinen Augen erschien sie, äußerlich zumindest, bemerkenswert gefaßt. Sie goß sorgsam ein, und er blickte auf die Flaumhaare auf ihrem Handrücken und ihren Handgelenken. In ihrer Gegenwart verlor er sich in Kleinigkeiten, wie er sich, wenn er allein war, nur mit abstrakten Dingen befaßte. Sie reichte ihm eine Tasse, lächelte und schenkte sich dann selbst ein.

»Ihr Besuch war für Mrs. Pugh sehr angenehm, Silas.«

Falls Grange auf ihre Bemerkung überhaupt einging, dann nur durch ein bloßes Kopfnicken, eine minimale Bestätigung.

»Und doch«, Mrs. Quill setzte sich zurück, »stelle ich etwa fest, daß Sie nicht so erbaut zu sein scheinen?«

»Ich habe keinen Grund zur Klage, Madam.« Er wollte erst einmal eingehend ihren Gesichtsausdruck studieren, aber da er nichts bemerkte, was ihn hätte ermutigen oder entmutigen können, fuhr er fort: »Und trotzdem bin ich in einem Teil meiner Seele beunruhigt.«

Sie nippte an ihrem Tee und sah ihn an. »Beunruhigt?«

»Mrs. Pugh, die ich in vielerlei Hinsicht als erfahren betrachte, machte während des Abendessens eine interessante Bemerkung. Sie sprach über ihren eigenen Glauben und darüber, daß ich keinen habe, und sagte, daß ich mit meiner und nicht etwa sie mit ihrer Seele zu kämpfen habe.«

»Und stimmen Sie dem nicht zu?« Das war mit solch selbstverständlicher Klarheit gesagt, daß Grange einen Augenblick innehielt.

»Im Gegenteil, Madam, ich weiß nur zu gut, was sie meint. Daß man keinen Gott hat, bedeutet nicht, daß man sein Gewissen verliert. In der Tat wird der Kampf mit dem eigenen Gewissen nur fürchterlicher, wenn man keinen Gott hat, der einen führt und der einem verzeiht.«

»Mein lieber Silas, Sie sind in einer melancholischen Stimmung. Haben Sie denn etwa ihre Gesellschaft nicht genossen?«

»Madam, sie ist attraktiv, ehrlich und amüsant. Wie hätte ich anders können?«

»Das haben Sie sehr galant ausgedrückt. Und doch scheinen Sie beunruhigt zu sein?«

»Sie hat auch den unschätzbaren Vorzug, Gott das zu geben, was Gott, und Cäsar das, was Cäsar gebührt.«

Sie beugte sich nach vorn, um ihre Tasse hinzustellen, und die Sonne fiel auf ihr Haar, ein feuriger Strudel, der golden, rot und bernsteinfarben glänzte. Er hatte den

Eindruck, daß er es hier mit einer Form von Schönheit zu tun hatte, die ihn in seinem Herzen berührte. Als sie ihn wieder ansah, war er erstaunt, daß seine Gedanken so weit geschweift waren.

Vielleicht hatte Mrs. Quill etwas von seinen Gedanken erraten, denn sie lächelte über seinen Gesichtsausdruck und machte eine Pause, bevor sie weitersprach.

»Und was beunruhigt Sie dann?«

»Mein Gewissen, Madam. In meinem Herzen fühle ich nicht, daß das, was ich tue, richtig ist.«

»Richtig ist ein sehr gefährliches Wort, Silas.« Er war erstaunt über die Entschlossenheit, die sich in dem, was sie sagte, verbarg, und beobachtete, wie sie sich sammelte, ehe sie fortfuhr. »Es verbindet Frauen mit Männern in Ehe und Sklaverei. Mrs. Pugh und Mrs. Boxer, meine guten Freundinnen, haben beschlossen, ihr Leben so zu leben, wie sie es für angemessen halten, nicht nach irgendeiner Vorstellung, was richtig sein könnte, die ihnen fremd ist.« Sie sah ihn direkt an und so, daß er sie nicht mißverstehen konnte. »Ist es vielleicht das, was Sie beunruhigt?«

»Nein, Madam, das ist es nicht. Eher meine eigene Reaktion.«

»Wie das?«

»Ich kann keinen vernünftigen Grund erkennen, warum ich so empfinde. Am Tage meiner Rückkehr fühlte ich mich seltsam ausgelassen, als wäre etwas Schweres von mir genommen worden.«

»Und das beunruhigt Sie?«

»Ja.«

Sie blickte ihn ausdruckslos an. »Silas, Sie sind ein tadelloser junger Mann. Sie glauben nicht, daß Sie gutaussehend sind, aber Sie sind attraktiv. Sie haben Charme, Sie sind

intelligent, und Sie haben Manieren. Wenn Sie es über sich bringen könnten, Ihren Kampf mit Ihrem Gewissen aufzugeben, könnten Sie vielleicht glücklich sein.«
Er war sich der Besonderheit seines Schweigens und der Abgründe dieses Schweigens bewußt und suchte nach Worten. »Wenn ich mein Gewissen aufgäbe, Madam, wüßte ich nicht mehr, was ich noch sein würde.«
»Vielleicht«, schlug Mrs. Quill gelassen vor, »würden Sie frei sein.«
Sie hielt inne und trank einen Schluck Tee. Er betrachtete ihren Gesichtsausdruck, der ihm abwechselnd alles oder nichts anzudeuten schien, um sich dann in einen der reinsten Besorgnis und Großmütigkeit zu verwandeln.
»Ich weiß, daß ich über Ihr Leben nicht bestimmen kann. Aber wenn Sie den Kampf mit Ihrem Gewissen ablehnen, könnten diese willensstarken und unabhängigen Frauen Ihre Beschützerinnen und Ihre Favoritinnen werden.« Sie lächelte. »Sie könnten Ihnen bei Ihrer Karriere helfen. Und mehr noch als das, sie könnten Sie Dinge über das Leben lehren, die Sie noch nicht wissen. Sie könnten Sie aus ihrer staubigen Studierstube herausholen.«
»Madam, je mehr ich über das lerne, was Sie Leben nennen, je mehr glaube ich, daß ich dafür nicht geeignet bin.«
Mrs. Quill stellte ihre Teetasse mit einem deutlichen Klappern hin. »Vielleicht sind Sie nicht der Mann, für den ich Sie gehalten habe. Würden Sie es vorziehen, zu Ihrem Junggesellendasein mit Ihren kalten Büchern zurückzukehren?«
»Nein, Madam, ich würde gerne Ihre Tochter heiraten und ein Leben als Ehemann führen.«
Er hatte den Eindruck, als würde ihr Schweigen immer

tiefer, ja mehr als das, als würde sie eine Barriere errichten. Ihr Gesicht war unbeweglich, sie schien von einer gewissen Kälte umgeben zu sein.

»Das ist unmöglich. Sie ist schon verheiratet.«

»Wenn sie nicht eine Anhängerin der römischen Kirche ist, gibt es die Möglichkeit der Trennung. Ich könnte gut für sie sorgen ...«

»Sie sollten nicht einmal darüber nachdenken.«

Trotz der Kälte, die sich zwischen ihnen breitmachte, war er entschlossen, fortzufahren. »Vor einem Augenblick noch haben Sie mein Junggesellendasein verspottet. Wenn ich dann erkläre, daß ich eine Ehe anstrebe, stellen Sie sich mir in den Weg.«

Ein Gefühl breitete sich offenbar in ihr aus, das tief und eigensinnig zu sein schien. Jetzt stand Mrs. Quill auf und ging mit ruhigen Schritten von ihm weg ans andere Ende des Zimmers und verweilte dort in der hintersten Ecke, schaute hinaus in den Garten, bevor sie sich zu ihm umdrehte. »Wir dürfen darüber nicht länger reden.«

Grange erhob sich. »Sie haben mir ein Versprechen gegeben, Madam. Wenn ich Mrs. Pugh besuche, gestatten Sie mir, Ihre Tochter wiederzusehen.«

»Das ist unmöglich.« Diese Worten wurden mit solcher Klarheit vorgebracht, daß er sich mehr als jemals zuvor einem unbeugbaren Willen gegenübersah. Trotzdem bäumte sich etwas in ihm auf.

»Sie haben es versprochen, Madam ...«

»Ich habe Ihnen zu verstehen gegeben, Sir, daß ich mir die Sache noch einmal überlege, wenn Sie durch einen Besuch bei Mrs. Pugh beweisen, daß Sie Ihre Verliebtheit nicht weiter ernst nehmen.«

»Das habe ich auch getan.«

»Und jetzt finde ich ganz im Gegenteil, daß Ihre Verliebtheit noch stärker geworden ist und daß Sie Mrs. Pugh nur dazu benutzt haben, um Zugang zu meiner Tochter zu erlangen.«

»Madam ...«

»Sie müssen gehen, Sir, sofort.«

Auch wenn er bisher noch gezögert haben sollte, jetzt, als sie zur Tür trat, waren ihre Bewegungen so eisig und so bestimmt, daß er sich gezwungen sah, ihr zu gehorchen. Er ging hinter ihr her, wütend, beherrschte sich jedoch. An der Tür drehte er sich abrupt um, doch Mrs. Quill sagte im gleichen Moment: »Guten Tag, Sir.«

Er war kurz davor, etwas zu erwidern, und hätte es auch getan, aber ein Blick in ihr Gesicht verriet keine Spur der Schwäche und der Barmherzigkeit. Er fühlte, daß seine Bemühungen nutzlos sein würden.

»Guten Tag, Madam.«

Die Tür wurde fest hinter ihm geschlossen, oder ziemlich fest, nicht endgültig. Sie wurde nicht regelrecht zugeschlagen, sondern mit einer ruhigen und bestimmten Stärke geschlossen, die sein Innerstes aufwühlte. Riegel wurden vorgelegt, und er hatte nie ein so schreckliches Geräusch gehört. Sein Herz fühlte sich an, als befände sich in ihm ein Schloßmechanismus und als wäre es eben hermetisch verriegelt worden. Sie war sein Kerkermeister, schloß ihn aber nicht etwa ein, sondern aus. Es fröstelte ihn vor Verzweiflung. Er nahm den Weg durch den Garten und zog das eiserne Tor hinter sich zu. In der schmalen Gasse war niemand. Als er außer Sichtweite des Hauses war, fühlte er sich schwach und mußte sich gegen eine Mauer lehnen. Dann nahm er sich mühevoll zusammen und begab sich auf den Rückweg.

Trotz der besorgten Überlegungen, die er, ausgelöst durch die Situation, jetzt anstellte, hatte er noch genügend Geistesgegenwart, um sich auszumalen, wie beunruhigt Mrs. Thompson sein würde, wenn er in seinem augenblicklichen Zustand nach Hause zurückkehrte. Er würde sich dann noch zusätzlich ihren Fragen nach den Gründen seines Unwohlseins aussetzen. Also ging er in Richtung Watt, in der Hoffnung, daß er dort seine Fassung jedenfalls teilweise wiedererlangen würde, zumindest so weit, daß er an seiner Haushälterin vorbeikäme, ohne ihr Mißtrauen zu erregen, was seinen gesunden Menschenverstand betraf. Wenn er auch aufgewühlt war, so war der Tag doch zumindest ruhig. Die Sonne war bereits untergegangen, und eine stille Dämmerung hatte sich auf das Wasser gelegt.

# 33

Auf dem Watt spähte Grange über das menschenleere Marschland. In der ruhigen Abenddämmerung beobachtete er mehrere graue Reiher, die so still standen wie Wachtposten.

Obwohl er drauf und dran war, sie zu überraschen, schienen sie sich seiner Gegenwart bewußt zu sein. Sie setzten ihr friedliches in sich ruhendes Leben einfach fort. Als hätte man ihn dazu aufgefordert, seinen tiefsten Gedanken Ausdruck zu verleihen, stellte er sich vor, daß sie in einem anderen Medium wohnten, welches am Rande seines Bewußtseins und dem anderer Menschen lag. Sie hätten Visionäre ihrer eigenen besonderen und privaten Welt sein können. Er schätzte sie für ihre überlegten Bewegungen, ihre Konzentration, wenn sie in die Tiefen der Tümpel und Uferstreifen starrten, und ihren distanzierten seitlichen Blick, wie der eines Gelehrten, den man beim Lesen stört.

Wenn sie niedrig flogen, schienen sie gelegentlich ein bloßer Teil der Landschaft zu sein, flache Gegenstände parallel zum Horizont, die nur einen Schatten weit von der Wasseroberfläche entfernt lebten. Im Augenblick ihrer Landung jedoch, wenn sie ihre Flügel langsam zusammenzogen, hatte er das seltsame Gefühl, daß der Tod die Erfüllung des Lebens sei, daß er nach diesem nichts mehr zu fürchten habe.

»Sir.« Mrs. Thompson starrte ihn an. »Sie sind weiß wie ein Bettlaken.«
Sie stand in der geöffneten Tür. Grange versuchte sein Bestes, seine Verwirrung zu verbergen, obwohl ihn das leichte Zittern seiner Hände, als er sich die Stiefel auszog, möglicherweise verriet.
»Ich fühle mich passabel.«
Mrs. Thompson schien das zu bezweifeln. »Sie kommen mir krank vor, Sir. Haben Sie eine Erkältung?«
»Ich glaube, daß ich die ersten Anzeichen eines Fiebers bemerke«, entgegnete Grange. Sie gab ihm seine Hausschuhe. Er zog sie an, stand auf und drehte sich um, um nach oben zu gehen.
Da sie sich vielleicht bewußt war, daß sie nichts weiter aus ihm herausbringen würde, kam ihr ein anderer Gedanke. »Man hat mir aufgetragen, Sie direkt nach Ihrer Rückkehr zu unterrichten, Sir. Dr. Hargood war hier. Er schien besorgt. Er wollte mit Ihnen so bald wie möglich sprechen.«
Grange war gerade im Begriff, einen Fuß auf die erste Stufe zu setzen, drehte sich jedoch um und sah sie an.
»Er hat gehofft, daß Sie bei ihm vorbeigehen würden. Diesen Brief hier hat er dagelassen.«
»Danke, Mrs. Thompson.« Er sah ihr direkt in die Augen, und einen Moment lang hatte es den Anschein, als würde sie seine Autorität in Zweifel ziehen, als würde ihr entschlossener Blick seine Schutzmechanismen durchdringen. Ihr Gesichtsausdruck legte nahe, daß sie dieses Recht hatte,

da sie sich um alle seine Angelegenheiten kümmerte. »Das ist alles.«
Mrs. Thompson schaute ihn ein letztes Mal kritisch an, dann wandten sich ihre Augen zögernd von den seinen ab. Nachdem sie gegangen war, öffnete Grange den Brief.

Silas, mein lieber Freund,
heute habe ich aus London ein Schreiben erhalten. Ich habe einige wichtige und dringliche Neuigkeiten für Sie, was die Angelegenheit angeht, die wir bei unserem letzten Abendessen besprochen haben. Bitte kommen Sie bei mir vorbei, sobald Sie von Ihrem Spaziergang zurück sind.

Immer der Ihre,
Hargood

Grange wusch sich sein Gesicht im Waschbecken und vermied es, sich im Spiegel anzuschauen, als wüßte er, daß das, was er dort sehen würde, sein Elend nur bestätigen könnte. In der ruhigen Zeremonie des Händewaschens und -trocknens fand er immer Trost. Während er sich abtrocknete, berührte er unabsichtlich sein Gesicht, und die Kälte seiner Finger übertrug auf seinen Verstand ein Losgelöstsein von seinem Körper, ein Distanziertsein von seinen schwächsten Sinneswahrnehmungen.

Nachdem er sich gewaschen hatte, begab er sich ein zweites Mal an diesem Abend nach draußen und ging den Lymington Hill hinunter auf den Fluß zu. Er überquerte die Mautbrücke, und die Sinneseindrücke seines Körpers kamen ihm wiederum zu Bewußtsein, die Reibung seiner Ferse an der Innenseite seines Stiefels, das Geräusch seines

Atems, der von jemand anderem zu kommen schien. Er ging am Watt vorbei, verweilte jedoch nicht, um seine einzigartigen grauen Bewohner zu betrachten. Er wandte sich wieder landeinwärts und folgte dem Leinpfad, welcher der direkteste Weg zu Hargoods Haus war. In der Kühle der Abenddämmerung trat er ein. Eine Lampe war bereits entzündet und hing neben der Tür an einem Haken aus Metall, obwohl man in dem schwachen Licht noch genug sehen konnte. Beim zweiten Klopfen wurde der Riegel fast gewalttätig zurückgezogen und die Tür aufgerissen. Hargood erschien, erregt und ernst.

»Silas, mein guter Freund.«

Hargood legte ihm einen schweren Arm auf die Schulter, und gemeinsam gingen sie in das Innere des Hauses in den Salon. Vor dem großen Kamin nahm Hargood seinen Arm wieder herunter und drehte sich zu ihm um.

»Es ist gut, Sie zu sehen. Sie schauen nicht gesund aus, Sir. Setzen Sie sich.«

»Danke. Ich fühle mich erträglich.«

Hargood trat auf den Kamin zu, von dem aus man den gesamten Raum überblicken konnte, wandte sich um, und legte, wie um sich abzustützen, der Länge nach einen Arm auf das Kaminsims.

»Ich habe wieder von meiner Geliebten gehört. Heute morgen kam ein Brief. Das charmante Geschöpf schreibt mir fast jeden Tag. Während meiner Abwesenheit hat sie sich an etwas erinnert, was den Namen Quill betrifft. Was ich Ihnen erzählen werde, wird Sie vielleicht schockieren.« Hargood hielt inne und schaute Grange direkt an. »Das war nicht meine Absicht.«

Grange sah, wie Hargood eine Pause machte, und eine schreckliche Vorahnung überkam ihn. Es war nicht das,

was Hargood sagte, sondern die Art, mit der er seinen Gast beruhigen wollte, deren Ernst aber den gegenteiligen Effekt hatte. Sie hielt seine Angst wach.
»Sie erinnert sich an den Namen Quill, weil er vor mehreren Jahren in einem Skandal vorkam. Ich kann mir nicht sicher sein, daß es dabei um dieselbe Person geht, aber in meinem Herzen fühle ich, daß da ein Zusammenhang besteht. Möchten Sie etwas Wein, lieber Freund?« fragte Hargood plötzlich. »Sie sehen so blaß aus.«
»Nein danke«, entgegnete Grange.
Hargood blickte ihn mit einer gewissen Genauigkeit an und begann dann, nur zum Teil zufriedengestellt, erneut. »Die Geschichte, an die sie sich erinnert, ist folgende: Es gibt eine Reihe von Einrichtungen, die Männer mit Geld frequentieren, um dort ihre freien Stunden mit jungen Frauen zu verbringen. Wie Sie wissen, reicht die Bandbreite von bestimmten heruntergekommenen Häusern für Huren bis zu Einrichtungen, die an der Oberfläche eine gewisse Eleganz aufweisen, aber die dieselbe Ware bereithalten.
In den Zeitungen fand sich vor mehreren Jahren ein Bericht über ein solches Etablissement. Es war die etwas gehobene Ausführung des eben erwähnten Hauses. Es kam jedoch ans Licht, daß die genaue Natur dieses Unternehmens sich von der der anderen unterschied. Die Tarnung war respektabel genug, soviel ist sicher, eine gepflegte Villa in Cheyne Walk. Es scheint jedoch, daß hinter einer Fassade äußerster Vornehmheit in dem Haus bestimmte junge Männer dazu bereit waren, reiche Frauen zu unterhalten.«
Hargood hustete, um einen freien Hals zu bekommen. Er brachte den nächsten Satz im Konversationston vor. »Es gehörte einer gewissen Mrs. Quill.«

Grange hatte das Gefühl, als würde er schweben, als wäre er im freien Raum aufgehängt. Dann, als ihm seine Sinne zu schwinden schienen, spürte er in seinem Kopf sein Herz klopfen, und seine Haut wurde heiß. Dies waren jedoch nur körperliche Unregelmäßigkeiten. Er vermochte es sich keinen Moment lang vorzustellen, daß die beiden etwas miteinander zu tun haben könnten. Da ihm keine Entgegnung einfiel, biß er sich auf die Lippe und wartete, um sich wieder in die Gewalt zu bekommen.
Hargood war ganz eindeutig bereit, fortzufahren, denn jetzt innezuhalten, wäre in der Tat unbarmherzig gewesen. »Sie wissen, wie diese Häuser sind. Schließt oder unterdrückt man sie, tauchen sie früher oder später woanders wieder auf. Es gab eine Untersuchung, aber nichts konnte bewiesen werden. Die Eigentümerin führte sich, was man weiß, mit beachtlicher Würde auf und machte einen solchen Eindruck auf die Geschworenen, daß sie straffrei das Gericht verließ, mit ihrem Ruf hingegen etwas beschädigt. Sie verschwand, zeitweilig zumindest, von der Londoner Szene. Es ging das Gerücht, daß sie sich in die Provinz zurückgezogen hätte, damit Gras über die Sache wachsen und sie anschließend wiederkehren könnte.«
Grange hörte seine Stimme wie aus einiger Entfernung. »Wollen Sie damit sagen, daß Mrs. Quill diese Person ist?«
Hargood mochte nicht direkt antworten. In Herzensangelegenheiten legte er den sicheren Instinkt eines Anwalts an den Tag.
»Vielleicht«, meinte er. »Ich erzähle bloß, was ich gehört habe, und überlasse es Ihnen, je nachdem, wie Sie es für richtig befinden, daraus Ihre Schlüsse zu ziehen. Es ist vielleicht wirklich nur eine Übereinstimmung von Namen.

Aber da war noch etwas anderes. Die jungen Männer, die das Etablissement bereitstellte, holte man nicht einfach von der Straße. Sie waren ... gesittet, oft aus einem guten Elternhaus. Die reichen Klientinnen waren bezaubert.«
»Hargood«, flüsterte Grange, »ich kann davon nicht mehr hören ...«
»Silas, ich bitte Sie, konzentrieren Sie sich nur noch auf einen weiteren Punkt. In der Untersuchung dieses Hauses erregte die Art und Weise Aufsehen, wie man einen der jungen Männer in die Falle lockte. Dieser junge Mann sagte für die Strafverfolgung aus. Er behauptete, daß die Besitzerin – Mrs. Quill – ihn einer charmanten jungen Frau vorstellte, von der sie sagte, sie sei ihre Tochter. Tatsächlich war das Mädchen eine Hure, sicherlich eine der attraktiveren, und Teil von Mrs. Quills vielseitigem Haushalt. Der junge Mann verliebte sich, aber Mrs. Quill weigerte sich, ihm zu gestatten, ihre sogenannte Tochter zu treffen, bevor er nicht eine Abmachung eingehalten hatte, die darauf hinauslief, seine Dienste einem Teil ihrer reichen weiblichen Klientel anzubieten.«
Grange stieß einen Schrei aus und stand auf. Er fühlte sich schwach. Hargood kam vom Kamin zu ihm herüber, um ihn zu stützen.
»Silas, mein Freund. Setzen Sie sich. Ich weiß, daß das für Sie schrecklich unangenehm sein muß. Ich entschuldige mich. Sind Sie sicher, daß Sie nicht einen Schluck Wein wollen?«
Grange saß zusammengesunken auf seinem Stuhl, das Gesicht in die Hände gestützt.
»Verdammt«, sagte Hargood. »Ich finde, ich konnte nichts anderes tun, als Sie warnen.« Er hielt wieder inne. »Verdammt, was für eine Geschichte. Verdammt.«

Hargood ging zur Anrichte. Er goß aus einer Karaffe Wein in ein großes Glas, kehrte zu Grange zurück und bestand darauf, daß er es leerte. Grange sah ihn nicht an, aber nach einer weiteren Ermutigung nahm er das Glas an und trank.

## 34

Grange konnte sich nicht erinnern, wie er nach Hause gekommen war. Der Wein schien seine Sinne zu betäuben, aber seine Entschlossenheit, so bald wie möglich zu gehen, wuchs mit der Angst eines plötzlichen Zusammenbruchs. Hargood versuchte ihn zu überreden, doch zu bleiben und seine Gastfreundschaft über Nacht anzunehmen, aber sein Magen lehnte den Gedanken an eine Mahlzeit entschieden ab. Er wollte aufbrechen, bevor er seinen tiefsten Kummer verraten würde. Trotz Hargoods Überredungsversuchen, nicht zu laufen und es seinem Gastgeber zu erlauben, ihn mit dem Wagen zurückzufahren, gelang es Grange, in die Diele zu gehen und vorzuführen, wie gut er noch beisammen sei.

Keineswegs überzeugt, sagte Hargood, der ihm ängstlich durch die Diele gefolgt war: »Silas, ich sollte Sie begleiten. Sie sind zu niedergeschlagen, um allein zu sein.«

»Das ist unnötig, das versichere ich Ihnen.«

»Ich bin dafür verantwortlich, daß Sie so bedrückt sind.«

»Die frische Luft wird mir guttun.«

»Es wird schon dunkel. Sie sehen so schwach aus, Sir, Sie werden in einen Graben fallen, wenn Sie sich nicht selbst hineinwerfen.«

Granges bleiches Gesicht leuchtete in der Dämmerung. »Ich sehe genug im Dunkeln, Hargood. Am hellichten Tag bin ich blind.«

Mrs. Thompson rief »Sir«, als er an ihr vorbeihastete und die Treppe hinaufging, ohne seine Wanderstiefel auszuziehen. Er blieb nicht stehen, und sie rief erneut.
Sie hörte, wie die Tür geschlossen wurde und wie er die Füße auf dem Fußboden nachzog. Dann war das Geräusch der Stuhlbeine auf den Dielen zu vernehmen, als er sich in seinen Sessel sinken ließ.
Das *Traktat über die menschliche Natur* lag noch aufgeschlagen auf seinem Schreibtisch. Mit größter Anstrengung fing er langsam wie ein Kind an, sich laut vorzulesen:

> Was nun den Einfluß der Kontiguität und der Ähnlichkeit betrifft, so ergibt sich, daß dann, wenn ein Gegenstand, der mit einem zweiten räumlich oder zeitlich zusammenhängt oder ihm ähnlich ist, in dieses System der Wirklichkeiten eingeht, diese beiden Beziehungen zweifellos die kausale Beziehung unterstützen, also die Vorstellung des zweiten Gegenstandes mit größerem Nachdruck der Einbildungskraft aufnötigen. Hierauf werde ich sogleich näher eingehen. Zunächst will ich noch die soeben gemachte Bemerkung steigern. Ich behaupte, daß, selbst wenn jener ersterer Gegenstand nur fingiert ist, die Beziehung der Ähnlichkeit oder des unmittelbaren zeiträumlichen Zusammens dazu dient, die mit ihm verknüpfte Vorstellung zu beleben und ihren Einfluß zu verstärken. Ein Dichter wird ohne Zweifel, wenn er durch den Anblick einer schönen Wiese oder eines

Gartens seine Phantasie anregt, besser als sonst imstande sein, von den elysäischen Gefilden eine lebhafte Schilderung zu geben; er kann sich aber auch ein andermal nur in seiner Einbildungskraft in diese fabelhaften Gegenden hineinversetzen und so durch einen nur in seiner Phantasie bestehenden räumlichen und zeitlichen Zusammenhang seine Einbildungskraft anregen.

Der Text verschwamm hinter der Wolke seiner eigenen Gedanken. Er konnte nicht weiterlesen. Müdigkeit überwältigte ihn, und sein Gesicht sank nach vorn auf die kalten Seiten des aufgeschlagenen Buches.

Am folgenden Morgen standen Hargood und Mrs. Thompson an Granges Bett.

Mrs. Thompson sagte: »Es tut mir leid, daß ich Sie rufen mußte, Sir. Aber gestern abend habe ich ihn vornübergesunken an seinem Schreibtisch gefunden. Ich habe ihm ins Bett geholfen, aber dann hat er trotzdem die ganze Nacht gefiebert, hatte Schweißausbrüche und hat im Schlaf geschrien. Ich habe bei ihm gesessen.«

»Das war gut, Mrs. Thompson.«

Hargood dachte nach. Er stellte sich neben das Bett und legte eine Hand auf Granges Wange.

»Ist er krank?« Mrs. Thompson sah Hargood über das Bett hinweg an. Er nahm in der Tiefe ihrer Augen ihre Lebensklugheit wahr und die Intensität ihrer Anteilnahme.

»Es ist eine Stimmung, ein Leiden des Gemüts oder der Vorstellungskraft.«

»Ist sein Verstand angegriffen?«

»Ja, sein Verstand ist angegriffen, doch er ist nicht ver-

rückt.« Hargood machte eine Pause und fuhr dann fort: »Es wäre aber vielleicht das beste, wir behandelten ihn, als ob er es wäre.«
»Sir ...?«
»Man bedenke, daß Verstand und Körper Teile eines Ganzen sind. Wir werden wohl beide zusammen behandeln müssen, da das Leiden des Verstandes und das Leiden des Körpers eine Ursache haben.«
»Kennen Sie diese Ursache, Sir?«
»Ja, die scheinbare Ursache. Das ist etwas, womit er selbst so nach und nach fertig werden muß. Inzwischen werde ich ihn zur Ader lassen.«
Er blickte Mrs. Thompson über das Bett hinweg an. Sie musterte ihn mit einer Genauigkeit, die er unter allen anderen Umständen beunruhigend gefunden hätte. Er sah, wie sie ihn beobachtete, und fühlte, daß sie etwas anderes verdiente als bloße Beteuerungen seiner Sachkenntnis als Arzt.
»Er ist so stark wie ein Ochse, und es sind schreckliche Gewissensbisse, die ihm zu schaffen machen. Wenn wir es ihm erlauben, wird er mit seinem Fieber aufstehen und sich elend und verängstigt fühlen. Ich werde ihm so viel Blut abnehmen, daß er im Bett bleiben muß. Verstehen Sie, was ich sage?«
Mrs. Thompson nickte langsam, als versuchte sie, ihrer eigenen Furcht Herr zu werden. »Ich glaube, Sir.«
»Ich erkläre Ihnen das, weil Sie sich um ihn kümmern müssen.«
»Fragen Sie mich um Erlaubnis, Sir? Ich vertraue Ihnen.«
»Nein. Ich werde das, was ich für richtig halte, auf eigene Verantwortung tun. Ich will Sie bloß darauf vorbereiten, daß er anschließend teilnahmslos sein wird. Ich werde jetzt

seinen Körper so schwach wie nötig machen, damit ihm die körperliche Genesung genug Zeit gewährt, sich geistig zu erholen.«

»Sir ...«

»Das ist, was ich vorhabe. Er muß so viel Blut verlieren wie durch eine große Wunde. Dann können wir nur hoffen, daß Körper und Geist gleich schnell heilen.«

»Benötigen Sie meine Hilfe, Sir?«

»Nicht direkt. Ich werde eine Arterie öffnen und dann verbinden. Vorerst brauche ich mehrere Gefäße für das Blut.«

»Ich hole welche, Sir.«

»Mrs. Thompson.«

Mrs. Thompson drehte sich um.

»Während seine Krankheit andauert, können Sie alle seine Patienten zu mir schicken. Ich werde sie behandeln. Er muß sich lange ausruhen. Mindestens mehrere Wochen. Wenn Sie mir jetzt noch etwas Wasser heiß machen könnten.«

Mrs. Thompson verließ das Zimmer. In ihrer Abwesenheit hob Hargood eine Holzkiste auf einen Tisch, den sie zusammen neben das Bett gestellt hatten. Er öffnete den Deckel. Im Innern kamen eine Reihe von Messern und andere medizinische Gerätschaften zum Vorschein. Er drehte sich nach Grange um und flüsterte, mehr mitleidig als böse: »Silas, Sie verdammter gelehrter Idiot mit einem Kopf voller Flausen ...«

Sorgfältig legte er mehrere Messer auf die blanke Tischplatte.

# 35

Am Fuße von Granges Bett wachte Mrs. Thompson. Sie nähte, sorgfältig die Stiche mit langen Schwüngen ihres plumpen Arms in ein bestimmtes Muster setzend. Ihre Augen wanderten gelegentlich zu ihrem schlafenden Dienstherrn. Sie hatte ihre Leinenhaube abgenommen und neben sich gelegt. Ihr offenes Haar hatte zwischen dem blonden einige graue Strähnen. Hinter ihrem gebeugten Kopf war der Vorhang gegen die starke Sonne, die auf dem nach Westen zu liegenden Raum stand, geschlossen. Nicht lange nach halb fünf am Nachmittag bewegte sich Grange und öffnete die Augen. Mrs. Thompson tat ihr Nähzeug beiseite, stand auf, ging zum Kopfende des Bettes und sah auf ihn hinab.

»Es scheint Ihnen etwas besser zu gehen, Sir.«

Mehrere Momente verstrichen, so kam es ihr jedenfalls vor, ehe sich irgendeine Reaktion in seinen Augen ausmachen ließ. Sein Antlitz war weiß, und auf seiner Oberlippe standen Schweißperlen. Als seine Erinnerung zurückkehrte, schloß er wieder die Augen.

»Meine Patienten ...«

»Dr. Hargood kümmert sich um sie«, beruhigte ihn Mrs. Thompson. »Er meint, Sie müssen sich ausruhen.« Sie

machte eine Pause und sagte dann sanft: »Anweisung von Dr. Hargood, Sir.«
Sie war sich bewußt, daß die Formulierung »Anweisung von Dr. Hargood« normalerweise Heiterkeit ausgelöst hätte, zog man das robuste Verhältnis der beiden Ärzte in Betracht. Aber nicht die schwächste Spur eines Lächelns tauchte auf Granges Gesicht auf. Statt dessen wandte er sich ab und schloß die erneut geöffneten Augen, als ob er Schmerzen hätte.

»Sie müssen mir erlauben, Sie zu rasieren, Sir.«
Grange lehnte gegen das Kopfende des Bettes und sagte nichts dazu. Mrs. Thompson schob ihm ein Kissen unter und verteilte Rasierschaum auf seinen Bartstoppeln. Dann fing sie erst einmal sehr bedächtig und mit ungeahnter Kundigkeit an, das Rasiermesser zu verwenden. Diese ganze Aufmerksamkeit schien ihn niederzudrücken. Es kam ihm so vor, als wäre das Leben eine Art Schein oder zumindest etwas, was die ganze Anstrengung nicht wert war. Mrs. Thompson hatte sich einen Stuhl herangezogen. Konzentriert bewegte sie die Klinge über seine Wange, seinen Unterkiefer und seine Kehle. Mit einem Waschlappen und einem Handtuch wischte sie den übrigen Rasierschaum und die letzte Feuchtigkeit aus seinem Gesicht.
»Ich würde gerne am Fenster sitzen«, sagte Grange.
»Sie fiebern immer noch, Sir. Ich merke das an Ihrem Gesicht.«
»Am Fenster«, wiederholte Grange, als hätte das Fieber nur seinen Willen übriggelassen.

Ob ihr Nachgeben einen Machtverlust darstellte oder ob er so schwach und so sehr in ihrer Macht war, daß sie aus

Mitleid seinen Wünschen Folge leistete, jedenfalls war sie damit einverstanden, ihm zum Fenster zu helfen. Grange saß in eine Decke gehüllt in einem Sessel und schaute aus seinem Arbeitszimmer über die Marschen und auf den Solent.

Um halb acht fragte Mrs. Thompson, die wieder ins Zimmer gekommen war: »Wollen Sie etwas essen, Sir?«

»Nein danke.«

Mrs. Thompson schaute auf seinen unbeweglichen Rükken, auf die Haltung seines Kopfes und Halses, und ging. Er blieb sitzen, ohne sich zu bewegen. Das Licht wurde langsam schwächer, und die Schatten an den Wänden wurden tiefer, bis Hargood neben ihm auftauchte. Obwohl er hätte erwarten können, daß Hargood erschien, nahm Grange seine Anwesenheit kaum zur Kenntnis. Sein Besucher zog sich trotzdem einen Stuhl heran und setzte sich neben ihn. Schließlich sagte Hargood: »Silas, ich habe Mrs. Quill heute einen Besuch abgestattet, und habe mir die Freiheit genommen, sie davon zu unterrichten, daß Sie krank sind.«

»Hargood ...« Granges Stimme war heiser, und Hargood meinte ausnahmsweise einen fast flehenden Ton in ihr zu bemerken.

Aber Hargood ließ nicht locker. »Sie müssen mir zuhören, Sir. Sie war betroffen und erkundigte sich sehr eingehend nach Ihnen ... Ich nutzte die Gelegenheit, sie davon zu unterrichten, daß ich auch von einer gewissen Mrs. Quill gehört habe, die sich nach einem Skandal aus London abgesetzt habe ...« Hargood wartete und fragte sich, wieviel von dem, was er sagte, seinen Freund und Patienten erreichen und wieviel untergehen würde. »Sie ist eine außergewöhnliche Frau. Jeder andere hätte es geleugnet, das Thema gewechselt oder sich abgewendet, um einige Augenblicke lang nachzudenken. Aber sie sah mich unverwandt an, kühn und furchtlos wie eine Tigerin, und erklärte, daß sie diese Frau sei. In ihren Augen war kein Vorwurf gegen mich. Trotzdem hatte ich das Gefühl, daß ich ihre Gastfreundschaft mißbraucht hatte. Sie begleitete mich ohne ein Wort zur Tür. Ich verabschiedete mich etwas steif und ging.«

In dem folgenden Schweigen schloß Grange seine Augen. Schließlich fuhr Hargood fort: »Silas, es ist am besten, das ein für allemal zu erledigen und dem Zweifel keinen Platz zu lassen. Ein Funken der Hoffnung würde Ihre Krankheit nur verlängern. Er wäre wie eine Klinge, die sich, ist sie einmal in den Körper eingedrungen, bis zu seinem Herz vorarbeitet.«

Grange erwiderte nichts. Nach einigen Sekunden stand Hargood auf, um zu gehen.

»Ich muß mich um meine Patienten kümmern«, sagte Hargood. »Sie können mir über Mrs. Thompson eine Nachricht zukommen lassen, wenn Sie mich brauchen. Ich werde morgen abend wieder vorbeischauen.«

Grange nickte nur, vielleicht mehr, um sich von Hargoods Gegenwart zu befreien als um den Inhalt seiner Rede zu bestätigen. Kurz darauf bewegte sich Hargood die Treppe hinunter.

Mrs. Thompson arbeitete in der Küche im Erdgeschoß. Sie scheuerte mehrere schwere Töpfe und hörte, wie Hargood die Tür schloß. Gleich darauf war das Rumpeln von Wagenrädern zu vernehmen, als seine Kutsche die Straße hinunterfuhr. Sie hielt inne und schaute an die Decke, doch kein Laut drang aus Granges Arbeitszimmer an ihr

Ohr. Nach einigen Sekunden fuhr sie mit dem Scheuern fort.

Mrs. Thompson betrat Granges Zimmer vielleicht anderthalb Stunden später und fand ihn unverändert. Es wurde Nacht, und Grange starrte noch immer aus dem Fenster und auf das graue Wasser jenseits der Marschen und auf das wechselhafte und abnehmende Licht. Kurz nach zehn bestand Mrs. Thompson darauf, daß er ins Bett ging, und Grange, der nicht mehr die Willenskraft hatte, sich ihr zu widersetzen, gestattete ihr, ihm über die blanken Bohlen hinwegzuhelfen.

Am folgenden Abend öffnete Mrs. Thompson Hargood wiederum die Tür, legte seinen Mantel über das Treppengeländer und beobachtete ihn von ihrem angestammten Platz am Fuß der Treppe aus, wie er die Stufen hinaufging. Grange saß genauso da wie am Abend zuvor. Er starrte aus dem Fenster. Mehrere Sekunden lang blieb Hargood stehen. Dann zog er einen Stuhl heran und setzte sich so neben seinen Patienten, daß er ebenfalls in die Dämmerung hinausschauen konnte. Wie Grange fiel ihm die glänzende Wasseroberfläche und die Bewegung des Lichts auf.

»Wie fühlen Sie sich, lieber Freund?«

Grange nickte schwach. »Ich weiß es zu schätzen, was Sie für mich getan haben, Hargood, wirklich.«

Hargood saß mehrere Sekunden da, ohne etwas zu sagen. »Sie waren in das Mädchen verliebt, das sie Ihnen als ihre Tochter vorstellte?«

Grange schaute aufs Meer hinaus, und Hargood sah sich gezwungen, wiederum seinem Blick zu folgen. Auf dem Solent wurde das Licht auf die Wasseroberfläche gezogen, auf die gebogene Linie des Horizonts zu. Hargood redete, als würde er das Meer und das ständig wechselnde Licht direkt ansprechen. »Ich habe etwas Neues über die Angelegenheit erfahren, Silas. Der junge Mann, der Mrs. Quill angeklagt hat, ein Haus für ... zu unterhalten, räumte später ein, daß das Mädchen Jane, in das er sich verliebt hatte, Mrs. Quills wirkliche Tochter war. Es gab eine Komplikation, diese Tatsache absolut zu beweisen. Mrs. Quill weigerte sich, den Vater zu benennen, aber das ist nur ein Detail ...« Hargood machte eine Pause, sammelte sich und sprach wieder in das stumpfe Licht. »Ich denke, daß vielleicht zumindest in dieser Hinsicht Mrs. Quill ohne Schuld ist.«

Grange sagte kein Wort, und Hargood fragte sich, und das nicht zum erstenmal, ob er beschlossen hatte, nicht mehr zuzuhören, und ob er wieder in seine private Welt eingetaucht war. Obwohl keine Entgegnung kam, fühlte er sich genötigt, weiterzusprechen.

»Indem ich Ihnen den Fall erzähle, wie über ihn im *Courier* berichtet wird, haben Sie ein Anrecht auf eine Entschuldigung. Man sollte den Zeitungen nicht glauben. Ich gebe zu, daß die Wahrheit fast immer komplizierter ist, als wir im ersten Moment geneigt sind, anzunehmen. In einem Fall wie diesem geht sie leicht in Anklage und Gegenanklage unter. Die einzige Gewißheit ist, glaube ich, daß wir nie den gesamten Umfang der Angelegenheit erfahren werden.«

Grange schwieg weiter. Nur die Ecken des Zimmers schienen die Sätze Hargoods aufgenommen zu haben. Nachdem er einmal so weit gekommen war, fühlte er sich verpflichtet, alles zu sagen. »Es ist jedoch ebenso wahr, daß man, hat man einmal festgestellt, daß ein Teil einer Geschichte falsch ist, anfängt, auch ihre anderen Aspekte in Zweifel zu ziehen. Ich hätte Ihnen die Geschichte nie in Ihrer ersten und rohsten Fassung übermitteln sollen. Ich hätte ahnen müssen, wie es um Sie bestellt war, und der Versuchung widerstehen sollen. Ich habe Ihnen einmal gesagt, daß ich glaube, daß diese Frau außerordentlich ehrlich ist. Nie hat mich jemand mehr beeindruckt.«

Dabei blieb es. Grange weigerte sich, etwas zu entgegnen. Hargood erhob sich vielleicht zwanzig Minuten später und verließ das Zimmer, ohne daß Grange das zur Kenntnis zu nehmen schien. Mrs. Thompson hörte das Knarren der Stufen, als er herunterkam, und tauchte wie ein Geist am Treppengeländer auf, um dem Arzt Handschuhe und Mantel zu reichen. Hargood nickte ihr zu, sagte aber kein Wort.

# 36

Am folgenden Abend kam Hargood zurück, um sich um die Gesundheit seines Patienten zu kümmern. Mrs. Thompson wartete am Fußende der Treppe, während er hinaufging. Sie stand noch immer da, als er, im Begriff, die Tür zum Arbeitszimmer zuzumachen, nach unten schaute und ihr Gesicht wahrnahm, das ihm zugewandt war wie eine große weiße Lilie im Wasser.

Er schloß die Tür, zog einen Stuhl heran, setzte sich neben Grange und schaute hinaus in das sich verändernde Licht. Es war jedoch Grange, der als erster sprach, unerwartet und mit einer Stimme, die ohne jede Kraft war.

»Da Sie Mrs. Quill von jeder Schuld freisprechen, Hargood, spreche ich auch Sie von jeder Schuld frei.«

»Silas …«

Grange bemühte sich erneut zu reden: »Alles, was Sie getan haben, haben Sie nur getan, um mich zu schützen.«

So plötzlich entwaffnet, erlebte Hargood eine unerwartete Verwirrung seiner eigenen Gefühle. »Sie waren oder sind in die Tochter verliebt. Ich habe einen schrecklichen Abbruch hervorgerufen …«

Er sah seinen Patienten genau an. Grange regten seine Gedanken so auf, daß seine Hand zitterte und sich sein ganzer Körper unter der Gewalt seiner Gefühle zu winden schien. Hargood hatte den Eindruck, daß Grange etwas mitteilen wollte, was ihm Kummer bereitete, und daß er seine Worte sorgfältig wählte.

»Es ist seltsam ... Ich glaube nicht, daß ich in Jane verliebt war. Vielleicht habe ich mir selbst etwas vorgemacht. Ich denke, daß es Mrs. Quill war, für die ich Gefühle hegte ... Ich empfinde das so, daß ich sie in gewisser Weise enttäuscht habe.«

»Silas, Sie dürfen nicht ...«

Grange hielt wiederum inne und sammelte Kraft, um weiterzusprechen. »Ich habe sie enttäuscht, Hargood. In der Tiefe meines Herzens weiß ich das.«

»Das genau ist es, was Ihre Genesung verhindern wird, mein lieber Silas. Schuld ist ein schreckliches Gift, es ist schlimmer als Mitleid.«

Hargood kam am darauffolgenden Abend wieder vorbei, kam und ging. Der Name von Mrs. Quill wurde nicht erwähnt, als hätten sie einen Waffenstillstand vereinbart. Mehrere Abende später, bei seinem täglichen Besuch, fühlte Hargood, daß es nun Zeit war, Grange von einer Angelegenheit zu erzählen, die er für sehr privat hielt.

»Silas, ich bin Witwer, das wissen Sie. Und doch haben Sie mich nie von meiner Frau sprechen hören, obwohl ich sie sehr geliebt habe und mit ihr außerordentlich glücklich gewesen bin. Dafür gibt es eine einfache Erklärung. Ich beschäftige mich nicht mit der Vergangenheit. Und der Grund, warum ich das nicht tue, ist, daß Glück, so wie es beschaffen ist, kein Bedauern hervorbringt. Ich will nur etwas erklären. Hören Sie mir zu, Sir, wenn Sie das können, weil das eine der wenigen nützlichen Er-

kenntnisse ist, eine der ganz wenigen, die ich Ihnen vermitteln kann.
Ich möchte Ihnen etwas erzählen, Silas. Es ist meine Erfahrung, daß die Leute im allgemeinen den Verlust des Glücks nicht betrauern. Diejenigen, die es erfahren haben, wissen in ihren Herzen, daß es ein Geschenk ist und daß den Verlust zu betrauern bedeuten würde, dieses Geschenk zu beschmutzen. Ich habe beobachtet, daß die, die am meisten trauern, diejenigen sind, die am meisten gelitten haben. Ich verstehe noch nicht ganz, warum das so ist, aber, was meine Erfahrung betrifft, ist das ohne den Rest eines Zweifels bewiesen. Unter Umständen hat es damit zu tun, daß sie eine nicht wahrgenommene Möglichkeit betrauern. Vielleicht sehnen sie sich nach dem Glück, das sie hätten erfahren können. Das Leben ist nicht gerecht. Die, die am meisten in Beziehungen leiden, werden auch noch von Gewissensbissen geplagt, wenn diese beendet sind.
Ich bin mit meinen Überlegungen noch am Anfang, und ich habe nicht Ihre Klarheit der Wahrnehmung. Aber Erfahrung ist auch etwas, sie lehrt ein paar einfache Dinge. Deswegen müssen Sie Mrs. Quill und ihre Tochter vergessen. Sie müssen sie um Ihretwillen vergessen. Vielleicht haben Sie etwas von ihnen gelernt. Vielleicht haben Sie auch etwas über sich gelernt. Versuchen Sie irgendeinen kleinen Nutzen aus der Sache zu ziehen, und wenn Sie das getan haben, vergessen Sie den Rest. Vergessen Sie den Rest, sobald Sie das können, und dann wird sich Ihre Seele erholen.«
Hargood wartete, aber Grange schwieg. Schließlich stand er auf, um zu gehen. Als er schon fast an der Tür war, hatte er plötzlich das Gefühl, daß Grange gleich sprechen würde, und drehte sich nochmals um.

»Hargood, sagen Sie mir nur eins. Ich bin so schwach wie ein junges Kätzchen. Wieviel Blut haben Sie mir abgenommen?«

»Genug, Sir. Genug, um Ihnen eine gewisse Zeit zu geben, in der sich Ihre Seele erholen kann.«

»Sie sind davon ausgegangen, daß ich mir etwas antun würde, und deswegen haben Sie mir die Quelle meiner Kraft genommen.«

»Sonnenlicht kann eine Qual sein. Es ist grell und brutal, und das Auge vermag sich nur im Dunkeln zu erholen. Dunkelheit und Schatten sind Balsam.«

»Hargood ...«

Hargood konnte spüren, wie sich die Erschöpfung wieder Granges bemächtigte, aber dieser war entschlossen, seinen Gedanken zu Ende zu bringen.

»Sie sollten sich selbst nicht schuldig fühlen.«

Hargood wartete ab und war versucht, noch etwas zu sagen, aber eine unerklärliche Dankbarkeit machte sich in ihm breit, und er ging leise aus dem Zimmer und überließ seinen Patienten seiner Nachtwache am Fenster.

Am folgenden Abend erschien Mrs. Thompson an der Tür, robust wie immer. Hargood hatte seine eigene Schuld noch nicht ganz überwunden, aber er war der Meinung, daß er, jedenfalls im Augenblick, von ihr absehen konnte. Er schaute sie zum erstenmal richtig an und nahm die Größe ihrer Besorgtheit wahr. Es machte ihn betroffen, daß er, beschäftigt, wie er war, einen einfachen Umstand übersehen hatte, nämlich daß sie sich um zwei Patienten kümmerte, während er nur die Not des seinen in Betracht zog.

»Er fängt schon wieder an zu essen, Sir.«

»Und Sie?« fragte Hargood. »Essen Sie genug?«

Seine Frage überraschte sie, und er sah den Zweifel darüber, wie sie antworten sollte, in ihren Augen. Um die Aufmerksamkeit von der Außergewöhnlichkeit seiner Frage abzulenken, brachte er die Sprache noch einmal auf seinen Patienten.
»Seelisch scheint es ihm ebenfalls ein wenig besser zu gehen.«
Er hätte über die Erleichterung, die sich in ihren Zügen spiegelte, weinen können.
»Er scheint«, sagte Mrs. Thompson, »schon wieder mehr sein altes Selbst zu sein.«
»Er muß jetzt das verlorene Blut ersetzen. Geben Sie ihm rotes Fleisch, wenn Sie können, gebraten, nicht gekocht, damit das Salz erhalten bleibt.«
»Im Moment bekommt er Fischbrühe, Sir. Rotes Fleisch kann er noch nicht bei sich behalten.«
Hargood fehlten die Worte. Sie sah ihn direkt an, so konzentriert und sachlich, daß es ihm unbehaglich wurde.
»Ich würde Ihnen danken, Mrs. Thompson, wenn das nicht etwas dreist wäre.«
Sie sah ihn weiterhin an. Er wußte oder vermutete, was sie bei ihm wahrnahm – die aufgewühlten Gefühle, für die es kein Ventil gab. In ihrem Blick war nichts Anmaßendes. Sie schaute ihn eher mit einer gewissen Unschuld an, wie ein Kind, das etwas Magisches und Außergewöhnliches beobachtet. Hargood, der große Lebemann, der seine Zähne gegen Gefühle wie gegen einen Schmerz zusammenbiß, stand in unerwarteter Auflösung vor ihr und konnte sich nicht zurückziehen, weil er zu stolz dazu war, und eine Träne rollte über seinen ausgeprägten Backenknochen.
Nachdem er sich lange genug seine Stärke bewiesen hatte, nickte er ihr zu, als wollte er sie entlassen, obwohl er in

Wirklichkeit sich selbst entließ. Und sie beobachtete ihn vom Fußende der Treppe aus, während er hinaufging, an die Schlafzimmertür klopfte und, da er es gewohnt war, keine Antwort zu bekommen, eintrat.

Grange saß im Korbstuhl und schlief. Eine Decke lag über ihn gebreitet, deren eine Ecke auf die Dielen des Fußbodens hing. Seine Atmung hatte noch immer etwas Bemühtes. Hargood, der vor Verlegenheit leise husten mußte, bemerkte, wie bleich das Gesicht seines Patienten war. Hier fand sich keine Spur von Farbe, aber die leichte Feuchtigkeit, die seiner Haut seit Beginn des Fiebers angehaftet hatte, schien auf dem Rückzug zu sein. Da er sich unbeobachtet fand, wischte sich Hargood mit seinem Handrücken über die Wange, um die Spuren seiner Gefühle zu beseitigen. Dann sah er sich um, nahm einen Stuhl, stellte diesen neben und vielleicht eine Idee hinter Grange, setzte sich nieder und bereitete sich auf eine Nachtwache vor.

Etwa eine halbe Stunde später klopfte Mrs. Thompson leise an die Tür und erkundigte sich mit gedämpfter Stimme, ob Hargood Tee wünsche. Er nickte zustimmend und suchte in ihren Zügen kurz nach Spuren seiner Schwäche, aber statt dessen gab ihm Mrs. Thompson einen Blick reinster Hochachtung, was in ihm ein leichtes Unbehagen auslöste.
Grange begann im Schlaf regelmäßig zu atmen. Kurz darauf stellte Mrs. Thompson ein Tablett auf den Tisch und ging wieder.
Schließlich bewegte sich Grange, schluckte und sprach nach einer Pause zu dem Schatten neben sich.
»Hargood, Sie haben mich im Schlaf überrascht.«

»Sie müssen nicht sprechen, Silas, oder antworten.« Hargood wartete mehrere Sekunden, und Grange nahm seine Sinne zusammen. Dann fuhr Hargood fort: »Ihre Vergebung hat mich kühn gemacht. Ich habe einen zweiten Grund für eine Entschuldigung. Sie haben einmal bei einer anderen Gelegenheit gesagt, daß alles, was für das Entstehen des Bösen auf der Welt nötig sei, zwei abweichende Vorstellungen von dem seien, was gut im Menschen sei. Das, was Mrs. Quill und ich für gut halten, weicht voneinander ab. Und doch haben wir es beide zusammen irgendwie fertiggebracht, Sie fast zu vernichten.«

Er hatte angefangen, sich an Granges Pausen zu gewöhnen. Grange benötigte diese, um die Stärke für eine Antwort in seinem Gehirn aufzubringen, das wie sein Körper blutleer zu sein schien. Granges Stimme war dünn und rauh. »Glauben Sie, daß sie die besten Absichten hatte?«

Hargood nickte, auch um sich seine eigenen Gedanken zu bestätigen. Sie saßen nebeneinander in der Dämmerung. »Sie überlegen sich ohne Zweifel, wie sie Sie manipuliert hat. Ich kenne die Einzelheiten nicht und wünsche auch nicht, daß Sie sie mir preisgeben. Aber denken Sie daran, daß niemand sein eigenes Herz ganz kennt, nicht einmal eine Frau wie Mrs. Quill. Wenn wir Glück haben, lernen wir durch unsere Fortschritte. Ich bin wieder einmal nur ein Anfänger. Ich sage, daß sie vielleicht auf ihre Art nicht ganz sicher ist, was sie tut.«

Grange zeigte keine Reaktion.

Hargood fuhr fort: »Bevor ich gehe, muß ich noch eine weitere Sache berichten. Mrs. Quill hat ihr Haus verlassen. Gestern wurden ihr Gepäck und ihre Besitztümer in eine Postkutsche geladen. Ich weiß nicht, wo sie hinwollte, und ich habe nicht die Absicht, zu fragen ...«

Vielleicht war es die Art, wie Grange seinen Kopf hielt, oder der passive Ausdruck, der in sein Gesicht und besonders in seine Augen zurückgekehrt war, was in Hargood das Gefühl aufkommen ließ, daß die Gedanken des anderen gewandert waren und daß sich dieser in seinen privaten Winkel zurückgezogen hatte.

Mrs. Thompson half Grange ins Bett. Er stützte sich auf ihre breiten Schultern und ihren kräftigen Körper, während er über die Eichenbohlen schlurfte. Sie zog ihm die Hosen aus und half ihm mit seinem Hemd. Vor Anstrengung schwer atmend, sah sie auf ihn hinunter. Er lag im Bett und schaute ihr ohne Ausdruck in die Augen. Das Licht nahm ab, und es wurde Nacht.

Am nächsten Morgen half Mrs. Thompson Grange, sich anzukleiden. Das Fieber hatte endlich nachgelassen, und er war etwas kräftiger geworden. Mit ihrer Hilfe ging er zu seinem Sessel. Als sie ihn verließ, starrte er aus dem Fenster.

Mrs. Thompson stand neben ihm mit einem Tablett mit Essen – Fischbrühe und ein Teller mit aufgewärmten Roastbeefscheiben, wie Hargood es vorgeschlagen hatte. Doch während er die Brühe aß, lehnte Grange das Fleisch mit stiller Entschlossenheit ab, als würde seine Willensstärke wieder zurückkehren und als ob er sich wenn auch nicht in der Verneinung, dann in der Ablehnung von Hargoods absoluter Jurisdiktion gefiel. Mrs. Thompsons Schritte wurden auf der Treppe langsam leiser.

Nachdem er sich am folgenden Morgen rasiert hatte, bestand Grange wiederum darauf, seinen Platz am Fenster einzunehmen. Dasselbe galt auch für den anschließenden Tag und den Tag darauf. Mrs. Thompson, die wußte, daß er ein Mensch mit ausgeprägten Gewohnheiten war, bemerkte, daß seine Stärke langsam, aber stetig zurückkehrte und daß er sich jetzt bereits ohne ihre Hilfe rasieren und auch schon mehr und mehr, ohne daß sie ihn stützte, im Zimmer bewegen konnte.

Kurz vor Mittag gegen Ende der zweiten Woche seiner Krankheit hielt die Telegraph vor seinem Haus. Die ledernen Fensterverschlüsse der Postkutsche wurden vom Pferdeknecht zurückgezogen, und der schwere Wagenschlag wurde geöffnet. Ein Mann erschien und wenige Sekunden später ein weiterer mit seiner Frau und seinen beiden Kindern.

Grange nahm in Gedanken versunken ihre Gesichter kaum wahr. Jetzt löste sich eine dritte Person, eine Frau, aus dem Schatten des Wagens und sah eine Sekunde lang die Straße hinunter in die Sonne. Sie trug einen schweren Mantel und einen breitkrempigen Hut. Als sie langsam zu gehen begann, kam sie ihm bekannt vor. Es war in ihrem Gang ein seltsames Selbstvertrauen und eine gewisse Zurückhaltung.

Zum erstenmal vielleicht, seit Grange zur Genesung seinen Platz am Fenster eingenommen hatte, bemächtigten sich die Anzeichen starker Gefühlsregungen seiner Züge. Er beugte sich nach vorn, um sehen zu können, wohin sie ging, und hustete. Mit stetigem Schritt verschwand sie bald aus seinem Gesichtsfeld. Er flüsterte, formte mit den Lippen einen Namen.

»Jane.«

Es hätte auch jemand anders sein können, aber es war gerade die Möglichkeit, die ihn in solche Bewegung versetzte. Seine Aufmerksamkeit war erwacht, und obwohl er den Verdacht hatte, einer Sinnestäuschung erlegen zu sein, spürte er, wie sich sein Körper trotz seiner Schwäche anspannte. Es war genau dieser Schrecken, der ihn veranlaßte, sich innerlich zu winden, sich aufzubäumen wie ein Aal, und er mußte sich am Fensterbrett festhalten. Er kam jedenfalls eine Zeitlang auf die Füße, stand unter Schwierigkeiten, schwankte und gewann sein Gleichgewicht wieder. Das Zimmer umgab ihn wie ein Wasserstrudel, und er war ganz unsicher auf seinen Füßen. Er öffnete die Tür seines Arbeitszimmers, horchte und begann sich so leise wie nur möglich die Treppe hinunterzubewegen, nach jedem Schritt innehaltend und sich an der Wand abstützend. Eine Stille schlug ihm entgegen, eine Stille, die spannungsgeladen war.

Konnte Mrs. Thompson ihn hören? Er verweilte mehrere Sekunden lang in der Diele. Die Anstrengung hatte ihn in seinem geschwächten Zustand noch bleicher werden lassen. Mrs. Thompson machte sich jetzt in der Küche durch eine Reihe klarer, jedoch entfernter Geräusche bemerkbar; ihre Seele war in Bewegung gesetzte Energie, Klirren von Tellern, Klappern von Besteck.

Grange öffnete leise die Tür, trat nach draußen und schloß behutsam den Riegel. Es war eine Sache, aus einem verdunkelten Zimmer auf eine von der Sonne beschienene Straße zu schauen, eine andere, einen erschöpften Körper der Luft auszusetzen. In seinen fiebrigen Augen erschien die Sonne übernatürlich hell unter ihrem Feuertempel. Er hob die Hand, um sich gegen das blendende Licht zu schützen. In einem Abstand von hundert Metern beobachtete er, wie eine Gestalt, die Jane hätte sein können, um eine Ecke bog und dann mit schnellen, aber harmonischen Bewegungen im Schatten der Sonne verschwand.

## 37

Der Verkehr auf der High Street glich einem stetigen Rinnsal. Obwohl er ihn sonst nicht wahrnahm, schien er ihn heute von seinen normalen Verrichtungen abzuhalten. Er marschierte mit unsicheren Schritten los und versuchte, nicht das Gleichgewicht zu verlieren. Er lehnte sich gegen eine Hauswand und bemühte sich, wieder zu Kräften zu kommen.

Der erste Teil seines Weges ging bergab zur Landstraße und zur Brücke. Nachdem er das andere Ufer erreicht hatte, verweilte er mehrere Minuten lang am Fluß, bevor er den Hügel hinaufzugehen begann. Dann folgte er unter noch größeren Anstrengungen der ansteigenden und ruhigen Gasse, die zu Mrs. Quills Haus führte. Ein Husten- und Schwindelanfall ergriff ihn an der Kreuzung mit der Barrows Lane, und er sah sich gezwungen, abzuwarten, bis seine Lebensgeister zurückgekehrt waren. An ihrem Gartentor hielt er erneut inne und atmete schwer. Anschließend ging er den Pfad hinauf, blieb vor dem Vordach stehen, hob den Türklopfer, ließ ihn fallen und hustete in der Stille, die ihn plötzlich umgab.

Niemand kam. Er gebrauchte etwas Kraft und lehnte sich halb gegen die Tür, aber diese war verschlossen. Daraufhin sah er sich um.
Der Garten wirkte verlassen, als hätte man sich nach und nach zurückgezogen. Unkraut wuchs über die Ränder der mit Ziegel gepflasterten Wege und tauchte auch hier und da zwischen den Rosen auf. Der Wind hatte eine Kletterpflanze von einer Seitenwand heruntergerissen, und sie war nicht wieder festgebunden worden. Diese kleinen Anzeichen der Vernachlässigung summierten sich zu einem Bild der Verlassenheit.
Er begann um das Haus herumzugehen und hielt sich mit einer Hand an der Wand fest. Er mußte mehrere Pausen machen, in denen er sich an das Mauerwerk lehnte, und fand schließlich ein zweites Gartentor. Es war mit einer rostigen Kette verschlossen. Er stemmte sich mit der ganzen Kraft, die er aufzubringen vermochte, dagegen. Aber das Tor gab nicht nach, obwohl die Kette knirschte und klagte. Er nahm all seinen Willen zusammen und warf sich dagegen. Die Kette ächzte und zerbrach schließlich doch mit einem Seufzer, als hätte sie bis zum äußersten gezögert. Er konnte es gerade noch vermeiden, der Länge nach in den kleineren rückwärtig gelegenen Garten zu fallen.
Er fand sein Gleichgewicht wieder und tastete sich an der Mauer zum Hintereingang des Hauses weiter. Hier verweilte er, um erneut zu Kräften zu kommen, und versuchte dann die Tür zu öffnen. Sie schien sicher verriegelt zu sein. Er warf sich mit einer Schulter dagegen, soweit er dazu überhaupt in der Lage war, aber sie bewegte sich keinen Millimeter. Er wollte schon den Weg zurückgehen, den er gekommen war, als er vielleicht zwanzig Zentimeter oberhalb der normalen Augenhöhe einen kleinen Gegenstand

bemerkte, der aus einem Spalt in der Mauer hervorragte. Er hob die Augen weiter, um ihn eingehender betrachten zu können, und stellte fest, daß es sich um ein Stück Schnur handelte. Mit einem kurzen Geräusch von Metall auf Stein zog er einen stabilen Messingschlüssel hervor, an dem die Schnur befestigt war. Er sah sich gezwungen, erneut eine Pause einzulegen. Dann steckte er den Schlüssel ins Schloß, drehte ihn herum, und die Tür öffnete sich.

In der Küche begann er angestrengt und schwer zu atmen. Er ging in die Diele, und angesichts der Leere der Zimmer bemächtigte sich seiner eine Angst, die schon an Fatalismus grenzte. Mehrere Truhen und Kisten standen gepackt an einer Wand. Abgesehen von diesen wenigen Gegenständen, den letzten Spuren des Aufbruchs, gab es keine Möbel. Das Haus war leer – der letzte Hinweis, daß Mrs. Quill fortgehen würde oder vielleicht bereits fortgegangen war, daß ihr Fortgehen eine unumstößliche Tatsache war.

Im Wohnzimmer hallte es ohne Möbel ebenfalls. Er sah hier nichts, was seine Aufmerksamkeit erregt hätte, und ging in die Diele zurück. Ein Hustenanfall bemächtigte sich seiner, und seine Knie wurden weich. Er war drauf und dran, zusammenzubrechen, da vernahm er plötzlich trotz seines Keuchens ein schwaches Geräusch aus dem Obergeschoß.

Als er jedoch die Treppe hinaufstieg, eine Stufe nach der anderen, und sich mit einer Hand am Geländer festhielt, um sich zu stützen, spürte er, wie ihn Schwäche überfiel, wie das dunkle Wasser höher und höher kam. Er hielt sich die Brust, schwankte und griff mit beiden Händen nach dem Geländer. Hier zusammenzubrechen wäre gefährlich. Er wußte, daß er nicht weiter nach oben konnte, und begab sich langsam wieder nach unten. Er versuchte Kräfte zu

sparen, bis er das Erdgeschoß erreicht hatte. Hier verweilte er wiederum.
Er hatte das Gefühl, gleich ohnmächtig zu werden. Das Schlagen seines Herzens holte ihn ein. Sein Körper war in Schweiß gebadet. Es kam ihm so vor, als flösse das letzte Blut aus ihm. In der Diele stand eine verwaiste Truhe, und er ließ sich langsam an der Wand heruntersinken, bis er auf ihr saß. Er lehnte sich zurück und schloß die Augen.

Die Erschöpfung wirkte einschläfernd. Schatten bewegten sich auf der Wand, und er konnte die Zeit nur an seinem schweren und rauhen Atem messen. Und doch hörte er andere Geräusche wie das heimtückische Rascheln einer Maus in der Zimmerdecke. Frauen unterhielten sich flüsternd. Eine sagte: »Ist er bewußtlos geworden?« Eine andere: »Er atmet noch.« Mrs. Quill sagte mit einer Stimme, die klar war wie eine Glocke: »Silas, ich habe nur versucht, Sie aufzuwecken.«

Er erwachte von seinen eigenen Atemzügen, und es kam ihm so vor, als würde er träumen. Zwei Gestalten standen vor ihm. Sie waren in der düsteren Diele nicht leicht auszumachen.
Mrs. Quill und Jane schauten auf ihn herunter, obwohl er nur Umrisse sehen konnte. Langsam wurden auch ihre Gesichter erkennbar, abstrakt und anfänglich schwer zu deuten.
Mrs. Quill beugte sich über ihn und berührte seine Schulter. Vielleicht wollte sie ihm auf die Füße helfen. Ihre Gesichter befanden sich fast auf gleicher Höhe.
»Silas, Sie sind krank ...«
Er starrte in ihr Gesicht und versuchte aus ihren grauen

Augen und aus ihrer ruhigen Haltung irgendeine Erklärung herauszulesen.

»Ich werde schon wieder meinen Weg nach Hause finden, Madam.« Er machte eine Pause, um seine Kräfte zu sammeln. »Sie verlassen uns ...«

Mrs. Quill nickte. »Ja.«

»Ich hoffe, nicht meinetwegen.«

»Wir haben hier nichts mehr verloren.«

Mrs. Quill stand auf und wandte sich halb ab. Etwas in ihm erhob sich mit ihr.

»Wovor flüchten Sie, Madam?«

Sie gab ihm so lange keine Antwort, daß er schon dachte, er würde überhaupt keine mehr bekommen.

»Ich habe Ihnen Schaden zugefügt. Jetzt müssen wir abreisen.«

Mrs. Quill wandte sich endgültig von ihm ab und der Haustür zu. Sie hob den Riegel und öffnete sie. Ein Lichtschein fiel herein und auf Granges Gesicht. Jane verließ vor ihr das Haus, eine Bewegung aus Schatten und Licht.

Grange starrte auf Mrs. Quill, die auf der Schwelle verweilte. Durch die geöffnete Tür fiel so viel Licht, daß ihn die Augen schmerzten. Es fiel auf ihr Haar, auf ihre Schultern, doch ihr Gesicht lag im Dunkeln.

Er sagte: »Ich möchte Ihnen danken ...«

Mrs. Quill hatte sich bereits zum Gehen gewandt. Jetzt hielt sie wie erstarrt inne.

Er erlebte wiederum eine Bewegung seiner Seele, die der eines Aales glich, und erhob sich mit Mühe. Er stand da und schwankte. Mrs. Quill rührte sich nicht. Sie blickte durch die geöffnete Tür ins Tageslicht, und ihre Züge schienen nach innen gewandt, leer.

Grange bewegte sich in den schattigen leeren Raum hinter ihr, blieb dann stehen und sah ihren Rücken an. Er stützte sich mit einer Hand gegen die Wand. Das Licht, das durch die Tür fiel, ließ ihn kreidebleich aussehen. Trotzdem schien sich in seiner ganzen Haltung seine zurückkehrende Kraft auszudrücken. Er sprach ziemlich leise, als wüßte er, daß sich seine Worte in ihre Seele brennen würden.
»Warum flüchten Sie, Madam? Etwa weil ich Sie geweckt habe?«
Mrs. Quill schloß mehrere Sekunden lang die Augen und öffnete sie dann wieder. Er stand hinter ihr und hatte kein Empfinden für die widerstreitenden Gefühle in ihrem Innern. Ihre Züge wurden gelassener. Es kam Grange so vor, als ginge sie durch die Tür, leicht wie ein Engel. Der Riegel fiel mit kaum wahrnehmbarem Geräusch, und das Licht, das durch die geöffnete Tür eingedrungen war, verschwand von ihrem Gesicht.